criture
début
numéro un des ventes en Grande-Bretagne. Véritable phénomène d'édition, il a été traduit dans plus de vingt pays.

lu... en 2018...

Paru au Livre de Poche :

IL ÉTAIT UNE LETTRE

KATHRYN HUGHES

Il était un secret

TRADUIT DE L'ANGLAIS (ROYAUME-UNI)
PAR PASCALE HAAS

CALMANN-LÉVY

Titre original :

THE SECRET
Paru chez Headline Review, 2016.

© Kathryn Hughes, 2016.
© Éditions Calmann-Lévy, 2017, pour la traduction française.
ISBN : 978-2-253-07303-1 – 1ʳᵉ publication LGF

Pour ma mère et mon père.

« Si la lumière est dans ton cœur,
tu trouveras toujours ton chemin. »

Roumi

1
Juin 1975

Elle avait épousé Thomas Roberts une première fois à cinq ans dans la cour de récréation. La cérémonie avait été planifiée depuis des semaines, et lorsque le grand jour était arrivé, elle avait mis un rideau de sa mère en guise de voile qu'elle avait fait tenir avec une couronne tressée de marguerites – tout le monde était tombé d'accord pour dire qu'elle avait l'air d'une vraie mariée. Thomas lui avait donné un bouquet de fleurs des champs qu'il avait cueillies au bord du chemin en venant à l'école, et ils s'étaient tenus là, main dans la main, pendant que le petit Davy Stewart officiait. Le discours de ce dernier était perturbé par un fort bégaiement, et derrière ses lunettes aux verres épais comme des culs de bouteille, ses yeux paraissaient aussi gros que ceux d'un galago ; mais il était enfant de chœur, et ce qu'ils avaient de mieux à leur disposition pour jouer les prêtres.

Souriant à ce souvenir, Mary se tourna de profil pour s'admirer dans le miroir. Elle caressa tendrement le renflement de son ventre, émerveillée de le voir pointer sous ses seins en formant un dôme parfait. Les deux mains sur les reins, elle se pencha pour examiner la peau de son visage en y cherchant la trace d'un bouton. Les petits chaussons qu'elle avait achetés chez Woolworths, d'un jaune neutre, trônaient sur la commode. Elle plongea son nez dans la laine douce, mais, sans des petits pieds pour la réchauffer, celle-ci avait une odeur de neuf stérile. Quand elle entendit son mari monter l'escalier, elle s'empressa de ranger les chaussons dans le tiroir et enleva l'oreiller de sous sa robe juste avant qu'il entre dans la chambre.

« Ah, tu es là, ma chérie... Qu'est-ce que tu fais ? »

Mary tapota l'oreiller et le remit sur le lit. « Rien... Je rangeais un peu.

— Quoi, encore ? Viens par ici ! » Il l'attira contre lui, écarta ses cheveux blonds et l'embrassa dans le cou.

« Oh, Thomas. Et si je n'étais pas enceinte ? » Elle s'appliqua à ne pas prendre un ton larmoyant, néanmoins, elle avait été déçue déjà tant de fois qu'il lui était difficile de rester positive.

Il l'enlaça par la taille en la poussant sur le lit. « Eh bien, dans ce cas, on n'aura plus qu'à réessayer ! » Lorsqu'il enfouit son visage au creux de son cou, elle sentit l'odeur familière de la poussière de charbon incrustée dans ses cheveux.

« Thomas ? »

Il se redressa sur les coudes et la regarda dans les yeux. « Qu'est-ce qu'il y a ?

— Si je suis enceinte, tu donneras ta démission ? »

Il soupira. « Oui, Mary. Si c'est ce que tu veux, je le ferai.

— Jamais je n'arriverai à m'occuper d'un bébé et à tenir la maison d'hôtes toute seule ! »

Il la dévisagea, le front barré d'un pli d'inquiétude. « Seulement, ce sera dur, tu sais… On vient juste d'obtenir une augmentation de salaire de trente-cinq pour cent. Ça représente beaucoup d'argent auquel renoncer, tu ne peux pas dire le contraire.

— Je sais, mon chéri, mais ton travail est très dangereux et tu détestes être obligé de faire ce long trajet jusqu'à la mine.

— Ça, ce n'est pas faux… À quelle heure est ton rendez-vous chez le médecin ?

— À 3 heures, répondit-elle en lui caressant la joue. J'aurais voulu que tu viennes avec moi. »

Il lui embrassa le bout du doigt. « J'aurais bien voulu moi aussi, mais je penserai à toi, et on fêtera ça dès que je serai rentré, d'accord ?

— J'ai horreur que tu travailles en équipe de nuit.

— Ça ne m'amuse pas spécialement non plus ! » Il le dit avec un sourire qui chassait de sa remarque toute trace de rancœur.

Il s'assit sur le lit pour enfiler ses bottes. Mary se blottit contre lui. « Je t'aime tellement, Thomas… »

Il lui prit la main et entremêla ses doigts avec les siens. « Moi aussi je t'aime, et je suis sûr que tu seras une mère formidable. »

Depuis trois ans, depuis leur nuit de noces officielle, ils avaient essayé de faire un bébé. Mary n'avait pas prévu que ce serait aussi compliqué et, à trente et un ans, elle avait fortement conscience que le temps passait. Elle était née pour être mère, elle le savait, l'avait toujours su, aussi ne comprenait-elle pas pourquoi Dieu la punissait de cette manière. Chaque mois, dès que la sensation de crampes revenait lui tirailler le ventre, son optimisme diminuait encore un peu, ne faisant que redoubler son désir d'avoir un bébé. Il lui tardait d'être réveillée à 4 heures du matin par les cris d'un enfant, se réjouirait d'avoir un seau rempli de couches en éponge qui empestaient dans un coin de la cuisine. Elle avait envie de regarder son bébé dans les yeux et d'y voir l'avenir. Mais surtout, elle voulait voir Thomas le bercer dans ses grands bras – un garçon ou une fille, ça n'avait pas d'importance – et l'entendre être appelé « papa ».

Dans la rue, elle regardait trop longtemps les bébés des autres, lançait des regards noirs aux mères qui criaient après leurs enfants. Un jour, elle avait sorti un mouchoir en papier pour essuyer le nez d'un petit garçon alors que son incapable de mère semblait indifférente aux filets de morve qu'il tentait de rattraper avec sa langue. Inutile de dire que son intervention n'avait guère été appréciée ! Une autre fois, sur la plage, elle s'était approchée d'un garçonnet assis tout seul au bord de l'eau, secoué de gros sanglots comme en ont les enfants à force d'avoir trop pleuré. Il avait fait tomber sa glace dans le sable après l'avoir léchée une seule fois, et sa mère avait refusé de lui en racheter une. Mary l'avait pris par la main et emmené jusqu'au camion du marchand de glaces où elle lui avait offert un cornet à l'italienne, le visage radieux de l'enfant valant tous les remerciements du monde.

Ses instincts maternels n'étaient jamais très loin sous la surface, et elle était de plus en plus impatiente d'élever un enfant à elle – à elle et à Thomas. En entendant son mari vaquer dans la cuisine avant de partir au travail, elle pria pour que cette journée soit celle où son rêve deviendrait enfin réalité.

Peu après l'heure du déjeuner, le train entra en gare dans un crissement de freins si strident que Mary se boucha les oreilles. Thomas jeta son sac de marin sur son épaule. Il avait beau détester les au revoir tout autant qu'elle, il s'efforçait toujours de garder un air enjoué. Il la serra de toutes ses forces dans ses bras et posa son menton sur son épaule. « Mary, je suis certain que ce seront de bonnes nouvelles chez le médecin. Je croiserai les doigts pour toi. » Il se redressa et effleura ses lèvres d'un baiser. « Et je te donne ma parole que je démissionnerai dès que le petit sera là. »

Mary battit des mains, les yeux écarquillés de joie. « C'est vrai ? Tu me le promets ? »

Il fit un signe de croix sur sa poitrine. « Je te le promets.

— Merci. » Elle embrassa sa joue hérissée d'une barbe de trois jours et poussa un gros soupir. « Oh, Thomas, le chagrin de se séparer est si doux !

— Pardon ?

— *Roméo et Juliette*.

— Désolé, mais là, je ne te suis pas...

— Oh, Thomas ! s'esclaffa-t-elle en lui donnant une bourrade. Quel béotien tu fais. Juliette dit à Roméo que se séparer est un chagrin, mais que c'est aussi très doux étant donné qu'ils pensent à la prochaine fois où ils se retrouveront.

— Oh, je vois… Et c'est sans doute vrai. Le vieux William savait de quoi il parlait ! »

Il monta dans le train, referma la portière et abaissa la fenêtre pour se pencher. Il lui embrassa le bout des doigts, puis les pressa contre sa joue. Elle garda sa main là, prenant sur elle pour retenir ses larmes, sachant qu'il détestait la voir pleurer. « Fais bien attention à toi, Thomas Roberts, c'est compris ? »

Elle agita un doigt menaçant sous son nez et il répondit par un salut au garde-à-vous. « Oui, chef ! »

Un coup de sifflet retentit, puis le train s'ébranla. Mary courut le long du quai sur plusieurs mètres tandis que Thomas agitait son mouchoir blanc et se tamponnait les yeux. En le voyant se moquer d'elle, elle ne put s'empêcher de sourire. « On se retrouve dans deux jours ! » cria-t-elle alors que le train prenait de la vitesse et disparaissait au loin.

Dans la salle d'attente bondée, la chaleur était étouffante. La femme assise sur sa gauche tenait un bébé endormi qui, à l'odeur, avait dû souiller ses couches. L'homme sur sa droite éternua bruyamment dans son mouchoir avant d'être pris d'une violente quinte de toux. Mary se retourna et parcourut un magazine qui avait été beaucoup feuilleté. L'heure de son rendez-vous était passée de quinze minutes, et elle s'était déjà rongé deux ongles. Finalement, la secrétaire passa la tête dans la salle. « Mary Roberts ? Le médecin est prêt à vous recevoir. »

Mary leva les yeux de son magazine. « Merci… » Lentement, elle alla frapper un coup timide à la porte. Mais à la seconde où elle entra, toute son appréhension s'envola. Le médecin assis derrière son grand bureau en acajou était calé au fond de son fauteuil, les mains croisées sur les genoux, un sourire entendu flottant sur ses lèvres.

Elle décida de rentrer par la route panoramique. Une marche vivifiante sur le front de mer lui donnerait des couleurs, et respirer l'air marin l'aiderait à avoir les idées plus claires. Elle se rendit compte qu'elle ne marchait pas vraiment ; elle flottait, ou peut-être glissait, si bien qu'elle arriva tout étourdie et essoufflée. Elle se remémora ce qu'avait dit le médecin. « Mrs Roberts, je suis heureux de vous confirmer que vous êtes bel et bien enceinte. » Après trois années de tourments, de faux espoirs et de déconvenues écrasantes, ils allaient enfin former une famille. Il lui tardait de l'annoncer à Thomas.

2

La sonnerie insistante du téléphone en bas dans l'entrée l'arracha à un sommeil sans rêves. Groggy et désorientée, elle jeta un regard du côté du lit où dormait Thomas mais ne vit qu'un espace vide. Elle passa sa main sur le drap froid, signe qu'il n'avait pas dormi là, et à mesure qu'elle reprenait quelque peu ses esprits, elle se rappela qu'il travaillait en équipe de nuit. Elle vit que les chiffres sur le réveil indiquaient 3 h 37. Une boule d'angoisse lui noua l'estomac ; personne n'appelait à une heure pareille pour bavarder... Elle s'extirpa du lit et se précipita dans l'escalier, sans se soucier de réveiller les clients. Le souffle court, elle décrocha le lourd combiné noir. « Allô, ici Mary Roberts...

— Bonjour, Mrs Roberts, je suis désolé de vous réveiller. » La voix désincarnée était rocailleuse, comme si son interlocuteur avait un chat dans la gorge.

« Qui est à l'appareil ? » Elle n'avait plus de salive, sa langue refusait de coopérer. Dans la pénombre de l'entrée, des petits points noirs se mirent à danser devant ses yeux, l'obligeant à se rattraper à la rambarde pour ne pas perdre l'équilibre.

« Je vous appelle de la mine. » L'homme se tut ; Mary l'entendit s'efforcer de respirer calmement. « Il y a eu une explosion, plusieurs mineurs sont restés piégés au fond du puits, et je suis au regret de vous dire que Thomas en fait partie. »

Instinctivement, elle plaqua sa main sur son ventre en fermant les yeux. « J'arrive. »

Après avoir enfilé ce qui lui tomba sous la main, Mary rédigea un mot en vitesse à l'intention de Ruth. La jeune fille qui travaillait chez elle depuis un an était tout à fait capable de servir le petit déjeuner aux clients. Ce fut du moins ce qu'elle se dit, n'ayant pas le temps de penser à la quantité de tasses que Ruth faisait tomber ou au nombre de fois où elle laissait brûler le bacon sous le gril. Une patronne moins conciliante l'aurait renvoyée depuis belle lurette, seulement Ruth était la seule à gagner de l'argent dans sa famille, laquelle se composait d'un père veuf asthmatique et de son jeune frère qui ne pouvait marcher qu'appareillé d'attelles. Mary n'avait jamais eu le cœur d'en rajouter à leurs difficultés.

La pluie ruisselait sur le trottoir. Elle ouvrit la portière de la voiture en priant pour qu'elle démarre. Le tapis de sol trempé dégageait une odeur d'huile rance. Leur vieille Vauxhall Viva n'avait jamais été très fiable. Elle était de couleur rouille plus que bleu pâle, et du pot d'échappement sortait une fumée noire ignoble comme on en voit plus communément cracher une cheminée. À la quatrième tentative, elle réussit à mettre le moteur en marche et rejoignit la mine en un peu plus d'une heure. Bien qu'elle ne garde aucun souvenir du trajet, elle savait qu'elle avait dépassé les limites de vitesse et préféra ne pas se demander si elle avait pris la peine de s'arrêter aux feux rouges.

Un petit attroupement s'était formé à l'entrée de la mine. Des hommes, la tête baissée, attendaient en silence sous la pluie. Le ciel se teinta d'une nuance abricot tandis que l'aube se levait à l'horizon, le seul bruit perceptible étant celui de la cage qui remontait lentement sa cargaison macabre. Au moment où deux corps furent extraits de leur tombeau, la foule retint son souffle. Mary voulut se précipiter, mais elle sentit une main la retenir.

« Laissez-les faire leur boulot. » Un homme à l'air sombre qui portait un casque équipé d'une lampe frontale l'agrippa par les épaules. Le blanc de ses yeux et de ses dents ressortait sur son visage noirci par le charbon, et un filet de sang dégoulinait d'une entaille sous son sourcil gauche. Il faisait manifestement partie de ceux qui avaient eu de la chance.

« Qu'est-ce qui leur prend tout ce temps ? se lamenta Mary.

— Il y a eu plusieurs explosions en bas, mais soyez certaine que tout le monde a envie qu'on remonte les mineurs autant que vous ! On se serre tous les coudes. » Sa toux caverneuse donnait l'impression qu'il allait cracher ses poumons ; en voyant un crachat noir atterrir sur le sol à ses pieds, Mary ne put s'empêcher de grimacer de dégoût. « Désolé, s'excusa-t-il. Vous attendez votre mari ?

— Oui, Thomas Roberts. Vous le connaissez ?

— Et comment ! C'est un type bien… et un costaud ! Travailler dur ne lui fait pas peur. Ça ne m'étonnerait pas qu'il ait bientôt une promotion. » Il posa une main rassurante sur son bras en montrant le bord de la houillère d'un signe de tête. « L'aumônier est là-bas. Si vous croyez à ce genre de trucs, ça vous aidera peut-être de prier. »

Plusieurs membres de la fanfare de la mine qui venaient d'arriver commencèrent à jouer, les mélodies funèbres ne faisant qu'ajouter au désespoir et à la tristesse. Mary s'éloigna dans un coin tranquille pour attendre les nouvelles. Elle n'était pas convaincue que prier servirait à quelque chose. Tout d'abord parce que, s'il y avait eu un Dieu, il n'y aurait jamais eu d'explosion. Cependant, ça ne pouvait pas faire de mal. Elle joignit les mains et ferma les yeux en récitant une prière silencieuse pour que son mari remonte indemne, faisant en échange toutes sortes de promesses qu'elle ne tiendrait jamais. Elle essaya de ne pas penser à Thomas piégé là en dessous dans les entrailles de la terre, dans un endroit sûrement aussi terrifiant et inhospitalier que l'enfer.

La pluie avait cessé, et bien que le ciel ait commencé à s'éclaircir, au fond d'elle, elle le ressentit. Lorsqu'un grondement de tonnerre assourdissant explosa dans ses oreilles, elle leva les yeux vers le ciel. La foule agglutinée au bord du puits se rua en avant comme un seul homme, mais les pompiers chargés de coordonner les secours écartèrent les bras pour les empêcher d'avancer.

« S'il vous plaît, restez en arrière ! Allez, tout le monde recule, s'il vous plaît ! » Le ton du pompier était ferme mais bienveillant.

Mary courut rejoindre la foule, ayant soudain besoin du réconfort de ceux qui étaient dans la même situation.

21

Un vieil homme vêtu d'un caban ôta sa casquette et la serra contre sa poitrine. Il se tourna vers elle en secouant la tête. « Vous avez entendu ça ?

— Le tonnerre, vous voulez dire ?

— Ce n'était pas le tonnerre, c'était une nouvelle explosion.

— Oh, mon Dieu, non ! » Elle agrippa l'inconnu par la manche. « Mais ils vont les sortir de là, dites ? » Sa voix se réduisit à un misérable murmure. « Il le faut… »

L'homme s'efforça de sourire. « On peut seulement espérer et prier. Vous attendez qui, ma jolie ?

— Mon mari, Thomas. Nous allons avoir un bébé, ajouta-t-elle en touchant son ventre.

— Tant mieux pour vous. Mon garçon, Billy, est là en bas. Sa mère est au bord du puits et dans un drôle d'état ! On a perdu notre fils Gary dans un accident de moto l'année dernière, et elle ne s'en est toujours pas remise. Ça va l'achever, c'est sûr. » Il posa les yeux sur le ventre de Mary. « Vous attendez ce bébé pour quand ?

— Oh, je viens juste d'apprendre que je suis enceinte. Thomas ne le sait même pas encore. » Elle sentit son menton frémir, les mots se coincer dans sa gorge, et elle se mit à trembler. « Il est toute ma vie… Je ne le supporterais pas s'il lui arrivait quelque chose… Je l'aime depuis que j'ai cinq ans… Je ne peux pas le perdre maintenant ! »

Le vieil homme lui tendit la main. « Je m'appelle Arnold. Qu'est-ce que vous diriez qu'on passe cette épreuve ensemble ? » Il sortit une flasque qu'il lui proposa. « Une goutte de brandy vous réchauffera, euh… comment vous appelez-vous ?

— Mary. Mary Roberts », dit-elle en déclinant son offre d'un signe de tête.

Arnold but une lampée et grimaça en sentant l'alcool couler dans sa gorge. « Je vais vous dire une chose, Mary. Les mineurs qui sont là-dessous méritent chaque centime de cette augmentation. C'est un boulot sale, dangereux... » L'amertume de sa voix laissait deviner une colère à fleur de peau. « Mais qu'est-ce qu'on y peut ? La mine, notre famille l'a dans le sang ! Notre Billy est né avec de la poussière de charbon dans les cheveux. »

Mary resserra ses bras autour d'elle. « Je déteste ça aussi, mais Thomas a promis qu'il démissionnerait quand le bébé arriverait. On tient une maison d'hôtes, alors j'aurai besoin de lui. » Elle baissa les yeux sur ses pieds gelés. Dans sa hâte à s'habiller, elle avait enfilé des sandales, si bien qu'elle avait les orteils couverts de boue.

L'ascenseur grinça de nouveau ; la foule fit silence. Les deux pompiers qui remontèrent la cage à la surface échangèrent un regard, puis l'un d'eux se tourna vers son supérieur en secouant la tête.

« Non ! hurla Mary. C'est mon Thomas ? »

Elle voulut courir, mais Arnold la retint d'une main ferme. « Mary, écoutez-moi... Mieux vaut ne pas aller voir. »

En milieu d'après-midi, un soleil voilé perça à travers les nuages, mais Mary n'en continua pas moins à trembler. Son dos lui faisait mal, son ventre gargouillait, mais l'idée de manger quoi que ce soit lui donnait la nausée.

Le capitaine des pompiers, le visage noir de suie et l'air grave, retira son casque et passa la main dans ses cheveux plaqués sur son crâne. Il prit un mégaphone. « S'il vous plaît, vous voulez bien tous vous rassembler ? »

La foule avança de quelques pas sans piper mot. Mary s'accrocha à Arnold.

Le pompier s'éclaircit la gorge. « Comme vous le savez, plusieurs explosions se sont produites dans le puits principal, à environ six cents mètres de profondeur. On pense que huit mineurs sont restés bloqués derrière un incendie dans cette section. On a un peu progressé, mais il va sans dire que le feu s'est propagé. » Un murmure parcourut la foule, interrompant le discours du pompier un instant. Il leva la main pour réclamer le silence et reprit la parole d'un ton solennel. « L'air qui circule au fond du puits contient du monoxyde de carbone en quantité dangereuse. » Il s'humecta les lèvres et avala sa salive. « On estime peu probable que quelqu'un ait pu survivre dans de telles conditions. » Le mégaphone émit un long son aigu. Mary plaqua ses mains sur ses oreilles.

Brusquement, elle eut chaud et eut peur de défaillir. Tenant son ventre à deux mains, elle se tourna vers Arnold. « De quoi est-ce qu'il parle ? »

Le vieil homme s'essuya les yeux, puis regarda au loin sans ciller. « Je crois qu'il essaie de nous dire que nos petits gars sont morts. »

Mary sentit ses genoux vaciller et s'effondra dans la boue en éclatant en sanglots. « Non ! Pas Thomas… Pas mon Thomas ! »

Quatre heures plus tard, les recherches furent officiellement interrompues. Par souci de sécurité, les sauveteurs remontèrent de la mine et le contremaître conseilla aux familles de rentrer se reposer. Alors que l'attroupement diminuait, Mary demeura obstinément assise dans la boue, les genoux ramenés entre les bras. Il était hors de question qu'elle abandonne Thomas au moment où il avait le plus besoin d'elle. Elle sentit la main d'Arnold lui effleurer l'épaule. « Allons, ma jolie, relevez-vous. Vous ne ferez du bien à personne en restant là, et puis, vous devez penser à ce bébé. »

Il était déjà tard dans la soirée lorsque Mary arriva chez elle. Ruth – Dieu la bénisse – avait fait un travail admirable avec le petit déjeuner, le rangement et le ménage des chambres, et était dans la cuisine en train de lire le journal. « Oh, Mrs Roberts. Qu'est-ce que je peux dire ? J'ai entendu la nouvelle à la radio… Ils ont dit qu'il n'y avait aucun survivant. » Elle se leva et ouvrit les bras pour étreindre sa patronne.

Mary ignora son geste ; le moindre signe de gentillesse ne manquerait pas de la faire craquer. « Je vais monter dans ma chambre, Ruth. Merci pour tout ce que vous avez fait aujourd'hui. On se verra plus tard. »

Une fois seule dans sa chambre, elle sortit une des chemises de Thomas de la penderie et la respira à pleines narines. Elle avait envie de boire son odeur, de l'incruster en elle à tout jamais. Après s'être déshabillée, elle enfila la chemise. Bien qu'elle soit beaucoup trop grande, elle éprouva une sorte de réconfort en pensant qu'elle lui irait parfaitement d'ici à quelques mois. Elle élèverait le bébé de Thomas et veillerait à ce

25

qu'il ou elle sache quel homme bien il était, et comme il avait été impatient d'être son père.

Vaincue par la fatigue, Mary s'allongea en fermant les yeux, mais, au bout de quelques secondes, la vision de Thomas suffoquant derrière un mur de flammes la fit se relever d'un bond pour courir à la salle de bains. Après s'être aspergée le visage à l'eau froide, elle se regarda dans le miroir moucheté au-dessus du lavabo. Ses joues étaient striées de larmes mêlées de boue, ses yeux injectés de sang et soulignés de cernes. Elle arrangea ses cheveux tout aplatis en songeant que Thomas n'aimerait pas la voir dans cet état. Et brusquement, elle s'immobilisa en agrippant le bord du lavabo. Elle n'avait aucune idée de comment elle allait faire pour continuer sans lui, comment elle allait élever leur enfant toute seule. Ce bébé était tout ce qui lui restait de Thomas, mais c'était la chose la plus précieuse qui soit. Elle se demanda si cela suffirait à traverser les jours sombres qui l'attendaient.

Quelques heures plus tard, elle se réveilla, affalée en travers du lit, toujours vêtue de la chemise de Thomas. Elle avait la bouche sèche, sa tête la martelait, et une odeur de fumée stagnait dans l'air. Son bras gauche qui pendait dans le vide était tout ankylosé. Il lui fallut plusieurs secondes avant de se rappeler que sa vie ne serait plus jamais la même.

Lentement, Mary alla dans la salle de bains, puis, le dos tourné aux toilettes, remonta la chemise. En enlevant sa culotte, elle aperçut la tache rouge à l'entrejambe et poussa un long cri déchirant.

3

Mars 2016

Un rayon de soleil resplendit à travers les arbres dépourvus de feuilles et rebondit sur la plaque dorée du cercueil en merisier. Éblouie un instant, Beth se protégea les yeux de la main. L'herbe gelée craqua sous ses pieds tandis qu'elle observait les gens venus à l'enterrement, qui se tenaient là tête baissée et étaient nombreux à se tamponner les yeux. Elle sortit son mouchoir de sa manche et le mit devant sa bouche pour étouffer le cri qui menaçait de faire voler en éclats ce triste rassemblement. Quand le prêtre fit passer une boîte remplie de terre, Beth en attrapa une poignée qu'elle lança sur le cercueil. Le bruit de la terre sur le bois répondit tel un écho aux battements de son cœur. Elle avait adoré sa mère. Seulement, ça n'aurait pas dû se terminer comme ça. Trop de choses étaient demeurées non dites, et, à présent, il était trop tard.

Les paroles du prêtre résonnèrent dans le vent glacial de mars, tandis que sa soutane blanche s'enroulait autour de ses chevilles et que ses cheveux laqués se dressaient de façon comique.

« Puisqu'il a plu au Tout-Puissant de rappeler à Lui l'âme de Mary Roberts, nous confions sa dépouille à la terre, car souvenons-nous que nous ne sommes que poussière et que nous retournerons à la poussière… »

Michael lui serra la main plus fort en signe de solidarité, un geste de réconfort qui lui fit du bien. Elle se demanda, et ce n'était pas la première fois, ce qu'elle serait devenue si elle n'avait pas eu le soutien indéfectible de son mari. Mais maintenant, ils étaient sans recours. La seule femme qui aurait pu leur venir en aide était enterrée aussi profondément que le secret qu'elle avait emporté avec elle.

Lorsque Beth et Michael revinrent à l'hôpital, Jake était assis dans son lit, un puzzle étalé sur la tablette devant lui. Comme ils n'avaient pas eu le temps de se changer, leurs vêtements noirs contrastaient ostensiblement avec l'atmosphère éblouissante et stérile de la chambre.

Beth embrassa son fils sur le front. « On est revenus aussi vite qu'on a pu. »

Michael entraîna Jake dans une de leurs poignées de main compliquées, qu'ils avaient mis des semaines à perfectionner et qu'ils terminaient en se touchant les phalanges et en se donnant un coup de poing. « Comment va mon grand garçon ? demanda-t-il en lui ébouriffant les cheveux.

— Regarde, papa, j'ai fini mon puzzle ! L'infirmière a dit qu'il était pour les enfants de sept-huit ans, et moi j'en ai seulement cinq ! » Ses grands yeux couleur chocolat brillèrent avec ravissement.

Michael fit pivoter la table pour regarder la chose de plus près. « Tu es un garçon très intelligent, Jake. Je suis fier de toi.

— C'était bien, l'enterrement de Nana ? »

Michael jeta un regard à sa femme. « Euh, oui, ça a été... Mais ça ne t'aurait pas plu, fiston. C'était trop long et ça t'aurait ennuyé.

— Je voulais venir... J'adorais Nana, et puis j'aurais bien voulu aller à la fête après. »

Michael éclata de rire. « Je n'appellerais pas vraiment ça une fête ! Personne n'a joué au furet, et il n'y avait ni glaces ni bonbons. »

Beth se faufila sur le lit à côté de son fils. « Je sais que tu aimais Nana, et elle t'aimait toi aussi, mais l'important, c'est que tu ailles mieux. Dehors, il fait très froid, on ne voudrait pas que tu ailles attraper la... » Elle n'acheva pas sa phrase et s'affaira à ranger le puzzle avant de changer de sujet. « De toute façon, on va t'apporter ton dîner dans une minute. Tu te souviens de ce que tu vas manger ? »

Jake ferma les yeux et réfléchit un instant. « Non, mais je parie que ce sera encore de la purée avec plein de grumeaux !

— Tu ne connais pas ta chance ! s'esclaffa Michael. Moi, je n'ai pas goûté à une vraie purée avant l'âge de sept ans ! Ma mère croyait que la purée sortait d'un sachet... et encore, quand elle voulait bien se donner la peine de préparer à manger ! »

Beth et son fils échangèrent un regard complice et se mirent à jouer tous les deux d'un violon imaginaire.

Michael passa sa main sous le drap et chatouilla Jake sous les côtes. « D'accord, d'accord... Vous êtes très drôles tous les deux. »

29

Les rires s'interrompirent brusquement lorsqu'ils entendirent le docteur Appleby se racler la gorge. Le néphrologue s'approcha au bout du lit avec un dossier à la main. « Désolé de vous déranger… Comment tu te sens, Jake ? Tu m'as l'air d'aller beaucoup mieux. Peut-être faudrait-il qu'on pense à te renvoyer bientôt chez toi. »

Jake se mit à genoux en sautant sur le lit. « Oui ! Je veux rentrer à la maison ! Maman, je peux ? »

Beth lui posa la main sur l'épaule pour qu'il se calme. « Attention, n'oublie pas que tu ne dois pas en faire trop… C'est vrai, docteur ? Vous pensez qu'il est prêt ?

— On va lui servir son dîner d'une seconde à l'autre. Si vous veniez tous les deux dans mon bureau pour qu'on en discute ? »

Le bureau du docteur Appleby était aussi familier à Beth et à Michael que leur salon. Bien qu'il s'entoure d'un chaos apparent, comme le prouvaient les piles de dossiers branlantes et les innombrables tasses de café qui traînaient, ils lui faisaient une confiance absolue pour ce qui était de soigner leur fils unique.

« Comment s'est passé l'enterrement de votre mère, Beth ? »

Sa prévenance la toucha.

« Aussi bien que possible. C'est comme ça qu'on dit, je crois. »

Le médecin retira les lunettes posées au sommet de sa tête et lissa sa tignasse blanche. Beth remarqua qu'il avait les ongles coupés de façon impeccable. Elle ignorait son âge, toutefois elle devinait qu'il ne devait plus être très loin de la retraite. Elle repoussa cette pensée dans un coin de son esprit.

« Mmm… en effet. Comme vous le savez, la procédure s'est très bien passée pour Jake hier, et je suis content que le cathéter soit bien en place. Il a une petite entaille à droite juste en dessous du nombril, sur laquelle il y a un pansement pour l'instant. » Il consulta son dossier. « Les résultats de ses analyses de sang sont satisfaisants ; le taux de créatinine a diminué, bien que sa tension ait un peu monté, ce qui est néanmoins prévisible chez un enfant dans son état. »

Michael posa un coude sur le bureau. « Quand va commencer la dialyse, docteur ?

— Nous devons attendre que la plaie se soit refermée pour être sûr que le cathéter reste bien en place, et, naturellement, il faut que vous terminiez votre formation à la dialyse. Il aura d'abord quelques séances à l'hôpital. L'infirmière vous expliquera tout en détail avant que Jake ne soit sorti. La chose principale à surveiller à ce stade, c'est la péritonite, une infection qui affecte la membrane du péritoine. Encore une fois, l'infirmière vous précisera quels sont les symptômes et ce qu'il faut faire si jamais vous avez des inquiétudes. » Il reposa ses notes et croisa les mains. « J'ai conscience que c'est difficile pour vous. Jake est un petit garçon robuste, en fin de compte, mais, comme je vous l'ai déjà dit, il faut vous préparer à l'idée qu'il va avoir besoin d'une transplantation. Depuis le jour où il est né, nous avons tous craint d'en arriver là à un moment ou à un autre, mais je sais que ça ne rend pas les choses plus faciles…

— On fera ce qu'il faut, docteur Appleby, dit Beth en secouant la tête.

— Bien sûr. Greffer un rein prélevé sur un donneur vivant fonctionne mieux que s'il est pris sur un donneur décédé, sans compter que cela augmente la longévité de l'organe. Cependant, ainsi que vous le savez, aucun de vous deux n'étant compatible, peut-être va-t-il falloir songer à lancer le filet un peu plus loin. »

Il parlait d'un ton si bas et mesuré que Beth avait de la peine à l'entendre distinctement. Ses yeux secs la grattaient sous ses lentilles de contact, et elle mourait d'envie de les frotter avec ses poings pour les soulager un peu. Elle savait que poser la question n'était pas juste, mais elle jaillit malgré elle. « Vous pourrez le faire mettre en haut de la liste d'attente ? »

La réponse du médecin fut catégorique, quoique bienveillante.

« Être sur une liste d'attente n'est pas comme faire la queue. On n'attend pas son tour pour avoir le prochain rein disponible. »

Beth rougit. « Excusez-moi. Je me sens tellement impuissante…

— Je comprends votre frustration et je vais tâcher de vous rassurer. Les enfants et les jeunes adultes ont une certaine priorité, mais en fait, il s'agit de trouver le bon patient pour le bon rein. On le doit à la fois au donneur et au receveur. Comme vous pouvez l'imaginer, la demande dépasse l'offre de très loin, et il faut qu'on minimise le nombre de rejets. Entre-temps, la dialyse péritonéale effectuera le travail des reins.

— Le pauvre…, dit Michael en secouant la tête. Et il en aura besoin tous les soirs ?

— Malheureusement, oui. Toutefois, vous serez surpris de voir avec quelle rapidité il va s'adapter. Je ne cesse d'être étonné et ému par la façon dont certains enfants coopèrent. Ce sera une manière de vivre pour lui et pour vous, et le soutien que vous apporterez à votre fils contribuera largement à lui rendre les choses le moins pénible possible. »

Beth vit Michael mordiller la peau autour de son pouce d'un air angoissé. Elle essaya de se rappeler la dernière fois où elle l'avait vu rire ; pas les petits gloussements qu'ils partageaient avec leur fils pour qu'il garde le moral, mais un vrai rire qui vient du ventre et détend réellement. L'expression spontanée d'une joie absolue que la plupart des gens considèrent comme allant de soi. Même dans la lumière tamisée du cabinet du docteur Appleby, Michael paraissait plus vieux que ses quarante-six ans. Ses cheveux, encore épais et quasiment noirs, commençaient à grisonner aux tempes, et les rides autour de ses yeux semblaient plus prononcées. « Il a un air distingué », disait toujours sa mère, néanmoins Beth savait que c'était juste un autre mot pour dire « vieux ». Elle lui prit la main.

Michael lui jeta un regard rassurant avant de continuer. « On sait que Jake reçoit les meilleurs soins possibles, et nous vous en sommes reconnaissants. Sincèrement. »

Un rai de lumière illumina le petit bureau quand une infirmière ouvrit la porte. « Docteur Appleby, vous pourriez… Oh, excusez-moi, je n'avais pas vu que vous étiez en rendez-vous.

— C'est bon, je crois que nous avons pratiquement fini. » Il se leva et serra la main de Beth et Michael. « Si quoi que ce soit vous inquiète, n'hésitez pas à appeler, de jour comme de nuit. Dites-vous que vous n'êtes pas tout seuls. Nous allons sortir Jake de là tous ensemble. »

Une fois dans le couloir, Beth se montra impatiente de retourner auprès de son fils. Elle n'avait pas le souvenir de la dernière fois où elle était allée quelque part sans avoir un sentiment d'angoisse.

« Je vais nous chercher des cafés », dit Michael.

Elle se retourna et lui fit un signe d'approbation, ses hauts talons résonnant sur le sol fraîchement lavé. Elle aperçut le panneau mettant en garde que le sol était glissant, mais ne ralentit pas pour autant le pas. Son pied droit dérapa d'une façon qui dans d'autres circonstances eût été comique, mais elle parvint à se rattraper et continua à avancer en laissant une longue traînée noire sur le lino immaculé. Elle avait réussi à garder l'équilibre, avait poursuivi son chemin. C'était la seule chose à faire, se dit-elle, la seule.

Jake était assis dans son lit en train de boire du jus d'orange, une assiette vide devant lui.

« Tu as finalement tout mangé ? C'était quoi ?

— Du poisson avec des petits pois et de la purée. Mais j'ai écrasé les grumeaux avec ma fourchette, et après, il y avait de la tarte aux pommes avec une boule de glace, et comme les pommes étaient trop chaudes, je me suis brûlé la langue. »

Beth examina l'intérieur de sa bouche. « Oh lala, je vois en effet que tu as mangé de la glace. À la fraise, c'est ça ? » Elle sortit un mouchoir tout froissé de sa manche, l'humecta du bout de sa langue et essuya la moustache rose au-dessus des lèvres de son fils.

Michael revint avec les cafés. Elle prit le gobelet qu'il lui tendait, mais, comme toujours, il était si brûlant qu'il aurait pu faire fondre de l'acier. Elle le posa sur la table de nuit.

« Chérie, tu veux que je reste avec Jake ce soir ? Tu as l'air épuisé. »

Beth laissa aller sa tête sur l'oreiller de Jake et ferma les yeux. Puisque Michael avait remarqué sa fatigue, il était inutile de faire semblant. « Si seulement je pouvais fermer les yeux quelques minutes, ça irait… » C'était faux. Même si elle avait dormi douze heures d'affilée, elle se serait sentie vidée au réveil. Ses réserves d'énergie, aussi bien sur le plan physique que mental, étaient sérieusement à plat, et elle ne savait pas du tout comment elle allait les récupérer. Dans un gigantesque effort, elle se redressa et se tourna vers Jake.

« Tu voudrais que papa reste ce soir avec toi ? » La question n'était que de pure forme. Elle n'avait pas besoin d'attendre la réponse.

« Ouais ! Papa ! » Il tapa dans ses mains comme s'il accueillait Michael sur la scène d'un théâtre. « Papa est le meilleur ! »

Beth se leva et lui tendit les bras. « Alors, viens me donner un baiser. »

Jake se mit à genou et entoura son cou de ses bras fluets. Son petit corps tout chaud paraissait si fragile qu'elle eut peur de le serrer trop fort. Elle passa sa main sous son haut de pyjama et lui gratta doucement le dos. C'était ainsi qu'elle l'endormait quand il était plus jeune, et il aimait toujours autant ça. Elle le berça un instant en repensant comme leur vie avait été simple et heureuse avant que n'ait été posé le diagnostic accablant.

Ses pensées se portèrent vers sa mère. Elle avait vraiment aimé Jake. Il était son seul petit-enfant, et dire qu'elle était folle de lui était loin de la réalité. Elle avait ennuyé ses amies à en mourir en leur racontant des histoires à propos de Jake, gardait une photo de lui dans son sac qu'elle mettait sous le nez des gens à la moindre occasion et lui accordait le plus beau cadeau de tous : son temps. Quand Jake était avec elle, la vaisselle et les tâches ménagères pouvaient attendre. Pour quelle raison avait-elle retenu une information qui aurait pu lui sauver la vie était une chose que Beth ne comprendrait jamais, un mystère que sa mère avait emporté dans sa tombe.

4

Beth retrouva la maison plongée dans le noir. Elle alluma la lumière et cligna des yeux face à la soudaine clarté. Dans la cuisine, le parfum d'un bouquet de fleurs livré le matin prit le pas sur l'odeur de désinfectant de l'hôpital qui semblait avoir élu domicile permanent dans ses sinus. Elle avait pourtant précisé que seule la famille enverrait des fleurs. Elle relut le petit mot touchant écrit sur la carte. *Chère Beth, je vous adresse toutes mes condoléances. Votre mère était une femme merveilleuse, et je sais qu'elle vous manquera à tous beaucoup.* Se prendre pour quelqu'un de la famille était caractéristique de la femme qui les avait envoyées.

Sa gorge se serra de nouveau tandis qu'elle effleurait la tige d'un grand lys blanc. Lorsque quelqu'un mourait, tout le monde couvrait d'éloges le défunt, n'avait pour lui que cordiales platitudes, compliments et superlatifs. Beth regarda les cartes alignées sur la cheminée et le rebord des fenêtres, des cartes envoyées de tout le pays par des gens qu'elle avait oubliés ou ne connaissait même pas.

Un silence étrange régnait dans la cuisine. Beth ne se souvenait pas de la dernière fois où elle y avait été seule. Elle écouta le ronronnement du congélateur et le tic-tac de la pendule ancienne sur la cheminée, un cadeau que lui avait fait Michael pour son anniversaire. Elle l'avait admirée chez un antiquaire à Harrogate où ils avaient passé le week-end, et, trois jours plus tard, il avait refait toute la route depuis Manchester pour aller la lui acheter et lui en faire la surprise. Après s'être servi un grand verre de sauvignon blanc, elle s'écroula sur le canapé et envoya promener ses chaussures. Quelques gorgées suffirent à l'étourdir, lui rappelant qu'elle n'avait rien mangé depuis des heures, pas depuis l'enterrement – et encore, ce n'avait été que pour avaler deux petits sandwiches au jambon en forme de triangle et une tomate-cerise ! Elle se redressa et fit la grimace en sentant quelque chose de pointu sous son pied nu. C'était une pièce de Lego de Jake. Il adorait ses Lego ; Michael passait des heures avec lui à construire des châteaux, des maisons et des voitures. Tout ce qu'il voulait, Michael était capable de le faire apparaître, suscitant le ravissement et l'admiration de leur fils. Beth était persuadée que c'était parce qu'il était architecte ; et aussi parce que les Lego avaient été son jeu préféré étant enfant et que son propre père lui avait appris à fabriquer pratiquement n'importe quoi avec les petites briques en plastique.

La sonnette de l'entrée déchira le silence. Beth sursauta si violemment qu'elle renversa un peu de vin sur son chemisier. Elaine se tenait sur le seuil, sans manteau et en chaussons fourrés, les bras resserrés autour d'elle et sautillant sur place pour se réchauffer.

« J'ai vu qu'il y avait de la lumière... Comment ça va ? »

Beth lui fit signe d'entrer. « Va dans la cuisine.

— Merci. Je suis complètement gelée !

— Ce soir, c'est Michael qui reste avec Jake. Je m'apprêtais à aller prendre un bain.

— Tu as l'air exténué... Si j'étais toi, je boirais un verre.

— Tu en boirais un qui que tu sois ! Vas-y, sers-toi, il y a une bouteille ouverte au frigidaire. »

Elaine resservit Beth, puis se versa un verre. « Je ne t'ai pas vue partir après l'enterrement.

— On a filé en douce. J'étais impatiente de retourner à l'hôpital. Mais les nouvelles sont bonnes ! Le médecin pense que Jake pourra rentrer à la maison d'ici à deux jours. »

Elaine but une gorgée. « C'est super ! Ton petit bonhomme est un vrai battant. Il me tarde de le voir taper dans son ballon en l'envoyant dans mon jardin par-dessus la clôture. »

Beth sourit. « Merci d'être venue. Tu n'imagines pas comme c'est bon de faire quelque chose de normal, pour une fois !

— S'il y a quoi que ce soit que je puisse faire, dis-le-moi.

— Jake va avoir besoin d'une transplantation. »

Mal à l'aise, Elaine s'agita sur sa chaise. « Pour ça, je ne suis pas sûre de pouvoir vous aider. Je veux dire que... »

Beth s'étrangla sur son verre. « Imbécile, je ne te demande pas de lui donner un rein ! C'est une chose de demander du sucre à une voisine, mais des organes... Voyons, Elaine !

— Me voilà soulagée ! Oh, pardon, c'est horrible de parler comme ça. Ce que je voulais dire, c'est que…

— S'il te plaît, arrête ! Tu n'es pas concernée. Il va être placé sur une liste d'attente, mais le médecin dit qu'il faut qu'on réfléchisse si d'autres membres de la famille pourraient être compatibles. » Elle but une goutte de vin, son estomac gargouillant aussitôt en signe de protestation. « Mais c'est justement là le problème. Notre famille est tellement réduite… Ni Michael ni moi n'avons de frères et sœurs. Le père de Michael est mort, et vu qu'il est plus ou moins brouillé avec sa mère… De toute manière, elle a trop abusé des drogues et de l'alcool toute sa vie. Quant à ma mère, elle vient de mourir et n'a jamais pu ou voulu me dire quoi que ce soit au sujet de mon père, alors qu'elle savait que la vie de son petit-fils en dépendait. » Beth n'avait toujours eu pour elle que de l'amour et une profonde tendresse, cependant elle ne parvint pas à masquer la colère dans sa voix. Elle termina le reste de son vin d'un trait.

Elaine demeura silencieuse un instant et fit courir son doigt sur le bord de son verre. Elle donnait l'impression de ruminer un casse-tête particulièrement complexe. « Qu'est-ce que tu sais sur lui ?

— Mon père ? Justement, rien du tout ! Ce qui jusqu'à maintenant n'a jamais eu d'importance. Je peux dire en toute sincérité que grandir sans père ne m'a pas affectée de façon négative. Du moins, pas consciemment. J'ai eu une enfance merveilleuse, j'adorais ma mère, et vu qu'on était uniquement toutes les deux, il y avait entre nous un lien spécial. Oh, il nous est arrivé de parler de lui au fil des années, mais la seule chose qu'elle m'en a dite était que ça avait été une erreur, qu'elle ne l'aimait pas, mais que ça ne voulait pas dire que moi elle ne m'aimait pas, et je la croyais. C'est seulement lorsqu'on a découvert que ni moi ni Michael n'étions compatibles avec Jake que j'ai insisté pour en savoir plus. Un nom aurait été déjà un début… Avec Internet et tout ça, c'est désormais relativement facile de retrouver les gens. » Elle se leva pour remplir leurs verres. « Mais il était trop tard… Elle a fait son attaque et n'a plus été en mesure de parler. Et elle est morte quelques jours après. »

Elaine s'approcha de la cheminée. « Et toutes ces cartes ?
— Eh bien quoi ?
— Tu sais de qui elles viennent ?
— Certaines, pas toutes. »

Elaine haussa les sourcils d'un air théâtral. « Commencer par là me semblerait une bonne idée ! »

Beth se releva d'un bond en sentant son cœur se gonfler d'espoir. « Mais oui, tu as sans doute raison ! »

Elle passa les cartes en revue une à une. Il y en avait soixante-douze en tout, qu'elle répartit en deux tas, dont l'un ne contenait que deux pistes intéressantes. Elles allèrent s'asseoir en tailleur devant le feu, Beth animée d'une vigueur qu'elle n'avait pas connue depuis si longtemps qu'elle en oublia provisoirement sa fatigue.

Elle brandit la première carte. « OK, celle-là dit : *J'ai été navré d'apprendre le décès de votre mère. Je garde de nombreux souvenirs heureux des moments que nous avons partagés et je suis certain qu'elle manquera beaucoup à tous ceux qui l'aimaient. Avec mes sincères salutations, Graham Winterton.*

— Tu as déjà entendu ce nom ? »

Beth réfléchit en fronçant le nez. « Il sonne vaguement familier, oui… Je poserai la question à Michael. Voyons l'autre. »

La deuxième carte, plus grande que les autres, était estampée d'un lys sur le devant.

« Les lys étaient les fleurs que préférait ma mère. Tu crois qu'il le savait ? Que ça pourrait être un indice crypté ?

— Ne t'emballe pas ! Il y a des lys sur la moitié des cartes. C'est la fleur de la mort, tu sais. Et à l'intérieur, ça dit quoi ? »

Beth ouvrit la carte et lut lentement à haute voix. « *Les mots sont impuissants à exprimer le chagrin que j'ai ressenti en découvrant l'avis de décès dans le journal au jour d'hui. Bien que je n'aie pas revu votre mère depuis de longues années, nous avons autrefois été proches, et apprendre sa disparition m'a profondément attristé. Je me souviendrai toujours d'elle avec une tendre affection. Avec mes sincères condoléances, Albert Smith.* »

Elaine se donna une tape sur le front. « Aargh, non ! Smith ? Voilà qui réduit un peu les possibilités. »

Beth retourna la carte en y cherchant d'autres indices. L'enveloppe avait déjà été jetée dans la poubelle à recycler, ce qui était embêtant dans la mesure où le cachet de la poste aurait pu être utile. Elle renifla la carte, puis examina l'écriture. On s'était servi d'un stylo à plume, et l'écriture était petite mais harmonieuse. Il avait par ailleurs écrit *au jour d'hui*, signe qu'il était de la même génération que sa mère, à qui on avait enseigné la même chose. « Albert Smith, répéta-t-elle en secouant la tête d'un air intrigué. Jamais entendu parler… ce qui n'a du reste rien d'étonnant ! Ça ne peut être qu'un nom que je ne connais pas, puisqu'on ne parlait jamais de lui.

— Smith… C'est vraiment pas de chance. Il n'aurait pas pu s'appeler plutôt Albert Waverley-Pemberton ?

— Qui est-ce ?

— Personne, je viens juste de l'inventer. Ce que je veux dire, c'est que ça aurait été mieux s'il avait eu un nom qui le rende plus facile à retrouver. »

Beth soupira et rassembla les cartes. « De toute façon, on n'en est pas là. Et puis, si je le retrouvais, je lui dirais quoi ? "Salut, c'est moi, Beth, ta fille que tu n'as jamais vue. Mon fils a besoin d'un rein, t'es partant ?"

— C'est vrai que, dit comme ça… En plus, il est peut-être trop vieux.

— C'est possible, quoique, si on est en bonne santé, on peut être donneur de son vivant jusqu'à quatre-vingts ans. Ma mère en avait soixante-douze. Il est possible qu'il soit un peu plus vieux ou un peu plus jeune. Sans parler du fait qu'il pourrait avoir eu d'autres enfants, auquel cas j'aurais des demi-frères et sœurs susceptibles d'avoir un groupe sanguin et des tissus compatibles. Il s'agit plus de créer une raison d'espérer pour Jake que de réclamer à des gens de se séparer de leurs organes pour les donner à un parfait inconnu.

— Tu as commencé à trier les affaires de ta mère ? Les documents, les papiers, ce genre de trucs ? Tu y trouverais peut-être quelque chose. »

Beth alla jeter la bouteille de vin dans la poubelle du verre à recycler. « Elaine, si ça ne t'ennuie pas, je vais monter prendre un bain.

— Vas-y, ma belle, je repasserai demain te déposer un de mes ragoûts, dit-elle en plaquant ses mains glacées sur les deux joues de son amie. Tu as grand besoin de te remplumer ! »

Quand enfin Beth se plongea dans l'eau chaude, elle ferma les yeux et laissa le bain moussant apaisant Jo Malone accomplir sa magie. Elle avait versé une dose plus que généreuse, vidant quasiment le précieux flacon, mais elle estimait qu'elle le méritait. Elle venait d'enterrer sa mère. Toutes deux avaient rarement passé une journée sans se parler, et pourtant, certaines choses étaient restées non dites. Elle repensa aux cartes de condoléances, aux fleurs et à tous les gens venus à l'enterrement. Ils avaient dit vrai. Mary avait été une femme bien, une mère aimante et protectrice. Beth avait de la peine à concevoir qu'elle ne la reverrait plus jamais. En sentant ses larmes jaillir, elle se pinça les narines et se laissa glisser sous l'eau.

Au bout de quelques jours passés à la maison, Jake avait déjà l'air beaucoup mieux. Ses joues avaient repris des couleurs et il avait retrouvé une telle énergie qu'il voulait sortir jouer au ballon.

« Mon chéri, il fait trop froid… Pourquoi tu ne restes pas plutôt jouer à l'intérieur ? »

Jake se jeta sur le canapé en poussant un soupir. « J'en ai marre d'être tout le temps ici ! J'ai envie d'aller jouer dehors ! Il faut que je m'entraîne si je veux être aussi fort que mes copains et qu'on me choisisse en premier ! » Il croisa les bras sur sa poitrine, le front plissé d'agacement. « J'aime pas quand c'est moi qu'on choisit en dernier !

— Beth, c'est plutôt bon signe, observa Michael. On ne peut pas le garder enveloppé dans du coton le restant de sa vie… » Il s'accroupit au niveau de Jake. « Allez viens, bonhomme ! Juste un moment. »

Beth se résigna. « Bon, d'accord, mais pas avec le ballon de foot. Prends la balle en mousse. »

Le petit garçon fit la moue, puis courut dans l'entrée enfiler ses baskets en marmonnant dans sa barbe que la balle en mousse, c'était pour les bébés.

Michael prit la main de Beth. « Il a le droit de mener une vie aussi normale que possible, chérie.

— Je sais bien, mais je ne peux pas m'empêcher de vouloir le protéger. Il est tellement fragile…

— Il va bien. Du moment qu'on surveille le cathéter, qu'on vérifie qu'il est recouvert et que Jake n'en fait pas trop, je pense que l'air frais lui sera bénéfique. »

Michael avait raison, elle le savait. Il avait toujours raison, et ça ne l'ennuyait pas du tout. « D'accord. Mais je vais d'abord prendre sa température.

— Beth, tu la lui as prise il y a dix minutes à peine. C'est bon, là !

— Tu as entendu ce qu'a dit le docteur Appleby. Une montée de fièvre pourrait être le signe d'une péritonite. Il faut qu'on reste vigilants.

— Très bien, vas-y. Si ça t'aide à te sentir mieux. »

Alors qu'elle se précipitait pour aller chercher le thermomètre, Michael lui lança : « Tu ne te soucies jamais que je fasse de l'hypertension ! »

Beth s'installa devant les fenêtres qui donnaient sur le jardin. Les bulbes de jonquille qu'elle avait plantés dans des bassines pendant l'hiver avaient fleuri. Jake était emmitouflé dans son duffel-coat avec en plus une écharpe, des gants et un bonnet. Michael avait eu beau protester que le pauvre pouvait à peine bouger, elle avait insisté. En les regardant se renvoyer la balle, elle se détendit un peu. Elle prit ses notes de l'hôpital qu'elle relut pour la énième fois. Elle n'avait pas révisé son bac aussi méticuleusement qu'elle étudiait ces instructions, mais elle tenait à ce qu'ils sachent exactement quoi faire au moment où Jake commencerait sa dialyse à domicile. Il y avait une quantité de choses à apprendre, bien que la majeure partie de leur formation se soit déroulée auprès de l'équipe médicale. Son travail de styliste alimentaire lui laissait le choix de ses horaires, ce qui lui permettait de se consacrer pleinement à son fils. Michael, lui, devait gérer son agence, et ils avaient beau avoir envie d'être là tous les deux vingt-quatre heures sur vingt-quatre, il fallait bien payer les factures.

Beth était tellement concentrée sur ses notes qu'elle ne les entendit pas quand ils rentrèrent au bout d'un quart d'heure. Elle se leva d'un bond en apercevant Michael qui tenait Jake dans ses bras. « Qu'est-ce qui s'est passé ? Il n'a rien ? »

Michael déposa son fils sur le canapé et lui plaça un coussin sous la tête. « Ça va… Il a eu un petit vertige, c'est tout. »

Beth lui toucha le front. « Je savais bien que vous n'auriez pas dû sortir, mais vous n'avez pas voulu m'écouter… Appelle tout de suite le médecin. »

Michael posa une main rassurante sur son épaule. « Beth, je viens de te le dire, Jake va bien. Il faut que tu arrêtes de surréagir au moindre petit symptôme. »

Le petit garçon se débattit avec les brandebourgs de son duffel-coat. « J'ai trop chaud, maman… S'il te plaît, je peux l'enlever ? »

Beth défit les attaches. « Michael, vite ! Aide-moi à lui enlever ce truc… Il est brûlant ! »

— Ça ne m'étonne pas… Nell l'Esquimau se balade sur la toundra gelée avec moins de vêtements que ça ! »

Elle l'ignora et libéra l'enfant du manteau encombrant. « Est-ce que tu as la nausée ?

47

— Ça veut dire quoi ?

— Avoir mal au cœur, répondit Beth avec impatience. Tu n'as pas mal au cœur ?

— Non, je me sens bien.

— Beth, tu ne voudrais pas le laisser tranquille ? Tu l'étouffes ! »

Jake attrapa sa mère par le cou. « J'ai soif. Je peux avoir de l'eau, s'il te plaît ? »

Elle réagit aussitôt. « Il a soif… Tu crois qu'il est déshydraté ?

— Pour l'amour du ciel ! Non, je ne crois pas qu'il est déshydraté. Je crois que, comme il vient de le dire, il a simplement soif. Je vais lui chercher un verre d'eau. »

Elle savait que son comportement rendait son mari cinglé, et qu'un homme moins patient aurait certainement craqué. Elle n'avait pas le souvenir d'un moment où elle ne ressentait pas une boule d'angoisse à l'estomac. Ces derniers temps, elle subissait une telle tension qu'elle surréagissait à la moindre contrariété. Elle avait maigri de six kilos au cours du seul dernier mois, ses cheveux étaient plus fins et avaient perdu leur éclat, et des cernes sombres soulignaient ses yeux verts en permanence.

Michael arriva derrière elle et lui massa les épaules en lui parlant avec gentillesse. « Tu devrais essayer de te détendre, Beth. Regarde dans quel état tu es… Je ne crois pas que te voir sans arrêt inquiète fasse du bien à Jake. Il faut que tu sois plus positive devant lui. »

Elle prit une de ses mains. « Tu as raison, seulement, c'est plus fort que moi. Je ne sais pas ce que je ferais s'il… » Elle se tut en le sentant lui serrer l'épaule.

48

« Je sais que c'est difficile, ma chérie, mais, dès qu'il aura commencé sa dialyse à la maison, on pourra aller de l'avant. Le médecin a dit qu'il serait en mesure de mener une vie relativement normale une fois que la machine fera le travail à la place de ses reins. »

En songeant à la possibilité d'une transplantation, Beth repensa aux cartes qu'elle avait reçues de Graham Winterton et d'Albert Smith. Elle les sortit du tiroir de la cuisine. « J'ai oublié de te montrer ça, Michael. Est-ce qu'un de ces noms te dit quelque chose ? »

Il examina les cartes tour à tour. « Graham Winterton ? Oui, ça me dit quelque chose. Ce n'était pas le monsieur qui était son partenaire au bridge, il y a de cela des années ? »

Beth relut la carte. Michael avait raison, et vu que sa mère n'avait appris à jouer au bridge que très tard dans sa vie, cela éliminait Graham Winterton. « Et l'autre, Albert Smith ? »

Il réfléchit. « Non... Je ne vois pas du tout.

— C'est sans espoir... » Beth se passa les mains sur le visage, puis, brusquement, elle tapa du plat de la paume sur le comptoir. « Bon, c'est décidé. Demain, j'irai chez maman trier une partie de ses affaires. J'ai suffisamment remis la chose à plus tard. »

Un vent glacial l'accueillit lorsqu'elle ouvrit la porte du coquet pavillon de sa mère. La porte buta contre la pile de courrier et de journaux gratuits accumulés sur le sol. Et comme il faisait encore plus froid dedans que dehors, son nez se mit immédiatement à couler. Elle l'essuya avec un mouchoir, en notant mentalement de régler le chauffage central pour qu'il se mette en marche au moins deux fois par jour. Elle brancha la bouilloire qui se mit à chuinter.

Sa mère n'avait vécu ici que deux ans, mais l'endroit lui ressemblait à tout point de vue. Ses pantoufles en peau de mouton étaient rangées côte à côte, son tube de rouge à lèvres posé sur la table dans l'entrée. La dernière chose qu'elle faisait avant de sortir était d'enfiler ses chaussures puis elle mettait une touche de rouge devant le miroir. Beth ouvrit le tube qui révéla la teinte rose pâle que sa mère avait préférée. Il n'en restait quasiment plus. La plupart des femmes l'auraient jeté depuis longtemps, mais Mary était contre le gaspillage. Même quand il ne restait plus qu'un minuscule bout de savon, elle le conservait et le collait au suivant. Le flacon de liquide vaisselle passait toujours ses derniers jours retourné à l'envers de manière à en extraire jusqu'à l'ultime goutte.

Beth décrocha le manteau en poil de chameau favori de sa mère de la patère. Elle retira quelques cheveux gris sur le col et les laissa tomber par terre. Puis, fermant les yeux, elle pressa le manteau sous son nez en respirant le parfum familier White Linen. Elle raccrocha le manteau et alla dans la cuisine, où elle aperçut une vieille boîte à biscuits sur le plan de travail. En soulevant le couvercle, elle vit le dernier gâteau qu'avait préparé sa mère, une génoise légère et aérienne à présent desséchée et tapissée d'une couche de moisissure bleutée. Prise d'un frisson, elle remit le couvercle en place et décida que vider la maison attendrait encore un peu. À l'instant, la seule chose qui l'intéressait était de trouver des indices sur qui avait pu être son père.

50

Lorsque Mary était venue vivre à Manchester, étant donné que le pavillon n'était pas très grand, il avait fallu la persuader de se débarrasser de toutes sortes de vieilleries. « On ne sait jamais si ça ne sera pas utile un jour », répétait-elle souvent comme un mantra. Toutefois, lorsque Beth lui avait fait remarquer qu'elle était à deux doigts de faire l'objet d'un documentaire sur Channel 4, sa mère avait cédé. Ces choses potentiellement utiles avaient rempli une benne entière ! Les mains sur les hanches, Beth observa le salon, encombré de meubles qui avaient été élégants dans les pièces de son ancienne maison victorienne, mais qui semblaient incongrus dans le pavillon moderne.

Son regard s'arrêta sur le vieux secrétaire ; à l'évidence, il fallait commencer par là. Elle tourna la clé dorée ouvragée, puis abaissa le battant. À l'intérieur se trouvaient quatre petits tiroirs qui contenaient un nécessaire à couture, des trombones, deux vieux stylos Parker, un couteau suisse et diverses pièces de monnaies étrangères. Beth prit ces dernières et les fit cliqueter dans sa paume. Bien que le livreur de lait soit d'origine grecque, elle doutait qu'il ait accepté d'être payé en drachmes. Un sourire aux lèvres, elle remit les pièces dans le tiroir, puis referma le battant et reporta son attention sur les tiroirs plus grands du dessous. Le premier était rempli de dossiers et d'enveloppes en kraft renfermant divers papiers d'assurance, une copie de son testament, ainsi que des documents liés à la vente de son ancienne maison. Dans le suivant étaient rangées sa nappe blanche amidonnée, des serviettes et plusieurs bougies neuves. Fouiller dans les affaires de sa mère lui semblait incroyablement intrusif, et elle redoutait le jour où elle devrait vider le reste de la maison. En touchant le fond du tiroir, elle sentit une boîte en fer carrée, qui avait manifestement contenu des biscuits dans une autre vie. Ses doigts gelés tout raides refusèrent de coopérer quand elle essaya d'enlever le couvercle, qui finit toutefois par céder en révélant un méli-mélo de photos.

Beth prit la première de la pile et observa les trois silhouettes sur les marches d'un kiosque à musique. À sa naissance, ses grands-parents étaient déjà morts tous les deux, mais elle les reconnut immédiatement derrière sa mère alors âgée d'une dizaine d'années, tous les trois souriant d'un air rayonnant. Elle retourna la photo, au dos de laquelle quelqu'un avait écrit : *Lytham 1954*. Il y avait aussi plusieurs photos de Mary avec Thomas, son mari décédé, et d'autres où l'on voyait Beth en train de jouer sur la plage. Les plus récentes étaient en couleur, comme celle du mariage de Mary et Thomas en 1972. Il fixait l'objectif, tandis que sa mère s'accrochait à son bras et le regardait en riant.

Beth sourit avec tendresse en caressant du pouce le visage radieux de sa mère, figé dans le temps sans rien laisser deviner du chagrin à venir. Quand elle était petite, elle avait souvent feuilleté leur album de mariage, en faisant semblant de croire que ce bel homme au sourire insolent et aux longs cheveux ondulés était son père. Mary lui avait raconté des tonnes d'histoires merveilleuses sur l'époux attentionné qu'avait été Thomas. Du premier jour où ils s'étaient connus et où il lui avait proposé de porter ses livres en rentrant de l'école, elle avait été éblouie. Beth savait que sa mère ne s'était jamais vraiment remise d'avoir perdu son mari à un si jeune âge, et le fait qu'elle ait pu concevoir un bébé quatre mois après son décès demeurait une énigme. Néanmoins, toutes ses tentatives pour aborder le sujet avaient été balayées d'un revers de main.

Elle passa en revue le reste des photos, s'attardant sur certaines et n'accordant qu'un bref coup d'œil à d'autres. Lorsqu'elle arriva au fond de la boîte, elle avait les jambes ankylosées et mal au dos. Revoir tous ces souvenirs l'avait plongée dans une humeur mélancolique. Alors qu'elle allait remettre le couvercle, elle remarqua que le fond de la boîte était tapissé de papier peint à fleurs délavé – elle reconnut le motif pour l'avoir vu dans la maison de son enfance. Sans trop savoir pourquoi, elle souleva un coin et aperçut en dessous une enveloppe écrite à la main et adressée à Mary, qui avait été ouverte avec soin et renfermait une vieille coupure de journal. L'encre n'était plus très lisible et le papier avait jauni. Beth la posa avec soin sur le secrétaire. C'était un article du *Manchester Evening News* daté du lundi 26 juillet 1976 qui avait pour titre : *Une sortie entre clients du pub se termine en tragédie*.

Beth sentit la peau de son crâne la picoter, et, malgré le froid, une soudaine chaleur monta de ses orteils et explosa en boule d'angoisse dans sa poitrine. Elle ne comprenait pas pourquoi sa mère avait conservé cet article de journal. Elle sortit la lettre qui l'accompagnait et la déplia d'un geste hésitant. Aussitôt, elle reconnut l'écriture, mais les phrases ne faisaient aucun sens.

Le temps de la relire, sa bouche s'emplit de salive et sa tête lui donna l'impression d'être bourrée de coton. Elle força ses jambes flageolantes à courir vers la porte arrière. Ses doigts tremblaient si fort qu'elle eut du mal à tourner la clé, mais elle réussit à ouvrir juste à temps pour aller vomir dans le parterre de fleurs.

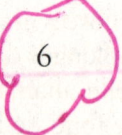

6

Après avoir respiré à fond plusieurs bouffées d'air glacial, Beth revint dans la cuisine se rincer la bouche avec de l'eau. Le goût de la bile encore présent dans sa gorge, elle essaya en vain de cracher dans l'évier. La Terre avait basculé sur son axe ; soudain, tout paraissait différent. Tout comme les scientifiques cherchaient un moyen de dévier un astéroïde pour éviter qu'il n'entre en collision avec la planète, cette lettre avait modifié la trajectoire de sa vie. Elle se sentait totalement vidée, comme l'une des plantes de sa mère qui avait souffert de la sécheresse et était visiblement fanée.

Elle remit la lettre et la coupure de journal dans l'enveloppe, puis la fourra dans son sac. Elle éprouvait le besoin désespéré de retourner auprès de sa famille. En dépit de tout ce qui se passait avec son fils, chez elle, elle savait qui elle était : la femme de Michael et la mère de Jake. C'était son identité, et elle avait besoin de retourner là où elle se sentait elle-même, là où il n'y avait ni secrets ni semi-vérités pour troubler le cours de son existence.

Beth claqua la porte du pavillon si fort que la vitre vibra et que quelque chose derrière tomba par terre.

Elle démarra la voiture et enfonça la pédale d'accélérateur, faisant monter le moteur en surrégime dans un bruit assourdissant. Sur le trajet du retour, elle roula plus vite qu'elle ne l'aurait fait en temps normal, en tout cas trop vite pour quelqu'un qui ne voyait la route que derrière un flot retenu de larmes.

Les pneus crissèrent sur les graviers de l'allée quand elle freina brusquement devant chez elle.

Beth trouva Michael dans la cuisine, assis sur un des grands canapés moelleux en train de lire un livre du *Club des cinq* à leur fils. Malgré elle, elle sourit intérieurement. Jake adorait ces histoires. Elle serait éternellement reconnaissante à Enid Blyton d'avoir été suffisamment prolixe pour en avoir écrit pas moins de vingt et une.

Jake vit qu'elle était là et leva les yeux. « Papa me lit *Le Club des cinq en vacances*.

— Ah, c'est celui que je préfère !

— Tu dis toujours ça, maman ! » s'esclaffa l'enfant.

Et c'était vrai. Elle les préférait tous, et que Jake les aime autant qu'elle enfant lui procurait un immense plaisir.

« Michael, je peux te parler une seconde ? »

Il lâcha l'épaule de son fils. « Oui, qu'est-ce qu'il y a ? »

Elle lui fit signe de le rejoindre derrière le comptoir de la cuisine.

« Ne perds pas la page, Jake... Je veux savoir comment François va se sortir de ce pétrin cette fois-ci ! »

Beth sortit l'enveloppe de son sac et la lui mit dans les mains.

« Qu'est-ce que c'est ?

— Je l'ai trouvée chez maman. » Sa voix posée démentait son tourment intérieur. « Lis-la. »

Michael sortit d'abord l'article. En le lisant, sa respiration se fit plus saccadée et une veine se mit à battre sur sa tempe.

UNE SORTIE ENTRE CLIENTS DU PUB SE TERMINE EN DRAME

Samedi soir, un épouvantable accident de voiture s'est terminé en tragédie pour les habitués du pub Taverners de Manchester. Ils revenaient d'une journée passée à Blackpool lorsque le conducteur a perdu le contrôle du minibus Ford Transit dans lequel ils voyageaient. Le conducteur et deux des passagers ont été tués sur le coup, et plusieurs autres blessés. On craint que le nombre de victimes n'augmente. Bien que la cause de l'accident soit encore inconnue, il a été avancé l'hypothèse que les récentes fortes chaleurs auraient fait fondre une partie du bitume, ce qui aurait provoqué le dérapage du véhicule. La police appelle les témoins à la contacter au 061 761 2442.

Michael finit de lire l'article et regarda Beth d'un air incrédule. « Pourquoi ta mère gardait-elle ça ?

— Je n'en ai aucune idée. Mais attends d'avoir lu la lettre qu'il y avait avec. »

7
Juillet 1976

Harry Jones passait ses journées à errer dans les rues de Manchester, transportant les sacs en plastique qui contenaient tout ce qu'il possédait en ce bas monde. La vague de chaleur durait depuis maintenant des semaines, au point que plusieurs régions d'Angleterre étaient désormais rationnées en eau et que, dans certains quartiers, les colonnes humides fleurissaient. Cependant, Harry n'en avait vu aucune, ce qui l'embêtait beaucoup car il aurait bien aimé se laver les pieds. La vie n'avait pas été tendre avec lui, mais il tenait le coup, sans céder à l'amertume ou à la rancœur. Vivre dans la rue depuis six ans avait beau l'avoir diminué physiquement, il gardait un moral d'acier et, bien qu'il ait soixante-dix-huit ans, il s'accrochait encore à l'espoir que les choses s'arrangeraient. C'était un homme fier qui avait servi son pays à deux reprises, une première fois lors de la Première Guerre mondiale, pendant laquelle il s'était engagé alors qu'il était mineur, et ensuite dans la Seconde, où, trop vieux pour partir se battre, il avait travaillé à l'usine qui fabriquait les bombardiers Lancaster. Obtenir sa qualification d'ingénieur électricien avait été l'une de ses plus grandes réussites – ce n'était pas si mal, pour un gamin né prématurément dans une ferme reculée du pays de Galles, avec une tête déformée qui avait poussé le médecin à déclarer qu'il n'arriverait jamais à rien.

Compte tenu des circonstances, il n'avait pas passé un mauvais après-midi. Il s'était trouvé un coin sur le trottoir devant la vitrine d'un magasin Rumbelows et avait regardé Björn Borg remporter la finale de Wimbledon. Et là, alors qu'il se traînait dans la rue, quasiment plié en deux par le poids de ses sacs, il aperçut un caddie de supermarché abandonné qui lui redonna le moral. Peut-être sa chance allait-elle tourner… Jamais il n'aurait volé un caddie au supermarché, mais vu que celui-ci était une sorte d'abomination pour les yeux, il rendrait service à tout le monde s'il l'ôtait de là. Tant bien que mal, il l'arracha des buissons et grimaça quand une longue ronce lui agrippa le bras, égratignant sa peau sur laquelle se mirent à suinter de minuscules gouttes de sang. Après avoir entassé ses sacs dans le caddie, il posa son gros manteau par-dessus. Étant donné la chaleur, il n'avait nul besoin d'un manteau, néanmoins c'était pratique pour s'allonger le soir venu, et il lui avait été bien utile au cours de ces années dans la rue.

La nuit tombait lorsqu'il se dirigea vers l'endroit où il avait décidé de dormir, se débattant pour faire rouler le caddie qui avait une fâcheuse tendance à dévier sur la gauche vers le caniveau. Le porche du *Taverners* était l'un de ses abris favoris, d'autant que Selwyn Pryce, propriétaire du pub et gallois comme lui, se montrait plutôt accommodant. Harry faisait toutefois attention de ne pas profiter de l'heureux caractère de Selwyn et s'efforçait de lui offrir quelque chose en échange, ne serait-ce qu'en ramassant les détritus et les mégots de cigarettes autour du pub, ou en arrachant les mauvaises herbes entre les pavés.

La nuit promettait encore une fois d'être d'une chaleur moite qui ne favoriserait pas le sommeil. Arrivé devant le *Taverners*, il aperçut la silhouette saisissante de Trisha, la jeune femme de Selwyn, aux prises avec un parieur qui refusait de s'en aller. Pour se débarrasser des ivrognes, Trisha était nettement plus douée que son mari, aussi n'était-ce pas étonnant qu'il lui ait délégué cette tâche. Dès qu'elle vit approcher Harry, elle adopta sa posture de confrontation habituelle, les mains sur ses hanches étroites, ses ravissants sourcils levés très haut et sa langue coincée contre sa joue.

« Bonsoir, Trisha. » Il la salua poliment d'un signe de tête.

« Bon sang, Harry, c'est la troisième fois cette semaine que tu couches ici ! Tu ne pourrais pas aller ailleurs ?

— L'hôtel Midland's affiche complet ! »

Elle ignora sa remarque facétieuse et monta d'un cran. « Tu profites de Selwyn, oui ! Tu sais que c'est un tendre, mais ce n'est pas bon pour les affaires d'avoir un clochard devant la porte ! »

Harry prit son manteau, l'étala sur le carrelage et se laissa tomber dessus. « Tu viens de fermer, Trisha ! Et je serai parti à l'ouverture demain matin. » Il détestait avoir à plaider sa cause devant cette jeune femme qui avait déboulé dans la vie de Selwyn, brisant le couple qu'il formait avec la délicieuse Babs, et qui maintenant n'arrêtait pas de s'imposer comme si c'était son nom à elle qui était inscrit au-dessus de la porte, et non celui de Selwyn.

Ce dernier sortit sur le seuil tout en essuyant un verre. « Trisha, c'est quoi, ces cris ? Je t'entends hurler de l'intérieur... Oh, bonsoir, Harry ! »

Trisha leva les bras au ciel d'un air exaspéré et rentra en trombe dans le pub. « Je ne sais pas pourquoi je me donne autant de mal... Je m'efforce de faire un pub chic de ce taudis, et toi tu tiens à avoir un vagabond crasseux et échevelé qui encombre le porche ! » Elle claqua la porte avec une telle violence que les verres suspendus au-dessus du bar vibrèrent lorsqu'elle lança sa dernière pique. « Et en plus, il pue ! »

Harry renifla le creux de son aisselle. « C'est vrai ? Je suis désolé... Avec cette chaleur, c'est difficile de rester frais ! »

Selwyn s'assit près de lui. « Inutile de t'excuser, Harry. » Il montra la porte du menton. « Tu sais comment elle est... Tu voudrais prendre un bain ? »

Harry partit d'un grand éclat de rire. « Ça, c'est la meilleure ! Trisha adorerait ! »

Selwyn se releva et l'aida à en faire autant en le prenant par le coude. « Laisse-moi me charger de Trisha. C'est quand même encore moi le patron ! » dit-il sans grande conviction.

La jeune femme était derrière le bar en train de vider les plateaux quand Selwyn entra, suivi de Harry. « Je lui ai proposé de prendre un bain. »

Elle se figea sur place et le dévisagea comme s'il venait de lui pousser une deuxième tête. « Un bain ? Chez nous ? Mais voyons, pas de problème, entre donc… Accorde-moi une minute pour mettre une belle serviette toute propre sur le radiateur… Il se pourrait même que j'aie des sels de bain à te donner ! » Elle secoua la tête et recommença à essuyer les plateaux.

Son ironie n'avait pas échappé à Harry, mais Selwyn s'enferra. « Je veux juste lui rendre service. Tu ne pourrais pas faire preuve d'un peu de compassion ?

— Je te rappelle qu'il y a une pénurie d'eau. Tu n'as pas vu les affiches ? "Économisez l'eau, prenez votre bain avec un ami." »

Selwyn fit un clin d'œil à Harry. « Je crois bien qu'elle te propose d'en prendre un avec elle… »

Trisha attrapa une lavette qu'elle lança sur son mari, l'atteignant en pleine figure.

Depuis deux ans, Trisha vivait avec cette étiquette de « briseuse de couple ». Au début, ça ne l'avait pas dérangée, et à présent, ça lui était quasiment égal. Après tout, si Selwyn avait été heureux avec Barbara, il ne lui aurait pas accordé un seul regard – encore moins deux ! C'était un peu agaçant que les gens lui mettent tout sur le dos, seulement, les parieurs à l'esprit étriqué du *Taverners* étaient faits ainsi. Ils oubliaient volontiers que l'adultère était le joyeux propriétaire de leur pub, pas elle !

Elle s'assit devant sa coiffeuse et s'admira dans le miroir. À vingt-six ans, elle était dans sa prime jeunesse, et Selwyn était fou d'elle. Et il pouvait l'être, vu qu'il était âgé de quarante-cinq ans, avait une ex-femme et une fille adolescente, et que, bien qu'il soit sans conteste encore séduisant, ses plus belles années étaient désormais derrière lui. Il devrait s'estimer heureux d'avoir la chance de vivre avec une femme jeune et désirable. Il n'était pas aussi beau que son ex-fiancé, Lenny, mais celui-ci était sous les verrous à la prison de Strangeways pour vol à main armée. Elle lui avait promis de l'attendre, sauf que, vingt ans, c'était très long, et puis une femme avait des besoins, et elle n'avait pas prévu de tomber amoureuse de Selwyn et de son pub. Jeune, svelte et débordante d'énergie, elle s'occupait de la partie derrière le bar, son énorme poitrine menaçant sans cesse de s'échapper de ses minuscules tenues moulantes.

Elle retira ses faux cils et passa les doigts dans ses boucles blondes décolorées. Elle se pencha pour s'observer de près en tirant la peau autour de ses yeux afin d'effacer ce qu'elle pensait être les premières traces de rides. Puis elle se tourna vers la gauche et tapota le dessous de son menton du dos de la main. Elle n'avait pas vu que Selwyn était sur le pas de la porte, une expression sereine et amusée dans le regard.

Lorsqu'il s'approcha, elle surprit son reflet dans le miroir et pivota sur son tabouret pour lui faire face, en laissant son peignoir en satin s'ouvrir jusqu'à la taille. Selwyn s'agenouilla et planta un baiser sur son ventre parfaitement plat. Elle passa les doigts dans ses cheveux courts bouclés comme pour l'épouiller.

« Tu sais, il faudrait qu'on teigne ces mèches grises. »

Il se redressa et se regarda dans le miroir. « Arrête, espèce de petite insolente, il n'y en a presque pas ! »

Elle enchaîna comme s'il n'avait rien dit : « Juste là, au niveau des tempes… J'irai chercher ce qu'il faut chez Boots lundi. »

Trisha se leva et laissa glisser son peignoir, qui atterrit telle une flaque de satin à ses pieds. Elle mit ses mains sur ses hanches tandis que Selwyn dévorait son corps nu des yeux. Il l'attira vers lui et empoigna ses longs cheveux en l'embrassant sur la bouche. « Doucement… Pas si vite, monsieur ! » Elle montra le palier d'un signe de tête. « Fais sortir ce sale clodo de ma baignoire, et quand ce sera fait, mets-toi à quatre pattes et nettoie-la à fond avec du Vim ! »

Il lui posa un baiser sur le front. « Tu es la gentillesse même… Je vais faire du thé à Harry, et ensuite, je dois aller nourrir Nibbles. J'ai oublié. Je suppose que tu ne l'as pas fait, je me trompe ?

— À ton avis ? »

Si elle pouvait l'éviter, il n'était pas question qu'elle s'approche du satané lapin de son ex-femme. À moins que ce ne soit pour laisser la porte de la cage ouverte de façon « accidentelle ». À ses yeux, l'animal n'était qu'une excuse de Barbara pour passer régulièrement au pub. Sous prétexte qu'elle avait été contrainte de quitter le *Taverners* après avoir divorcé de Selwyn et qu'elle vivait dans un appartement dépourvu de jardin, elle trouvait normal de laisser le lapin à Selwyn pour qu'il s'en occupe. La petite cage était dans le jardin à l'arrière du pub ; enfin, parler de « jardin » était peut-être un brin exagéré. Il s'agissait en réalité d'un petit carré d'herbe avec une table blanche en plastique et un parasol Watney's Red Barrel planté au milieu.

Ce n'était pas juste, songea Trisha en démêlant ses cheveux à coups de brosse furieux. Selwyn était à présent son mari, Barbara n'avait qu'à s'y faire ! Elle supportait tout juste que sa fille, Lorraine, vienne les voir – elle n'était pas déraisonnable à ce point. Mais Barbara traînait tout le temps autour du bar, riant et blaguant avec les habitués. Trisha était certaine qu'elle se considérait encore la propriétaire, d'autant plus que tous les parieurs l'adoraient pour une raison qu'elle ne comprenait pas. Respirant de plus en plus vite, elle dut juguler la colère qui la prenait chaque fois qu'elle pensait à l'ex-femme de Selwyn.

Elle était assise sur le lit quand il entra dans la chambre en se frottant les mains. « Voilà, c'est fait. » Il lui ramena les cheveux sur le côté et lui caressa les épaules.

« J'ai réfléchi, dit-elle en le repoussant.

— Oh, non… Je n'aime pas quand tu commences une phrase comme ça.

— Je veux que tu interdises à ton ex de venir.

— Pour quelle raison ?

— Pour la raison qu'elle m'ennuie.

— Trisha, la moitié de mes clients t'ennuient ! Je n'aurais pas de pub si je travaillais en suivant cette logique. »

Optant pour une autre stratégie, elle dénoua lentement sa ceinture. « Selwyn, s'il te plaît… Tu n'imagines pas ce que c'est pour moi de la voir traîner tout le temps ici. J'ai l'impression de devoir te partager avec elle alors que je te veux rien qu'à moi. »

Sans le quitter des yeux, elle s'humecta les lèvres, ouvrit doucement sa braguette et tira sur la ceinture de son jean. Alors que le sang refluait de son cerveau pour migrer ailleurs, il lui marmonna dans le cou : « Je lui parlerai demain. »

Elle attrapa son visage à deux mains et le força à la regarder dans les yeux. « Promis ?

— Promis, soupira-t-il. Et maintenant, viens par ici, petite friponne ! »

Trisha lui caressa la main, ses yeux tombant sur le tatouage sur ses phalanges. Pourquoi ne s'était-il pas fait tatouer « *love* » et « *hate* » comme tout le monde ? Pourquoi fallait-il qu'il ait ce « Babs » gravé comme un souvenir éternel de leur amour ? Encore un sujet d'agacement qu'elle devrait régler pour être sûre que Barbara disparaisse définitivement de la vie de Selwyn.

8

Le dimanche, Babs se réveillait de bonne heure. C'était un de ces matins où son cerveau semblait mettre un temps fou à se rappeler quel jour de la semaine on était. Elle alla ouvrir les rideaux en frottant ses yeux ensommeillés et contempla le ciel bleu, que tout le monde considérait ces derniers temps comme allant de soi. Elle en avait plus qu'assez de cette chaleur accablante ; il lui tardait qu'une averse de pluie fraîche vienne laver la poussière et arroser les pelouses desséchées. Non qu'elle ait encore à se soucier d'une pelouse ! Mais elle avait passé de longues heures heureuses à entretenir le petit jardin situé à l'arrière du pub, à s'occuper des paniers suspendus et des bassines de fleurs, et tout ça lui avait procuré beaucoup de joie et de satisfaction. Les clients lui faisaient souvent des compliments sur l'abondance de fleurs parfumées qu'elle avait réussi à obtenir de ses pétunias à force de les cajoler. Elle en avait même fait pousser un qui avait gagné un prix ; seulement le deuxième prix, mais la rosette bleue était encore accrochée au-dessus de l'optique au bar. Jardiner était un autre plaisir dont elle était privée depuis qu'elle avait divorcé de Selwyn.

Si seulement elle avait pu le détester pour ce qu'il lui avait fait, la vie aurait été plus facile ! Cependant, rien n'était jamais aussi simple.

Babs était amoureuse de Selwyn depuis ses treize ans, depuis qu'il était entré dans le pub de ses parents à Salford pour chercher du travail. Elle l'avait aperçu de son poste d'observation en haut de l'escalier lorsqu'il était venu se présenter à son père. Avec ses boucles brunes et son sourire espiègle, il était le garçon le plus exotique qu'elle ait jamais vu. Elle avait eu du mal à détacher son regard de ses hautes pommettes et de son teint mat. À l'école, tous les garçons avaient une peau boutonneuse un peu bleutée qui leur donnait l'air d'avoir passé leur vie dans une grotte. Son accent gallois mélodieux l'avait fascinée, et quand il s'était rendu compte qu'elle le regardait à travers la rambarde, il avait hoché la tête en esquissant un sourire et lui avait fait un clin d'œil. Si elle n'avait pas été assise sur les marches, agrippée aux barreaux, ses jambes l'auraient probablement lâchée, et elle serait allée s'écraser en bas de l'escalier.

Ce n'était pas surprenant que son père, et plus encore sa mère, aient été charmés par ses manières affables, tant et si bien que, une semaine plus tard, il s'était installé au pub. Mais, de façon exaspérante, il l'avait traitée comme une petite sœur. Il n'avait pourtant que trois ans de plus qu'elle, ce qui, à l'époque, avait semblé un gouffre infranchissable.

Lorsqu'il était revenu après avoir accompli ses deux ans de service militaire, le garçon dont elle était tombée amoureuse était devenu un homme. Il avait pris au moins dix centimètres et son corps s'était musclé, affûté par des mois d'entraînement physique éprouvant. Ses magnifiques cheveux bouclés avaient été rasés, lui donnant un style qui ne faisait que mettre en valeur la délicatesse de ses traits. Heureusement pour Babs, elle-même s'était épanouie en une jeune femme sûre d'elle qui s'était préparée à l'accueillir à son retour. Couturière talentueuse, et adepte de la philosophie de l'après-guerre du « faire durer et raccommoder », elle s'était confectionnée une jolie robe à fleurs dans des vieux rideaux de sa mère. La jupe ample soulignait la finesse de sa taille, et elle l'avait accessoirisée avec une ceinture rouge nouée par un gros nœud. Une touche audacieuse du rouge à lèvres de sa mère complétait la transformation, si bien que le jour où Selwyn était entré dans le pub, il s'était présenté à elle comme s'il ne l'avait jamais vue. À partir de ce moment-là, il ne l'avait plus jamais traitée comme sa petite sœur.

La première fois qu'ils étaient sortis ensemble, il l'avait emmenée à la foire de Belle Vue Gardens, où il l'avait convaincue de monter sur la Chenille. Elle avait agrippé son bras quand le manège avait pris progressivement de la vitesse sur la piste en forme de vague. Au moment où la bâche s'était refermée, les plongeant dans l'obscurité, Selwyn s'était lancé et lui avait donné un premier baiser. Ses lèvres étaient restées scellées aux siennes pendant toute la durée du tour. Et au moment où la bâche s'était relevée, elle s'était sentie étourdie, sans savoir si c'était à cause du vertige ou parce qu'elle le désirait.

Mais tout ça appartenait désormais au passé, et ressasser ne lui faisait aucun bien. Elle s'éloigna de la fenêtre et alla à pas de loup dans la cuisine. Selwyn ne lui avait pas simplement brisé le cœur ; elle pensait qu'elle aurait pu se remettre d'un simple cœur brisé, le temps finirait par colmater la fêlure. Non, son cœur avait explosé, et elle savait sans le moindre doute qu'il ne guérirait jamais.

Bien évidemment, ce n'était pas la faute de Selwyn si cette dévergondée aux seins énormes de Trisha s'était jetée sur lui, le couvrant de compliments et l'entraînant dans une situation à laquelle tout homme aurait eu du mal à résister. Selwyn avait beau avoir été flatté, et incroyablement velléitaire, ce n'était pas de sa faute. Néanmoins, Babs avait décidé de divorcer sur un coup de tête, environ cinq secondes après les avoir surpris ensemble dans la cave, Trisha plaquée contre le mur avec les jambes autour du torse de Selwyn en train d'ahaner. Comme il était de dos quand elle avait descendu les marches de la cave, ses mains moites laissant une trace sur la rambarde en bois, il n'avait pas remarqué sa présence, mais Trisha l'avait très bien vue et avait eu un petit sourire triomphant par-dessus l'épaule de Selwyn.

Détester qui que ce soit n'était pas dans la nature de Babs, néanmoins l'amertume qu'elle ressentait à l'égard de Trisha la terrassait parfois, à tel point qu'elle maudissait la jeune femme de faire d'elle quelqu'un qu'elle n'était pas. Leur belle famille unie avait été mise en pièces par l'attitude égoïste de Trisha. Pourquoi elle avait jeté son dévolu sur Selwyn restait un mystère. Trisha était une traînée blonde effrontée avec de gros seins qui ne manquait pas d'admirateurs désireux de mettre les mains sur ses atouts généreux. L'injustice de la situation donnait envie à Babs de hurler. Selwyn et Trisha étaient désormais confortablement installés au *Taverners* et se prenaient pour les propriétaires, tandis que Babs et sa fille, Lorraine, étaient entassées dans cet appartement riquiqui en rez-de-chaussée aux murs aussi fins que du papier de cigarette et à la moquette élimée, l'odeur de houblon de la brasserie voisine s'infiltrant en permanence par les fenêtres ouvertes.

Pour arriver à joindre les deux bouts, Babs avait été contrainte de prendre un poste à l'usine de condiments, heureusement pas dans l'atelier de production, mais dans le bureau étouffant situé à l'arrière, où elle préparait les salaires et repoussait les avances inopportunes de son chef libidineux, Mr Reynolds. Chaque matin commençait avec cette odeur âcre de vinaigre qui lui agressait les narines et lui piquait les yeux. Mr Reynolds la priait systématiquement de sortir tel ou tel dossier du dernier tiroir en bas de l'armoire, ou lâchait son stylo par terre en lui demandant de le ramasser. Elle avait mis une semaine avant de comprendre qu'il faisait ça délibérément pour se rincer l'œil sous sa jupe. Le simple fait de partager un bureau avec ce porc était une épreuve, sans parler de ses horribles émanations corporelles et des grandes auréoles de transpiration sous ses aisselles. Babs n'aurait pas été étonnée de voir y pousser des champignons. Ses chemises se tendaient sur son ventre bedonnant, les plis de son cou et de son menton dégoulinaient sur son col. Il était complètement chauve, avec un crâne pâle et luisant, et avait des lèvres purpurines toujours humides. Passer huit heures par jour terrée dans ce petit bureau avec lui était assurément une épreuve d'endurance, mais, au moins, ça payait les factures. Ce qui lui faisait dire avec lassitude qu'elle pouvait s'estimer reconnaissante.

Elle alla au bout du couloir du minuscule appartement et frappa un coup timide à la porte de la chambre de sa fille. Lorraine se retourna sous les draps et cria : « Je suis réveillée ! Entre... »

Babs déposa une tasse de thé sur la table de nuit et s'assit sur le lit. « Bonjour ! C'était bien, hier soir ?

— Pas mal. On est restées chez Petula à écouter ses disques de David Cassidy et à discuter. Son père nous avait laissé du Cherry B. qu'on a bu dehors dans le jardin.

— Tu n'as pas trop picolé, j'espère ? » Elle caressa les longs cheveux auburn de sa fille. « Tu as encore les lèvres toutes violettes.

— Maman, j'ai dix-huit ans ! » Lorraine se laissa retomber sur l'oreiller en fermant les yeux. « Deux bouteilles, pas plus. Mais elles sont toutes petites. »

Babs se redressa. « On passera voir papa tout à l'heure ? Et après, peut-être qu'on emmènera Nibbles au parc.

— Oui, si tu veux. » Lorraine s'étira et bâilla de façon exagérée. « Tu veux bien allumer la radio, maman ? »

Babs tripota les boutons de l'appareil que sa fille gardait près de son lit. « Je vais préparer le petit déjeuner. Tu te lèves, ou tu veux que je te l'apporte ? »

Lorraine sourit. « Merci, maman. Je vais le prendre dans ma chambre. Tu peux me faire aussi un Rise'n Shine ? »

Babs venait de mettre du pain à toaster et de verser les cristaux à l'orange dans un verre d'eau lorsqu'un cri de terreur déchira l'air. Elle se précipita dans la chambre, s'attendant à trouver sa fille clouée au sol par un intrus et en train de lutter pour sa vie. Lorsqu'elle ouvrit la porte, elle l'aperçut assise au bord du lit, la radio collée à l'oreille, ses yeux de Bambi écarquillés de terreur.

« Flash spécial sur Piccadilly Radio, dit-elle dans un souffle. Les pompiers ont été appelés suite à un incendie dans un pub de Talbot Road.

— Quoi… Talbot Road ? Tu es sûre ?

— Oui, c'est ce qu'ils viennent de dire », répondit Lorraine, affolée.

Babs s'effondra sur le lit en prenant sa fille dans ses bras. « Oh, mon Dieu, non… pourvu que ce ne soit pas le *Taverners* ! »

9

Allongé sur le sol dur devant le pub, Harry se retourna en cherchant une position plus confortable. La joue appuyée contre le carrelage, il apprécia la sensation de fraîcheur que lui procurait la froideur des dalles. Sa barbe le démangeait, et il avait un besoin urgent d'aller aux toilettes. Il s'appliqua à ne plus y penser et ferma les yeux en imaginant qu'il était étendu sur des draps en coton frais dans son ancienne maison. Pendant les trente-deux ans qu'avait duré leur mariage, Elsie avait changé les draps tous les trois jours. Harry lui répétait que ce n'était pas nécessaire, surtout qu'il fallait les laver à la main et les passer ensuite dans l'essoreuse. Mais elle n'en démordait pas. C'était chez elle une compulsion, une habitude qui n'avait fait que se renforcer quand il lui avait offert une machine à laver à deux tambours pour leurs noces d'argent. Parfois, s'il se concentrait suffisamment, il parvenait à retrouver l'odeur de la poudre qu'elle utilisait et se retrouvait transporté dans des temps plus heureux. Ce matin, cependant, alors qu'il se laissait aller à rêvasser, il remarqua une tout autre odeur, inconnue et incongrue. Ses yeux se mirent à le piquer derrière ses paupières closes. Lorsqu'il les ouvrit, il aperçut une fumée grise et âcre s'échapper du pub. Aussitôt il se leva et tapa du poing sur la porte.

« Selwyn, Selwyn ! » Il regarda alentour d'un air affolé, mais l'endroit était si désert que le seul élément surprenant était l'absence de virevoltants roulant dans la rue. « Selwyn, Trisha ! Sortez de là en vitesse ! Le pub est en feu ! »

Il ramassa un gros caillou dans le caniveau et le lança sur la fenêtre de leur chambre. Par chance, la vitre se brisa, et une colonne de fumée jaillit dans l'air frais matinal.

Oh mon Dieu, le feu a atteint leur chambre…

« Au secours ! À l'aide ! » Harry s'élança dans la rue aussi vite que le lui permettaient ses vieux os. Il entra dans la cabine téléphonique et composa le 999. Se concentrant sur la voix posée de l'opératrice, il la supplia d'envoyer les pompiers pour qu'ils viennent sauver le seul ami qui lui restait dans la vie.

Il ne fallut que dix minutes au camion de pompiers pour arriver sur place, mais Harry avait déjà réussi à s'esquinter l'épaule en tentant d'enfoncer la porte. Il savait qu'il n'avait aucune chance. La dernière chose que Selwyn faisait le soir était de mettre en place les deux gros verrous, en haut et en bas. Après avoir été cambriolé d'innombrables fois, il ne voulait plus courir de risques. Par chance, ses précautions ne résistèrent pas au bélier des pompiers, sous lequel la porte céda comme si elle était en vulgaire balsa. Harry avait reçu l'ordre d'attendre de l'autre côté de la rue, où une petite foule s'était rassemblée. Le laitier avait abandonné sa voiture, toutes les livraisons étant suspendues pendant qu'il regardait se dérouler le drame. Le chef des pompiers s'approcha.

« C'est vous qui avez donné l'alerte, monsieur ? »

Harry serra son épaule meurtrie. « Oui. J'ai vu de la fumée sortir de sous la porte…

— Il y a combien de personnes à l'intérieur ?

— Selwyn, le propriétaire, et sa femme, Trisha.

— Ils sont trois, c'est ça ? »

Harry s'agita. « Deux. Ils sont deux. Selwyn est le propriétaire. »

La police venait d'arriver et commença à faire reculer les badauds. Dressé sur la pointe des pieds, Harry essaya de voir au-dessus des têtes de ces vampires pour qui l'incident était une distraction bienvenue dans leur vie monotone. Une échelle avait été placée sous la fenêtre de la chambre. Un pompier monta tout en haut comme s'il s'agissait d'un banal escalier, ouvrit la fenêtre et se retrouva immédiatement englouti par un nuage de fumée noire. Harry entendit des sirènes et pria pour que l'ambulance soit en route. Le pompier réapparut au sommet de l'échelle en portant Trisha en travers de son épaule comme une poupée de chiffon. Sa chemise de nuit était remontée, et bien que Harry ne pense pas qu'elle était du genre à garder une culotte au lit, il fut soulagé pour elle de voir qu'elle en avait une. Les ambulanciers se précipitèrent pour la prendre en charge. Ils lui mirent un masque sur le visage, ce que Harry interpréta comme le signe qu'elle respirait encore. Un autre pompier fila en haut de l'échelle avec la même aisance que son collègue et réapparut au bout de quelques minutes en portant le corps inanimé de Selwyn, ce qui rendit la descente plus ardue. Harry se faufila au milieu de la foule et se dirigea vers l'ambulance. Selwyn était étendu sur le trottoir, les yeux clos et le visage noir de suie.

« Il est en vie ? » demanda-t-il d'une voix cassée.

Un policier le prit par le bras pour l'éloigner. « Laissez-leur de la place pour faire leur travail. Il est entre de bonnes mains.

— Il est en vie ? » s'écria une seconde fois Harry. Il savait qu'il avait l'air d'un fou, mais il s'en fichait. Il se retourna en entendant quelqu'un appeler son nom. Babs et Lorraine coururent vers lui, le visage ravagé par la peur.

« On est venues dès qu'on a su, haleta Babs. Où est Selwyn, il va bien ?

— Papa ! cria Lorraine.

— Ils l'ont sorti et ils s'occupent de lui. Ils ne veulent rien me dire. »

Babs s'approcha du policier. « Cet homme que vous avez sorti, il faut que je le voie, c'est mon mari. »

Le jeune agent fronça les sourcils et secoua la tête. « Ah, je ne pense pas. On a déjà sa femme, là-bas. »

Elle lui lança un regard noir. « D'accord, si vous voulez être pédant, sachez que c'est mon ex-mari. Et maintenant, ôtez-vous de mon chemin ! »

Sans attendre sa permission, elle se faufila sous le ruban qui délimitait le périmètre de sécurité et tomba à genoux devant le corps de Selwyn. « Je vous en supplie, ne me dites pas qu'il est mort… »

Au son de sa voix, il tourna la tête. « Babs ? C'est toi ?

— Oh, Dieu soit loué… » Elle lui prit la main.

Il toussa et essaya de se redresser. « Où est Trisha ? »

Babs n'avait pas songé à elle une seule seconde. Son soulagement et sa tendresse pour Selwyn furent immédiatement ébranlés en voyant qu'il s'inquiétait pour sa femme. « Ils l'ont sortie de là, elle va bien. Enfin, je crois.

— Tu veux bien aller te renseigner ? » demanda Selwyn d'une voix enrouée. Il lui serra doucement la main et ajouta : « Désolé de te demander ça. »

Elle se redressa et fit signe à Lorraine qui se mordillait furieusement l'ongle du pouce de venir la rejoindre. « Papa va bien. Reste avec lui, tu veux ? »

Babs aperçut Trisha allongée sur un brancard qui disparut à l'arrière de l'ambulance et se précipita vers la femme qui avait ruiné sa vie. Ses cheveux blonds étaient emmêlés, ses grands yeux bleus exorbités au milieu de son visage noir de suie. En la voyant approcher, la jeune femme retira son masque à oxygène. « Ils... ils me disent que Selwyn va bien.

— Ça va aller, confirma Babs en hochant la tête. Vu qu'il fume deux paquets de cigarettes par jour depuis trente ans, ses poumons doivent être habitués. »

Trisha toussa, mais elle réussit à esquisser un sourire. « Quelqu'un a pensé à récupérer Nibbles ? Je sais qu'il est dans le jardin, mais il y a pas mal de fumée. »

— Oh mon Dieu ! s'exclama Babs en plaquant sa main sur sa bouche. Le pauvre, je l'avais complètement oublié ! »

En la voyant courir vers un pompier auquel elle expliqua la situation d'un ton affolé, Trisha secoua la tête et remit son masque. « Saleté de lapin ! »

« Comment va Selwyn ? » demanda Petula en faisant sauter Nibbles sur ses genoux, les yeux roses de l'animal s'écarquillant en rythme. Le lapin était sorti de l'incendie relativement indemne ; bien que son clapier ait été envahi d'une épaisse fumée, le seul signe indiquant qu'il avait été là était l'odeur de feu de bois qui s'accrochait à sa fourrure blanche quatre jours plus tard. Dès qu'elle le posa dans l'herbe jaunie, il bondit dans l'ombre de l'abreuvoir à oiseaux vide.

Lorraine se baissa et caressa ses oreilles soyeuses. « Il va beaucoup mieux, merci.

— On les a logés où ?

— Dans un bed and breakfast que Trisha connaissait en ville. Écoute, je te remercie d'avoir accueilli Nibbles. Tu sais comment c'est chez nous… sans jardin et tout ça.

— Ça va, pas de problème. » Petula regarda son amie dans les yeux. « Pourquoi tu n'es pas venue au boulot aujourd'hui ?

— Quoi ? Oh, je… j'avais mal à la tête. Je n'aurais pas supporté le bruit de toutes ces machines à écrire, et puis, c'est tellement étouffant, là-bas ! Je parie qu'il n'y a pas assez d'air pour qu'on puisse tous respirer.

— Tu as prévenu ?

— Eh bien, je voulais le faire, seulement je n'ai pas réussi à décoller ma tête de l'oreiller… et encore moins à trouver la force de me traîner jusqu'à la cabine téléphonique. »

Petula la regarda d'un air sceptique. « Mmm… Mais tu as trouvé la force d'aller faire du shopping, à ce qu'on dirait. Cette ombre à paupières bleue est nouvelle, et je n'ai jamais vu ce haut. »

Lorraine soupira, ses épaules s'affaissèrent. « Bon sang, Petula, tu perds ton temps dans ce bureau de dactylos ! Tu devrais bosser pour le MFI.

— Tu veux sans doute dire le MI5.

— Oui, si tu préfères. Quoi qu'il en soit, tu me promets que tu ne diras rien à Mrs Simmons ? Déjà qu'elle ne peut pas me piffer…

— Bien sûr que non, pour qui tu me prends ? Tu devrais quand même faire gaffe. Pourquoi tu n'apprends pas la sténo comme moi ? »

Lorraine plissa le nez. « Non, ça ne me dit rien, ça a l'air super compliqué.

— Ça t'aiderait à t'échapper du bureau des dactylos. Moi, en tout cas, c'est mon but.

— C'est bien pour toi, Petula, ton père travaille là-bas. Il pourra te faire avoir une promotion.

— Ce n'est pas comme ça que ça marche. Papa ne ferait jamais rien pour me favoriser, d'ailleurs, je ne le voudrais pas. Je veux qu'il soit fier de moi. Depuis que maman est partie, il a fait tout ce qu'il a pu pour moi, et j'ai l'intention de le récompenser par mon mérite, pas par népotisme.

— Par quoi ?

— Laisse tomber. »

Lorraine savait que Ralph Honeywell avait fait de nombreux sacrifices. Il n'avait jamais eu vraiment de vie sociale. Et se retrouver tout seul avec Petula lorsqu'elle avait eu neuf ans avait sans doute réduit ses chances de vivre une nouvelle histoire d'amour. Il avait dû apprendre à faire la cuisine, le ménage et la lessive tout en continuant à travailler à temps complet. Sa fille avait toujours été sa priorité, et il avait fait en sorte de protéger son enfance en lui évitant de tenir le rôle de maîtresse de maison.

« Tu crois que ça prendra combien de temps, avant que le pub puisse rouvrir ? » demanda Petula pour changer de sujet.

Lorraine haussa les épaules. « Je n'en sais rien, plusieurs semaines, j'imagine. Grâce à Harry, il y a surtout eu des dégâts à cause de la fumée, pas sur la structure.

— Mmm... Qui aurait pu penser qu'avoir un clochard qui campe devant sa porte se révélerait une bénédiction ? »

Lorraine éclata de rire. « Heureusement qu'il était là ! Je préfère ne pas penser à ce qui aurait pu arriver s'il n'avait pas donné l'alarme... En tout cas, papa a prévu d'organiser une journée à Blackpool avec tout le monde pendant que le pub sera fermé.

— À Blackpool ? On ira ?

— Ça dépendra qui vient. S'il n'y a que les vieux, je n'irai sûrement pas !

— Oh, arrête, Lorraine. Ça pourrait être amusant, et puis, rien ne nous oblige à rester avec les autres. On pourra aller à la plage, se baigner, pique-niquer... » Cet élan d'enthousiasme était inhabituel chez Petula.

En y réfléchissant, Lorraine se fit peu à peu à l'idée. Elle regarda au loin. « Je pourrais dire à papa de demander à Karl de venir.

— Celui qui ressemble à Marc Bolan ? Il est bien trop vieux pour toi ! De toute façon, à ce qu'on m'a dit, il en pince pour ta mère.

— Non, pas du tout, et il a seulement trente-six ans ! rétorqua Lorraine avec une certaine indignation.

— D'accord, mais il a un gosse, non ?

— Qu'est-ce que ça peut faire ? Il est divorcé.

— C'est vrai. Et il est superbe, concéda Petula. À qui d'autre on demandera ?

— Maman voudra venir, ne serait-ce que pour embêter Trisha, et on ne peut pas ne pas inviter Harry après un acte aussi héroïque. »

Petula renifla. « Ça va plutôt ressembler à une sortie du troisième âge ! »

Lorraine s'extirpa de son transat et marcha de long en large dans le petit patio en sautant d'un pied sur l'autre. « Zut, les dalles sont encore bouillantes. Passe-moi mes tongs. » Elle se tapota le menton en fronçant les sourcils d'un air songeur.

Petula se rallongea face au soleil couchant et ferma les yeux. « Oh, mon Dieu, qu'est-ce que tu mijotes ? Ce regard, je le connais…

— Ce sera peut-être l'occasion que j'attendais pour que Karl me remarque. S'il me voit en bikini, c'est sûr qu'il arrêtera de me traiter comme une gamine.

— Lorraine, il a deux fois ton âge ! Et en plus, je suis où, moi, dans ton petit scénario ? Je fais tapisserie ? » Sans attendre la réponse, elle saisit son ventre à deux mains et se pencha en avant.

« Qu'est-ce que tu as ?

— Rien… C'est juste que c'est cette période du mois.

— On pourrait demander à quelqu'un de venir pour toi. Qu'est-ce que tu dirais de Jerry ? »

Petula leva les yeux, le visage figé dans une grimace douloureuse. « Jerry Duggan ?

— On connaît combien d'autres Jerry ?

— Très drôle…

— Oh, allez, il n'est pas si mal que ça… Je sais bien qu'il est un peu bizarre, mais il est plutôt inoffensif.

— *Un peu ?* répéta Petula d'un ton moqueur. Il passe son temps à sonner des cloches et à observer les avions !

— Moi, je le trouve gentil. Tu pourrais tomber sur nettement pire. »

Petula souleva son corps massif du transat, jetant une ombre sur son amie. Les mains posées au-dessus de ses hanches, elle les serra comme pour essayer de marquer sa taille inexistante. « Tu ne crois pas que je pourrais trouver un garçon séduisant, hein ? On ne peut pas toutes te ressembler, tu sais, avoir des longs cheveux et ta silhouette… Tu as l'air d'une gazelle. Ce n'est pas ma faute si ce n'est pas mon cas.

— Ne sois pas ridicule ! Pourquoi tu es comme ça, d'un seul coup ? Je plaisantais, pour Jerry. Je sais très bien qu'il n'est pas ton genre. »

Petula sembla se calmer. « Bon, d'accord, tant que tu ne te mets pas dans la tête de m'acoquiner avec lui… Tu veux boire un verre ? »

Elle revint dans le patio avec deux sodas à la glace. La crème glacée avait formé des bulles qui débordaient sur le bord du verre. Elle en passa un à Lorraine. « Désolée, c'est un peu collant. »

Lorraine prit le verre. « Quand même, Jerry est chouette, tu sais.

— Oh, on continue à parler de lui ?

— Il n'a pas beaucoup d'amis, et puis, c'est un bon client de mon père.

— Tu rigoles ! Il va boire une demi-pinte une fois par semaine et il la fait durer toute la soirée !

— D'accord, disons un habitué. Et en plus, il amène sa mère, Daisy, qui prend un porto citron. »

Petula gonfla les joues. « Mais il est tellement sérieux !

— Et alors ? Ça ne veut pas dire qu'il n'a pas le droit de passer une belle journée ? Ne sois pas méchante… Je crois qu'il est très seul. Il a déjà eu une petite amie, mais elle est partie pour l'Australie.

— Je la comprends !

— Tu n'es pas gentille. Il n'avait que trois ans quand son père est mort. Imagine ce que ça a dû être pour lui. » Lorraine s'excita sur le sujet. « Et il se faisait embêter à l'école. Daisy a raconté à ma mère que le premier jour où il est allé en classe, on lui a plongé la tête dans la cuvette des toilettes. »

Petula crachota dans son verre ; du Coca lui ressortit par les narines en déclenchant une violente quinte de toux. « Oh, mon Dieu… C'est tellement drôle ! »

Lorraine la regarda d'un œil froid. « Je ne trouve pas ça drôle du tout. C'est même pire, parce que, en rentrant chez lui, une bande de gosses lui ont sauté dessus et lui ont arraché son nouveau cartable en cuir qu'ils ont vidé dans une flaque avant de piétiner le tout. »

Petula mit sa main devant sa bouche pour réfréner un hurlement de rire, mais elle fut incapable d'empêcher ses épaules de se secouer. « Oh, mon Dieu, mais c'est affreux ! » réussit-elle à dire.

Décidée à terminer son histoire, Lorraine l'ignora. « Comme Daisy avait voulu lui faire un cadeau spécial pour le récompenser d'entrer à l'école, elle avait acheté ce cartable à crédit, bien qu'elle soit contre l'idée d'acheter des choses si on n'en a pas les moyens. Et elle a dû le payer pendant des mois alors qu'il a été fichu dès le premier jour. »

Petula s'essuya les yeux. « Mmm... c'est très triste, c'est vrai. » Elle se tut un instant, puis ajouta : « Bon, d'accord, si tu y tiens, on demandera à Jerry et à Daisy de venir. »

Son père apparut à l'entrée du patio. Lorraine avait l'habitude de le voir trottiner dans les couloirs du bureau, élégant et résolu dans sa veste en velours marron, une liasse de papiers sous le bras. Mais aujourd'hui, il avait une allure très différente. Il paraissait comme diminué, comme s'il n'avait pas besoin d'en faire des tonnes à la maison. Son teint évoquait du vieux porridge, et il avait des cernes sombres sous les yeux.

« Bonjour, Lorraine, tu te sens mieux ?

— Pardon ?

— Comme tu n'es pas venue travailler, j'ai supposé que tu étais malade.

— Oh, euh... oui. Mais je me sens beaucoup mieux, monsieur Honeywell, merci. »

Il lui fit un clin d'œil et ouvrit le *Radio Times*. « J'imagine que vous allez toutes les deux monopoliser la télévision pour regarder ce machin que vous appelez *Top of the Pops* ? »

Avant qu'elles aient eu le temps de répondre, il s'éloigna en traînant les pieds et en marmonnant quelque chose sur le fait de payer la redevance télé sans jamais avoir le droit de la regarder.

« Ton père va bien ? » demanda Lorraine.

Petula aspira le fond du verre avec sa paille. « Il prend des cachets, ça l'aide à tenir. » Elle revint sur la sortie. « Ça fera combien de personnes, en tout ? »

Lorraine posa son verre pour compter sur ses doigts. « Voyons voir... Toi et moi, papa, maman, Trisha, Harry, Karl, Jerry et Daisy... On serait neuf ! s'écria-t-elle en tapant dans ses mains. Hé, il me tarde d'y être ! » Elle se leva et pinça la joue de son amie. « On fera tout ce qu'il faut pour passer une journée formidable ! »

11

Daisy Duggan était à quatre pattes en train de nettoyer le devant de sa porte quand le bruit d'un caillou lancé sur la fenêtre du séjour la fit sursauter. Les voyous qui venaient de faire ça ne l'avaient manifestement pas vue, même si elle doutait que ça eût changé grand-chose. Elle ramassa son balai qu'elle brandit vers les quatre skinheads grossiers en train de rire comme des bossus de leur blague hilarante.

« Vous ne pouvez pas nous laisser tranquilles ? implora-t-elle. Qu'est-ce qu'on vous a fait ? »

Le plus grand des quatre s'avança, les mains sur les hanches. « Oh, du calme, la veuve ! On voulait juste rigoler.

— Eh bien, je n'apprécie pas beaucoup votre sens de l'humour. Vous auriez pu casser la vitre... Fichez le camp et laissez-nous en paix. »

Elle s'appuya sur son balai comme sur un bâton, plus pour soulager ses genoux tremblotants qu'autre chose, mais son attitude de défi sembla marcher, si bien que les garçons filèrent, sans doute à la recherche d'une autre malheureuse victime à terroriser.

Tous les vendredis soir, Daisy et son fils Jerry mangeaient un *fish and chips* avant d'aller boire un verre au *Taverners*. Jerry passait l'acheter en revenant de William & Glyn's et ramenait le sac en équilibre précaire sur le guidon de son vélo. En l'attendant, Daisy faisait chauffer les assiettes dans le four. Elle avait toujours pensé qu'une seule chose était pire que manger son *fish and chips* dans une assiette froide, à savoir le manger dans du papier journal, excepté quand on était au bord de la mer. Auquel cas, c'était acceptable.

La sonnette la fit sursauter. Jerry avait encore dû oublier ses clés. « Oh, mon garçon, tu oublierais ta tête si elle n'était pas vissée sur tes épaules ! » cria-t-elle en se dirigeant vers l'entrée. Comment il parvenait à retenir toutes ces formules et équations mathématiques, sans parler des symboles chimiques, restait pour elle un mystère. Sa dernière année au lycée, il avait remporté les prix de mathématiques et de sciences, et il aurait fait un merveilleux délégué de classe. Malheureusement, le directeur le trouvait trop excentrique, si bien que Jerry avait dû se contenter d'être préfet de discipline. Néanmoins, elle n'aurait pas pu être plus fière de lui. À vingt et un ans, il faisait un stage à la banque – et Dieu seul savait où ça pourrait le mener ! S'il travaillait d'arrache-pied, s'il avait de la chance et si le vent lui était favorable, peut-être qu'il deviendrait un jour directeur de banque, une éventualité qui faisait rayonner Daisy de bonheur chaque fois qu'elle s'autorisait à rêver.

Ce n'était cependant pas Jerry qui avait sonné, mais la fille de Selwyn, Lorraine, accompagnée de son amie, la grande fille aux cheveux coupés court sans le moindre style. Daisy se dit que ce devait être une coupe au carré, sauf que la pauvre fille ressemblait plus à un page du Moyen Âge qu'à Purdey. Elle ne se souvenait plus de son nom. « Oh, bonsoir Lorraine, bonsoir… euh…

— Petula, lui rappela Lorraine.

— Mais oui, bien sûr. Je suis désolée pour ce qui est arrivé au pub de ton père. Quel choc ça a dû être, mais, heureusement, tout le monde s'en est sorti ! Ce soir, ne pas boire notre petit verre là-bas va nous manquer, c'est sûr.

— C'est gentil, Daisy. C'est vrai que ça a été un choc, mais papa et Trisha se remettent peu à peu. Justement, pendant que le pub est fermé, mon père veut organiser une sortie à Blackpool dans quinze jours, le 24, du coup on se demandait si Jerry et vous aimeriez venir avec nous.

— Je dois avouer que c'est tentant… Jerry est encore au travail, mais il devrait rentrer d'une minute à… »

La sonnette d'une bicyclette interrompit la discussion.

« Qu'est-ce qui se passe ? » lança Jerry en s'engageant dans l'allée. Il posa son vélo contre la barrière. « Bonsoir Lorraine… Petula. »

Celle-ci répondit en grommelant, mais Lorraine fit preuve de plus de politesse. « Salut, Jerry ! Je venais demander à ta mère si vous aimeriez venir passer une journée à Blackpool avec nous et d'autres habitués du *Taverners*. »

Il remonta ses lunettes du bout de son index et fronça les sourcils. « À Blackpool ? Pour quoi faire ? »

Lorraine haussa les épaules. « On a pensé que ce serait sympa, et vu que le temps est au beau fixe… »

Jerry se tourna vers Petula, qui contemplait attentivement ses chaussures. « Tu y vas ?

— Oui, je crois que oui, dit-elle sans lever les yeux.

— Tu veux y aller, maman ? »

Daisy lui ébouriffa les cheveux comme s'il avait encore douze ans. « Pourquoi pas ? répondit-elle en tirant le bas de son tricot de corps en laine. Qui sait ? Peut-être qu'on arrivera à te faire enlever ce machin ! »

Allongé sur son lit, Jerry se fit la réflexion qu'il se passerait volontiers de cette sortie à Blackpool, surtout si Petula y allait. Ces derniers temps, elle était d'assez mauvaise humeur et ne s'exprimait que par monosyllabes, au point qu'il regrettait que Lorraine la lui ait présentée. Il ne pouvait pas dire qu'ils étaient vraiment amis, mais, un soir où ils s'étaient vus au *Taverners*, ils s'étaient retrouvés seuls tous les deux à la fin de la soirée. Depuis que Lydia était partie, Jerry ne s'était jamais intéressé à une autre fille, et il ne s'intéressait pas plus à Petula. À dire vrai, la première fois qu'il avait posé les yeux sur elle, il l'avait prise pour un garçon, avant qu'elle ne se retourne face à lui, et, même là, il n'en avait pas été tout à fait certain.

Les bras croisés derrière la tête, il fixa le plafond. Un peu plus de deux ans s'étaient écoulés depuis que Lydia était partie vivre en Australie avec sa famille. Elle n'en avait eu aucune envie, mais, étant donné qu'elle n'avait que seize ans, ses parents avaient refusé qu'elle reste toute seule en Angleterre. Il sortit du tiroir de la table de nuit une photo écornée, prise dans son jardin un jour avant qu'elle ne vogue loin de sa vie. Les cheveux châtains coupés au niveau du menton, elle regardait l'objectif en souriant, la tête légèrement penchée sur le côté, les mains croisées devant elle. C'était une fille adorable, et idéale pour Jerry : sa mère disait souvent en riant qu'ils ne briseraient pas un autre couple. Jerry savait que les gens le trouvaient un peu bizarre – il avait supporté toute sa vie les enfants qui le rudoyaient et le tourmentaient –, mais Lydia, elle, le comprenait. Qu'il sonne les cloches à l'église ne la dérangeait pas, ni qu'il rentre le bas de son pantalon dans ses chaussettes pour faire du vélo. Elle trouvait charmant qu'il porte encore les pulls que lui tricotait sa mère et qu'il refuse d'adopter le jean pattes d'eph à la mode au prétexte que le bas se serait coincé dans sa chaîne. Elle aimait bien ses cheveux coupés ras derrière et sur les côtés, qu'il conservait quand bien même les jeunes de son âge laissaient pousser les leurs à des longueurs absurdes.

Lydia l'avait supplié de la suivre en Australie, mais il lui était impossible de laisser sa mère toute seule, et elle l'avait compris. Sa loyauté et son affection pour Daisy étaient parmi ses qualités les plus attachantes, pour lesquelles elle ne l'en aimait que davantage. Le jour de son départ, Jerry l'avait accompagnée en train jusqu'à Southampton, et, tandis qu'ils roulaient inexorablement vers leur destination, leurs doigts étaient restés entrelacés tout le long du trajet, sans qu'il parvienne à se débarrasser du sentiment qu'il faisait une regrettable erreur et aurait dû n'acheter qu'un billet aller.

Alors qu'il serrait la photo sur son cœur, il entendit frapper à la porte de sa chambre.

« Entre, maman… »

Daisy brandit une grande tasse. « Je t'ai apporté du thé. » Elle s'assit au bout du lit. « Qu'est-ce que tu as là ? »

Il lui tendit la photo de Lydia, qu'elle avait déjà dû voir un bon millier de fois. Elle passa son pouce sur le cliché en noir et blanc.

« Elle te manque toujours autant ?

— Chaque jour qui passe. » Il s'efforçait de ne pas le montrer, notamment à sa mère, mais, par moments, il n'arrivait plus à faire semblant. C'était trop épuisant.

« Jerry, je vais te le répéter une dernière fois, après quoi je ne t'en reparlerai plus jamais. » Daisy se leva et écarta sa frange sur le côté d'un geste plein de tendresse. « Pars en Australie. Va rejoindre l'amour de ta vie. Si tu ne le fais pas, tu finiras par le regretter.

— Je ne peux pas, ce ne serait pas juste pour…

— Chut ! Ne dis pas ça, Jerry. Je n'ai que faire de toute cette culpabilité… Tu as ma bénédiction, je veux que tu t'en ailles.

— Mais…

— Il n'y a pas de mais. Lydia veut toujours de toi ?

— Oui…

— Alors, qu'est-ce qui t'arrête ? Non, ne me réponds pas !

— J'apprécie ce que tu cherches à faire, maman, mais tu oublies que j'ai hérité de ton caractère têtu… Te voilà coincée avec moi, j'en ai peur. »

Daisy balaya la chambre d'un regard et ses yeux se posèrent sur les affiches qui décoraient les murs. Il n'y en avait pas une seule d'un club de football ou d'Olivia Newton-John, comme dans la plupart des chambres de garçons. Non, son Jerry avait un poster du système solaire et un autre du tableau périodique des éléments. Fallait-il s'étonner qu'il n'ait rien en commun avec les jeunes gens de son âge ? La plupart de ses soirées, il les passait enfermé dans cette chambre minuscule, sans doute à ruminer sur les lettres de Lydia et à lui écrire Dieu sait quelles nouvelles ! En dehors de son travail, du pub le vendredi soir et de l'église le dimanche, il ne faisait jamais rien. Il devait avoir épuisé ses histoires de sonneur de cloches depuis belle lurette !

Elle afficha un sourire qui retint ses larmes juste à temps. « Tu sais, Jerry, le véritable amour ne se présente qu'une seule fois dans la vie. Certaines personnes ont même la malchance de ne jamais le connaître... Je t'en prie, ne renonce pas à tout à cause d'une loyauté obstinée envers moi. Il m'est impossible de vivre avec un tel fardeau. »

Il lui prit la main. « Tu penses sincèrement que je devrais partir ?

— Tu es comme un oiseau auquel on aurait coupé les ailes. Ici, tu étouffes, alors que tu devrais prendre ton envol. Pour une fois, tu devrais penser à toi. J'aurai toujours ma vie ici. J'ai Floyd, mes deux boulots, et puis aussi l'église, où, accessoirement, je sais que tu vas uniquement à cause de moi. Avec ton cerveau de scientifique, tu ne crois même pas en Dieu ! »

Il acquiesça en souriant – sa mère n'était pas dupe ! « Peut-être que je ne crois pas en Dieu, mais je crois au réconfort que ça t'apporte d'y croire, et ça me suffit.

— Réfléchis bien, Jerry... Je t'en supplie. » Elle l'embrassa sur la joue. « C'est la dernière fois que je t'en parle. Bon, je vais descendre donner son os de seiche à Floyd. »

Il n'y avait aucun doute que Daisy adorait sa perruche, songea-t-il, cependant Floyd n'était pas vraiment un substitut à même de remplacer son fils. En dépit de tous les efforts de sa mère, cet imbécile d'oiseau n'avait jamais articulé le moindre mot ! D'après Lydia, les perruches étaient aussi répandues que les moineaux en Australie, où on ne les enfermait pas dans des cages. Elles étaient libres de s'envoler, pas comme la pauvre Floyd qui avait pour seule distraction un miroir et une clochette.

Jerry tenait là l'occasion d'exploiter son potentiel, la chance de vivre avec la fille qu'il aimait, et avec la bénédiction de sa mère, en plus ! Il l'accompagnerait à cette excursion à Blackpool et ferait en sorte qu'elle passe un bon moment. Elle méritait bien ça !

En quelques minutes, il prit sa décision. Il se leva de son lit et alla s'asseoir à son bureau, puis sortit son bloc de papier à lettres bleu de la poste aérienne.

12

À 7 h 30 du matin, Babs et Lorraine arrivèrent devant le *Taverners*, dont la redécoration était quasiment terminée. Selwyn espérait rouvrir le lundi suivant, près de trois semaines après l'incendie. Babs était resplendissante dans sa robe-chemisier vert citron très courte agrémentée d'un grand col blanc, une des préférées de son ex-mari. Elle l'avait confectionnée elle-même sur sa fidèle machine à coudre Singer, un cadeau qu'il lui avait fait deux ans plus tôt pour ses quarante ans, juste avant que Trisha ne vienne tout foutre en l'air. Ses cheveux auburn à longueur d'épaule crêpés sur le sommet étaient bouclés aux extrémités et retenus par un bandeau à fleurs qui dégageait son visage. Elle avait quelque peu abusé de son parfum Aqua Manda, au point que Lorraine avait agité la main devant son nez en traversant un nuage de fleur d'oranger. « Bon sang, maman, tu cherches à impressionner qui ? »

Babs fut un peu trop prompte à se défendre. « Personne, ne dis pas de bêtises ! »

Elles portaient chacune un énorme sac de plage à rayures contenant des serviettes, des peignoirs pour se changer, des bikinis, un pique-nique et deux flasques. Elles laissèrent les sacs sur le trottoir en attendant que les autres arrivent. La température grimpait déjà. La journée promettait d'être encore d'une chaleur implacable.

Lorraine donna un coup de coude à sa mère. « Eh, regarde un peu… »

Babs se tourna vers le bout de la rue alors que deux silhouettes approchaient en se tenant bras dessus bras dessous. « Dieu du ciel, c'est quoi cette tenue ? »

Trisha trottinait à côté de Selwyn sur des chaussures à plate-forme, totalement inadaptées pour une journée à la plage. Elle portait un short blanc effiloché microscopique et une chemise à carreaux en mousseline nouée au-dessus de son ventre bronzé, le tissu transparent laissant admirer à tout un chacun son soutien-gorge rose vif. Avec son immense chapeau et ses énormes lunettes de soleil, on aurait dit une vedette de cinéma escortée par son garde du corps.

Selwyn embrassa Babs sur la joue. « Bonjour ! Content que tu aies pu venir…

— Je n'aurais raté ça pour rien au monde ! rétorqua-t-elle avec un grand sourire. Bonjour, Trisha. »

Celle-ci retira ses lunettes et hocha la tête. « Bonjour, Barbara, Lorraine. »

Le silence gênant fut rompu par Harry qui arriva au coin de la rue avec son caddie. Un grand sourire barrait son visage. « Bonjour, tout le monde ! » Il portait un costume gris élimé avec une chemise et une cravate. Si on faisait abstraction de la tache jaune qui décorait le devant de sa chemise, des peluches sur la veste et de ses chaussures étranges, il s'était plutôt bien récuré.

« Tu es très élégant, Harry ! le complimenta Babs, bien qu'elle ne comprenne pas pourquoi il s'était habillé de façon aussi formelle pour une journée à la plage.

Il la toisa de haut en bas, siffla d'un air appréciateur, puis ôta sa casquette d'un geste théâtral. « Je peux en dire autant de toi ! C'est une bien jolie robe que tu as là !

— Je suis heureux que tu aies pu venir, dit Selwyn. On ne pourra jamais te remercier assez d'avoir donné l'alarme et de nous avoir sauvé la vie. » Il donna un coup dans les côtes de sa femme. « Pas vrai, Trisha ?

— Quoi ? Oh, oui, bien sûr… Salut, Harry. » Elle souffla un nuage de fumée de cigarette par-dessus son épaule.

— Où est passé Don avec son foutu minibus ? » demanda Lorraine.

Selwyn jeta un coup d'œil au bout de la rue. « Il devrait être là d'ici à une minute. Arrête de t'agiter, ma Lorraine… De toute façon, tout le monde n'est pas encore arrivé. On attend qui ?

— Petula, mais je la vois qui arrive, dit Lorraine en apercevant son amie descendre la rue. « Et puis, il y a Jerry et Daisy, et encore quelqu'un d'autre. » Elle se frotta le menton comme si elle avait oublié de qui il s'agissait.

Babs sourit, amusée par sa fille. « Karl. On attend encore Karl.

— Ah oui, c'est ça… Je ne me rappelais plus. »

Karl se tourna en tendant la main pour éteindre le réveil. La sonnerie incessante s'arrêta, et il grogna en se rappelant quel jour on était. Il ne comprenait pas pourquoi il avait accepté d'aller passer cette journée à Blackpool. Il savait que Lorraine en pinçait pour lui, et il n'avait aucune envie de heurter ses sentiments, seulement ce n'était qu'une gosse. En revanche, sa mère, Babs, était un sacré canon ! Peut-être un peu trop vieille pour lui, et visiblement toujours amoureuse de Selwyn, néanmoins il ne reculait jamais devant un défi.

Il s'observa dans le miroir, d'abord son profil droit, ensuite le gauche. Son travail de facteur le laissait souvent libre l'après-midi, si bien qu'il était aussi bronzé qu'un grain de café. Il n'avait plus le temps de se raser, mais il s'aspergea les joues de Hai Karate et mit du déodorant. Les longues heures qu'il passait à bricoler sur sa moto l'empêchaient de dissimuler l'odeur de l'huile de vidange, ou de se débarrasser des traces noires sous ses ongles. En regardant l'heure, il se rendit compte qu'il allait devoir sauter le petit déjeuner. Il enfila son jean pattes d'eph et un tee-shirt blanc moulant qui mettait en valeur son torse musclé, puis il attacha sa chaîne au bout de laquelle pendait une dent de requin. Il attrapa ses clés et, au moment où il ouvrit la porte, il fut surpris de voir son ex-femme qui s'apprêtait à appuyer sur la sonnette.

« Bon sang, Andrea, qu'est-ce que tu fabriques ici à cette heure ? Tu as une mine épouvantable. »

Leur fils émergea de la ruelle où il s'était caché. « Hou ! »

Andrea ramena une mèche de cheveux gras derrière l'oreille du petit garçon. « Il va falloir que tu t'occupes de lui. J'ai un truc à faire. »

Mikey se précipita vers son père et entoura ses jambes de ses bras.

Karl fusilla Andrea du regard et respira à fond sans que cela suffise à dissiper sa colère. « Je ne peux pas… Je vais être absent pour la journée. »

L'enfant se tordit le cou pour le regarder. « Oh, papa, s'il te plaît ! Tu avais dit qu'on réparerait le pot d'échappement de ta moto… »

Karl ébouriffa ses cheveux blonds, qui, visiblement, n'avaient pas vu de peigne ce matin. « Je suis désolé, fiston, mais on va devoir remettre ça à demain. » En voyant le petit visage innocent de son fils, il ressentit un élan d'affection. Mais il n'avait pas l'intention de faciliter les choses à Andrea.

Elle se retourna. « Viens, Mikey, tu n'auras qu'à rester tout seul. Je te laisserai des céréales.

— Attends ! s'écria Karl en la rattrapant par le bras. Tu ne peux pas le laisser tout seul, il n'a que six ans ! »

Elle haussa les épaules. « Tu ne me laisses pas le choix, dit-elle en se dégageant. Allez, viens, Mikey, ton père est trop occupé. »

Karl savait très bien qu'elle le manipulait, ce qui le fit bouillir intérieurement de rage. Jamais il n'accepterait qu'Andrea laisse leur fils tout seul, elle le savait. « D'accord, il peut venir avec moi », dit-il en se radoucissant.

Le petit garçon s'écarta de sa mère et revint en courant vers son père. « Merci, papa !

— Entre dans la maison une seconde. Il faut que je dise un mot à ta mère. »

Une fois Mikey hors de portée de voix, Karl laissa libre cours à sa fureur. « Tu ne peux pas continuer à te comporter comme ça ! Si tu veux que je le prenne à temps complet, très bien, je demanderai la garde, mais tu ne peux pas le déposer sans prévenir quand ça te chante ! J'ai une vie. Tu sais que j'adore ce gosse, mais il a besoin de stabilité, d'une routine... Alors si tu ne peux pas lui donner ça, c'est moi qui m'en occuperai ! »

Andrea le dévisagea d'un air de défi. « Tu as perdu, Karl, accepte-le. Le juge n'a pas cru que j'étais la mère irresponsable pour qui tu as voulu me faire passer.

— Tu n'as aucun instinct maternel, tu es une mère épouvantable... Et ne va pas croire que je ne suis pas au courant de tous les mecs que tu te tapes ! Mikey me parle toutes les semaines d'un nouvel « oncle » ! Il faut régler cette situation une bonne fois pour toutes. J'irai voir mon avocat dès lundi. »

Il claqua la porte et resta dans l'entrée le temps de se ressaisir. Son fils méritait mieux que cette bonne à rien mangeuse d'hommes et fumeuse de joints ! Et il était bien décidé à le reprendre.

L'enfant était dans la cuisine en train de se servir du jus d'orange. « Mikey ?

— Qu'est-ce qu'il y a ? Je vais me faire gronder ?

— Non, fiston, tu ne vas pas te faire gronder. Viens ici. » Il lui ouvrit tout grand les bras ; l'enfant se serra contre son père. « Qu'est-ce que tu dirais de vivre tout le temps avec moi ? »

Mikey recula pour le regarder. « Je peux, c'est vrai ?

— Eh bien, il faudra régler ça au tribunal, mais si c'est ce que tu veux, je ferai en sorte que ce soit le cas.

— Mais… et maman ? Elle sera toute seule et elle n'est pas très douée pour s'occuper de la maison. Elle a besoin de moi. »

Karl soupira. « Tu es un gentil garçon, mais ce n'est pas à toi de veiller sur elle. C'est elle qui est censée veiller sur toi. » Il jeta un coup d'œil à la pendule. « De toute façon, on ne va pas y penser maintenant. Ça te plairait d'aller faire un tour à la mer ? »

Karl arriva au *Taverners* hors d'haleine, ayant dû courir tout le long du trajet en portant Mikey sur ses épaules parce qu'il n'avançait pas assez vite. Il le posa par terre et souleva son tee-shirt trempé de sueur pour rafraîchir sa peau en sueur.

Le minibus venait de se garer devant le pub. Don, le conducteur descendit en se tenant le ventre. Selwyn tapota sa montre. « Dis donc, il était temps ! On commençait à croire que tu ne viendrais plus…

— Je regrette, mais je ne vais pas pouvoir vous accompagner. L'un de vous va devoir prendre le volant. J'ai la courante.

— Qu'est-ce qu'il a le monsieur ? C'est quoi la courante ?

— C'est quand on passe son temps à ch…, commença à expliquer Trisha.

— Merci, Trisha, dit Karl en mettant les mains sur les oreilles de son fils et en se penchant vers lui. Ça veut juste dire qu'il a très mal au ventre. »

Don se dandina d'un pied sur l'autre. « Sérieusement, il faut que j'y aille… Je vous laisse le minibus, l'un de vous n'aura qu'à conduire. Je vais prévenir l'assurance. » Il lança les clés à Selwyn. « Désolé, mais il faut que je me grouille ! »

Selwyn se tourna vers le petit groupe à l'air morose rassemblé sur le trottoir et agita les clés en l'air. « Il y a un volontaire ?

— Je n'ai pas conduit depuis des années, et ma vue n'est plus ce qu'elle était », dit Harry.

Daisy leva la main comme si elle était à l'école. « Je n'ai pas le permis. Désolée. »

Trisha alluma une nouvelle cigarette et regarda Babs. « Je ne survivrai pas à cette petite balade si je ne peux pas picoler, ce qui m'élimine d'office.

— On a tous envie de boire un coup, tu sais... Arrête d'être aussi égoïste, répliqua son mari.

— Ne me parle pas sur ce ton, Selwyn Price ! Tout ça n'est pas de ma faute.

— Non, rien n'est jamais ta faute », rétorqua-t-il en secouant la tête.

Babs poussa sa fille du coude en réprimant son envie de rire. « On dirait que cette sortie s'annonce plus amusante que je ne le pensais ! »

Jerry s'avança. « C'est bon, je vais conduire.

— Toi ? s'exclama Selwyn d'un air ébahi. Je ne savais pas que tu conduisais. Tu te déplaces tout le temps à vélo. »

Daisy se porta garante pour son fils. « C'est un excellent conducteur. Il a eu son permis du premier coup. » Elle sourit à Jerry en lui frottant le dos.

Petula se pencha à l'oreille de Lorraine. « Apparemment, il n'est pas aussi empoté qu'il en a l'air. »

Selwyn sourit d'un air reconnaissant. « Si tu en es sûr, Jerry, ce serait super. »

Trisha écrasa sa cigarette sur le trottoir. « Bon, Dieu merci, la question est réglée. On peut y aller, maintenant ? »

Selwyn mit les clés dans la main de Jerry. « Merci, mon gars. Ça nous arrange bien, je suis sûr que tout le monde apprécie. » Il se tourna vers le groupe et leva les sourcils. Ils marmonnèrent tous un remerciement et applaudirent en silence.

Daisy bomba la poitrine d'un air rayonnant. Elle enleva ses lunettes à Jerry, souffla un peu de buée sur les verres, puis les essuya avec le bas de sa robe. « Ne vous en faites pas, vous êtes entre de bonnes mains ! » Elle lui remit ses lunettes sur le nez. « Merci, mon garçon, je suis fière de toi. Et maintenant, mettons-nous en route ! »

13

Jerry grimpa derrière le volant et se familiarisa avec les commandes. Il n'avait encore jamais conduit un Transit, mais, en dehors du levier de vitesses interminable, ça ne semblait pas très différent d'une voiture. Il passa ses mains sur le tableau de bord en faux bois et ajusta son siège par rapport aux pédales. Contrairement à la plupart des garçons, il n'aimait pas particulièrement conduire. Pour lui, ce n'était qu'un moyen de transport, et puisqu'il pouvait aller à son bureau à vélo, il lui semblait inutile de gaspiller de l'argent dans une voiture. Vu que l'essence coûtait 77 pence le gallon, il préférait dépenser son salaire autrement.

Il entendit une dispute éclater à l'arrière pour décider qui devait s'asseoir où. Deux banquettes se faisaient face dans le sens de la longueur, idéales pour faire la conversation. À la place du conducteur, il avait au moins le luxe de pouvoir boucler une ceinture de sécurité. Le siège en Skaï noir était déjà brûlant et tout poisseux.

Il abaissa la vitre pour laisser entrer un peu d'air et entendit sa mère éclater de rire tandis qu'elle discutait avec Harry sur le trottoir. Il ne l'avait pas vue aussi joyeuse depuis un bon bout de temps. À quarante ans passés, ses cheveux étaient encore d'un noir de jais, et sa dernière permanente avait tenu suffisamment pour qu'ils retombent en boucles souples autour de son visage. Elle les avait relevés d'un côté avec une barrette fantaisie et, à en juger par les guêpes qui tourbillonnaient au-dessus de sa tête, elle n'y était pas allée de main morte avec la laque ! Il était triste qu'elle n'ait jamais retrouvé un second mari après le décès de son père. Vivre seule pendant dix-huit ans, c'était très long. Non que des admirateurs ne se soient pas présentés au fil des années ; le boulanger s'était montré particulièrement attentif et lui glissait souvent quelques gâteaux en signe de tendresse. Puis il y avait eu le type qui venait récolter l'argent des paris, et qui avait plus de poils dans les oreilles que de cheveux sur le crâne. Il faisait rire sa mère, mais, bien qu'ils soient sortis ensemble plusieurs fois boire un verre, ça n'avait jamais débouché sur quoi que ce soit de sérieux.

Jerry se pencha à la vitre. « Maman, pourquoi tu ne viens pas t'asseoir devant avec Harry ? »

La dernière chose dont il avait envie, c'était que Lorraine et Petula s'installent à côté de lui. Il pourrait très bien se passer de cette distraction. D'ailleurs, il ne faisait cette sortie que pour faire plaisir à sa mère. Il entendit Petula se hisser à l'arrière en grognant. Lorraine la poussa, les deux mains sur ses fesses, si bien qu'elle tomba à genoux tandis que les autres s'entassaient derrière elle. Il se tourna vers ses passagers. « Ça y est, tout le monde est là ? »

Trisha, qui se retrouva coincée en sandwich entre Selwyn et le petit Mikey, n'avait pas l'air ravi du tout. Karl était assis en face de son fils et à côté de Lorraine, qui colla sa cuisse contre la sienne alors qu'il y avait toute la place qu'il fallait.

« S'il te plaît, Karl, dis-moi que le mioche ne va pas jouer avec ce machin pendant tout le trajet jusqu'à Blackpool ! s'exclama Trisha en montrant Mikey. Ça me rend déjà dingue, je te jure que je vais finir par le lui enrouler autour du cou ! »

Karl prit le clac-clac avec lequel jouait son fils. « Mieux vaut ranger ça pour l'instant, d'accord ?

— Pardon, papa », dit l'enfant en haussant les épaules.

Karl regarda Trisha. « Ça va, t'es contente ? »

Jerry mit le contact et actionna les essuie-glaces pour enlever les insectes sur le pare-brise. La chaleur devait leur convenir, parce qu'il y en avait en proportions sidérantes ces dernières semaines. Il dut s'y reprendre plusieurs fois, mais le moteur finit par tousser et démarrer, ce qui déclencha les acclamations des passagers à l'arrière.

Babs, assise en face de Selwyn, croisa ses jambes nues. Leurs genoux se frôlèrent une seconde. Il lui sourit et baissa les yeux. Trisha sortit une énième cigarette et passa le paquet alentour. Selwyn en prit une, et quand elle lui donna du feu avec son briquet, il referma sa main tendrement sur la sienne. Elle lui caressa la joue et mit sa tête sur son épaule. Babs gigota, mal à l'aise, et se tourna vers Karl, assis à l'autre bout de la banquette. « Tu joues toujours avec ton groupe, Karl ? »

105

Petula et Lorraine étant entre eux deux, il dut se pencher pour lui répondre. « Oui, oui. Mais on aimerait bien se produire plus souvent.

— Pourquoi tu ne demandes pas à Selwyn de jouer un soir au pub ? » suggéra-t-elle.

Selwyn tira une longue bouffée sur sa cigarette et haussa les épaules. « Oui, pourquoi pas ? Qu'est-ce que tu en penses, Trisha ? »

Babs se raidit. Pourquoi fallait-il toujours qu'il lui demande son avis ? Ce n'était pourtant pas son nom qui était inscrit au-dessus de la porte !

Trisha réfléchit une seconde. « Ça pourrait marcher, oui. C'est quoi déjà, le nom de votre groupe ?

— Hundred Per Cent Proof.

— Comment vous avez trouvé ça ? » interrogea Lorraine, qui mourait d'envie de se mêler à la conversation. Jusqu'à présent, Karl lui avait à peine prêté attention.

« Eh bien, un soir où les gars et moi cherchions un nom, Georgie a dit que les Bay City Rollers s'étaient d'abord appelés les Saxons. Comme ils voulaient changer de nom, ils ont décidé de lancer une fléchette sur une carte des États-Unis, et que l'endroit où elle atterrirait serait leur nouveau nom. Il y a une petite ville au Michigan qui s'appelle Bay City, et c'est là que s'est plantée la fléchette. Georgie a proposé qu'on fasse la même chose, mais vu qu'on n'avait juste une carte de Manchester, on l'a punaisée au mur, et la fléchette a atterri sur Burnage. Ce qui n'était pas très rock and roll ! » conclut-il en haussant les épaules.

Lorraine éclata de rire et lui toucha le bras. « C'est trop drôle ! Mais comment vous vous êtes retrouvés à vous appeler Hundred Per Cent Proof ? »

106

Karl fixa la main posée sur son bras. « J'ai fait remarquer que c'était la preuve à cent pour cent que Georgie n'était qu'un imbécile, et comme on est tous tombés d'accord là-dessus, le nom est resté.

— Papa, j'ai faim ! claironna Mikey. Maman a oublié de me donner un petit déjeuner. »

Tout le monde se tourna vers la petite voix plaintive. Karl palpa ses poches. « Désolé, fiston, je n'ai rien apporté. Je t'achèterai des chips une fois qu'on sera à Blackpool. »

Babs plongea la main dans son sac posé sous la banquette. « Il ne peut pas manger des chips au petit déjeuner ! Tiens, prends un de nos sandwiches aux œufs. » Elle en passa un à l'enfant, qui sépara les deux petits triangles de pain de mie ramollis. Il s'en échappa une forte odeur d'œuf dur qui rivalisa avec celle de la fumée de cigarette. Mikey fronça le nez.

« Ne fais pas le difficile, le réprimanda son père. Qu'est-ce que tu dis à Babs ? »

Le petit garçon mordit une énorme bouchée et bredouilla un remerciement tandis que des miettes tombaient sur ses genoux. Il examina la trace qu'avaient laissée ses dents dans le sandwich, puis sortit quelque chose de sa bouche. « Il y a de l'herbe dedans ! s'exclama-t-il.

— Ce n'est pas de l'herbe, c'est du cresson, s'agaça Karl. Dépêche-toi de le terminer. »

Trisha donna un coup de coude à Selwyn. « Tu as vu à quelle vitesse va Jerry ? S'il continue à se traîner comme ça, il fera nuit quand on arrivera !

— Laisse-le donc tranquille… Lui, au moins, il a proposé de conduire », observa Babs.

Trisha l'ignora. « Dis-lui de rouler plus vite, Selwyn. »

Ce dernier se pencha et tapota Jerry sur l'épaule. « Ça t'ennuierait d'accélérer un peu, mon vieux ? »

Lorraine jeta un regard à Petula. « Tu ne dis rien. Qu'est-ce que tu as ?

— Moi ? Rien du tout. C'est juste que cette banquette n'est pas très confortable. J'ai mal au dos.

— Ce ne sera plus très long. Tu voudras qu'on aille où d'abord ? »

Petula haussa les épaules. « À Pleasure Beach ?

— Bonne idée. On n'a pas envie de rendre notre déjeuner… Ces sandwiches à l'œuf sentent assez mauvais avant qu'on les mange, on ne voudrait pas qu'ils ressortent dans l'autre sens !

— Lorraine ! s'écria Babs. Ne sois pas aussi dégoûtante ! »

Sa fille ne releva pas et se tourna vers Karl. « Tu voudrais venir avec nous ?

Il hésita. « Eh bien, tout dépendra de ce que Mikey veut faire. »

L'enfant serra ses petits poings et se tapa sur les genoux. « Oh oui, papa, on peut y aller, s'il te plaît ? Ça sera mortel ! J'adore les manèges ! Je voudrais aller sur le grand huit et dans le train fantôme. »

Karl fit la grimace. « Ce n'est pas l'idée que je me fais de passer du bon temps, mais si les filles t'y emmènent, je te regarderai. »

Un cri perçant s'éleva à l'avant du minibus. « Jerry, attention ! » hurla Daisy. Il enfonça la pédale de freins si fort que les passagers se retrouvèrent serrés en accordéon les uns contre les autres et que le van fit une violente embardée. Des klaxons manifestèrent leur impatience en voyant le véhicule zigzaguer d'une file à l'autre, Jerry faisant de son mieux pour le maîtriser.

L'incident n'avait duré qu'une poignée de secondes, néanmoins, ils en furent tous secoués. Trisha prit la parole la première. « Bon sang, Jerry, à quoi tu joues ? Tu es sûr que tu as ton permis ?

— Ça va, tempéra Babs. Il n'y a pas de mal. »

Jerry essuya son front en sueur d'un revers de main. « Désolé. Une voiture a déboîté juste devant moi. Tout le monde va bien, là-derrière ? » Il se retourna pour les regarder.

« Garde les yeux sur la route », l'implora Daisy.

Babs se pencha vers Selwyn. « Tu aurais pu nous conduire, murmura-t-elle.

— J'y ai pensé, mais il vaut mieux qu'il se familiarise avec le minibus à l'aller pendant qu'il fait jour. Comme ça, il sera au point pour le retour. »

Trisha sortit son poudrier et se repoudra le nez. « Heureusement qu'on sera trop bourrés à ce moment-là pour s'en soucier ! »

Selwyn lui tapota le genou. « On n'est pas passés loin, mais on s'en est tirés sans bobo, non ? Alors, profitons de la journée ! » Il laissa sa main sur sa cuisse nue en caressant du pouce sa peau douce. Babs mourait d'envie de la lui ôter de là et de lui dire d'arrêter d'être aussi indélicat. Voir son prénom tatoué sur ses phalanges avait beau lui procurer une certaine satisfaction, ça ne lui suffisait pas. Trisha ne se rendait pas compte de la chance qu'elle avait d'avoir un mari comme lui, mais, tôt ou tard, Selwyn retrouverait son bon sens. Et le jour où il le ferait, elle serait là à l'attendre à bras ouverts.

14

Lorsqu'ils arrivèrent à Blackpool, la plage commençait déjà à se remplir. Lorraine était persuadée que Karl avait fini par la remarquer. Dans le minibus, elle l'avait vu regarder ses longues jambes, et il ne s'était pas écarté quand elle avait appuyé sa cuisse « sans le faire exprès » contre la sienne.

Ils se rassemblèrent tous sur la promenade et se penchèrent au-dessus de la rambarde. Des rangées de transats à rayures bleues et blanches étaient alignés face à la mer ; deux jeunes enfants en maillot de bain à fleurs et bonnet de bain s'ébattaient dans les vagues, poussant des cris chaque fois que l'écume marron tourbillonnait autour de leurs chevilles.

Selwyn tapa dans ses mains et s'adressa au groupe. « Bon, si on faisait une photo tous ensemble ? Jerry, je vois que tu as apporté un appareil photo. »

Après quelques protestations, Jerry les fit se placer contre la rambarde et leur demanda de sourire. Trisha regonfla ses cheveux en prenant une moue suggestive, puis se tourna vers Selwyn en levant la jambe de façon que son genou soit devant son ventre. À son tour il posa sa main sur sa hanche et l'attira contre lui. À la seconde où l'obturateur de l'appareil se referma, il avait le regard rivé sur son décolleté. Babs s'appliqua à regarder de l'autre côté. Debout devant son père, le petit Mikey rigola en sentant qu'il le chatouillait dans le cou. Daisy prit Harry par le bras, tandis que Lorraine et Petula incitaient Jerry à en finir au plus vite.

« Voilà, c'est fait ! » annonça-t-il en remettant le cache sur l'objectif.

Trisha attrapa Selwyn par le bras. « Allons boire une bière au citron ! Je meurs de soif. »

Il regarda sa montre. « Il n'est même pas encore 10 heures.

— Et alors ? rétorqua-t-elle, l'air sincèrement étonné.

— Avec Petula, on va d'abord à Pleasure Beach, et Karl vient avec nous, pas vrai, Karl ? » Lorraine attrapa Mikey par la main. « On emmène ce jeune homme faire du manège !

— Oui, ça me paraît bien, dit Karl. Tu viens aussi, Babs ? »

Lorraine s'efforça de dissimuler sa déception. Elle avait beau adorer sa mère, elle n'avait jamais envisagé être en rivalité avec elle pour s'attirer les faveurs d'un homme. Pourquoi Karl était-il obnubilé par sa mère ? Elle n'arrivait pas à le comprendre.

Babs acquiesça et attrapa Mikey par l'autre main. « Je n'ai pas de meilleure idée… Pourquoi pas ?

— Bon, alors, c'est décidé ! déclara Lorraine. On va tous les cinq sur les manèges et on ira à la plage après.

— Daisy, Harry et Jerry, qu'est-ce que vous voulez faire ? demanda Selwyn.

Jerry sortit un carnet de la poche de son pantalon et le consulta. « J'aimerais aller voir l'exposition sur Doctor Who. »

Trisha mima une joie irrépressible. « Oh oui, moi aussi ! Je peux venir avec toi ? »

Jerry la regarda d'un air surpris et avança timidement d'un pas. « Bien sûr, Trisha, avec plaisir. Étant donné que je connais assez bien le programme, ce sera comme si tu avais un guide personnel. »

Elle le dévisagea, bouche bée, puis secoua la tête.

« Elle disait ça pour plaisanter, précisa Selwyn. Elle n'a pas vraiment envie d'aller à l'exposition. »

Jerry remit son carnet dans sa poche. « Oh, je vois. C'était… c'était une blague, c'est ça ? »

Harry lui donna une tape dans le dos. « Moi, j'aimerais bien venir avec toi, et je suis sûr que ta mère serait ravie aussi. »

Daisy confirma d'un signe de tête.

Lorraine était impatiente d'y aller. « Vous pourriez arrêter une minute pour qu'on décide où et quand on se retrouve tout à l'heure ?

— Un de mes collègues tient un super pub au bout de la jetée, dit Selwyn. On y mange des langoustines frites fabuleuses ! Je propose qu'on se retrouve tous là-bas à 6 heures. Le *Ferryman*, ça s'appelle, vous ne pouvez pas le rater. » Il prit Trisha par la main. « Ça te va, ma chérie ?

— Moi, du moment qu'on y sert de l'alcool, ça me va ! » Elle l'embrassa sur la joue en prenant un malin plaisir à regarder Babs.

Le parc d'attractions battait son plein; la musique était tellement tonitruante que Lorraine sentait les basses vibrer dans sa cage thoracique. L'atmosphère était celle d'un enthousiasme débridé, bien que les effluves de hot-dogs et d'oignons mêlés à l'odeur sucrée de la barbe à papa soient un peu écœurants.

Lorraine et Petula marchaient devant avec Mikey. Elles le tenaient chacune par une main et le propulsaient en l'air après avoir compté jusqu'à trois. Lorraine se retourna pour voir si Karl les regardait. Elle avait compris que le meilleur moyen d'atteindre le père était de s'attirer les faveurs du fils. Si le petit l'aimait bien, Karl ferait sûrement plus attention à elle. Mais à sa grande frustration, elle vit qu'il était en grande conversation avec Babs, portant son sac de plage et buvant chacune de ses paroles. Franchement, sa mère était parfois d'un tel égoïsme ! Elle était beaucoup trop vieille pour Karl, et en plus, elle était toujours amoureuse de son père. Tout le monde le voyait comme le nez au milieu de la figure – excepté Selwyn, bien sûr !

Ils arrivèrent devant le manège, que Lorraine trouva sans grand intérêt, mais Mikey était emballé et demanda à son père de monter avec lui.

« Je ne peux pas, fiston, je regrette. Toutes ces montées et ces descentes me rendraient malade. Rien qu'à regarder, j'ai vaguement la nausée.

— Je suis pareille, renchérit Babs. Monter et descendre ne me dérange pas, mais tourner dans tous les sens, pas question ! Sans quoi je suis sûre de vomir. » Elle prit le bras de Karl en riant et l'entraîna sur un banc près d'un kiosque de *fish and chips*.

Lorraine lui jeta un regard noir avant de s'adresser à Karl. « Mais regarde son petit visage... Tu ne peux pas le laisser tomber comme ça ! »

Mikey leva les yeux vers Lorraine. « Tu avais dit que tu m'emmènerais sur les manèges... »

Lorraine grinça des dents. « Oui, je sais, mais tu aimerais bien que ton papa vienne avec nous, non ? » Le gamin ne l'aidait vraiment pas.

Karl haussa les épaules. « C'est vrai, tu lui as promis. » Il s'accroupit devant son fils. « Tout à l'heure, je t'emmènerai à la salle de jeux et au stand de tir. Ça te va ? »

Petula, le dos endolori, se frotta les reins. « On y va, ou on passe la journée ici à discuter ? »

— Bon, d'accord, soupira Lorraine. Viens, Mikey, apparemment, il n'y a que nous qui allons sur le manège.

— Merci, Lorraine, tu es gentille. » Karl lui fit un clin d'œil en effleurant une brève seconde son bras. Elle se demanda comment ses genoux ne se dérobèrent pas sous elle.

Assis sur le banc, Babs et Karl les regardèrent s'éloigner tous les trois, Mikey courant légèrement devant.

« Il passe un bon moment, dit-elle en souriant.

— C'est un brave gosse. Je l'adore. Et pour je ne sais trop quelle raison, il m'idolâtre.

— Ne sois pas aussi dur avec toi-même, tu es un père formidable !

— Non... Je l'ai laissé tomber. J'aurais dû me battre davantage pour lui. Andrea est une mère exécrable, il ne mérite pas ça. »

Babs fronça les sourcils. « Ah bon ? Qu'est-ce qui te fait dire ça ? »

Karl se tourna vers elle, les bras écartés sur le dossier du banc. « Ce n'est pas qu'elle est cruelle – ça, je ne le tolérerais pas –, mais elle est négligente. Elle a tenu à avoir la garde uniquement pour m'embêter. » Il baissa les yeux et creusa le sol avec le bout de son pied. « Parfois, quand il vient chez moi, on dirait que le pauvre petit n'a pas été nourri de la semaine. Elle le laisse se coucher à n'importe quelle heure, ce qu'il trouve bien entendu génial, alors qu'il aurait besoin de discipline et de mener une vie régulière. Apparemment, elle a un mec différent toutes les semaines et elle ne l'emmène jamais nulle part, ni au parc ni au cinéma, rien. Il adore venir chez moi, et il est ravi de rester là pendant que je bricole sur la moto ou que je gratte ma guitare. »

Son regard brilla, sa voix se teinta de fierté. « Il est vraiment adorable, et très intelligent. Dieu seul sait d'où ça lui vient ! Avec un peu d'aide, il pourrait devenir ce qu'il voudrait. Je suis très fier de lui. » Il regarda le manège au loin. « De toute façon, tout ça va changer. Lundi, je vais aller voir mon avocat. Et j'ai l'intention de me battre pour mon fils comme j'aurais dû le faire dès le départ. Je vais enfin être le père qu'il mérite. »

Il inspira à fond et expira en gonflant les joues. « Allons bon, voilà que je deviens sentimental !

— Pas du tout. C'est ton fils, tu peux être fier de lui. »

Il changea de sujet. « Comment vont les choses pour toi ? »

Babs enroula une mèche de cheveux autour de son doigt. « Comment dire ? Rien n'a changé, j'aime toujours Selwyn et je déteste toujours Trisha. Mais on ne peut pas vivre dans l'amertume…

— Selwyn n'est qu'un idiot. Tout le monde le sait.
— Ça ne change rien. »

Une longue mèche s'était échappée de son bandeau. Karl la lui remit derrière l'oreille en soutenant son regard. « Babs, tu es tellement… »

Elle posa un doigt sur ses lèvres. « Chut, tais-toi ! Voilà bien une complication dont je peux me passer… De plus, tu sais que ma Lorraine rêve de t'arracher ton pantalon en cuir.

— Je sais, mais il ne se passera rien, marmonna Karl. Tu n'as pas à te faire de souci pour ça.

— Je suis ravie de l'entendre ! Mais repousse-la gentiment, d'accord ? Elle en pince vraiment pour toi.

— Bien sûr. Je ne comprends pas ce qu'elle trouve à un vieux type comme moi. Elle est magnifique, elle pourrait avoir tous les garçons qu'elle veut.

— Malheureusement, les garçons de son âge ne sont pas à la hauteur comparés à un beau motard joueur de guitare qui est un dieu vivant comme toi !

— Arrête, tu vas me faire rougir. »

Babs cessa de rire en voyant Lorraine et Petula revenir bras dessus bras dessous. Elles s'approchèrent du banc en pouffant de rire.

Karl se leva d'un bond. « Où est Mikey ? »

Les filles se figèrent et échangèrent un regard. Lorraine essaya de ne pas prendre un air affolé. « Il nous a dit qu'il allait vous rejoindre. On a fait deux tours, mais, comme il avait mal au cœur, il n'a pas voulu remonter la deuxième fois. »

Karl les bouscula et se précipita vers le manège. « Mikey ! Mikey ! » Il arrêta un enfant qui passait et fit tomber sa pomme d'amour. « Tu n'aurais pas vu mon fils ? Un petit garçon d'environ ton âge avec une chemise à carreaux et un short marron… » L'enfant étant trop occupé à ramasser sa pomme pour lui répondre, Karl continua à appeler son fils. Les gens, tout à leur propre plaisir, ne prêtèrent pas attention à son désarroi. Il s'approcha du rustaud indifférent qui tenait le manège et l'agrippa par le col. « Vous avez vu mon petit garçon ? Il est monté sur ce manège il y a quelques minutes et je ne le retrouve plus.

— Désolé, mon vieux, mais il faudrait être plus précis, répondit le jeune homme en le repoussant. Ces dix dernières minutes, j'ai vu je ne sais combien de mômes. »

Karl l'ignora et continua à appeler. « Mikey, où es-tu ? »

Il fit volte-face en entendant Lorraine arriver derrière lui en courant. « Quelqu'un l'a vu ? » cria-t-elle, le visage tout rouge. Bien qu'elle s'efforce d'avoir l'air nonchalant, sa voix était une octave plus aiguë que d'habitude.

« Non, rien. Mais qu'est-ce que tu as dans la tête, Lorraine ? Tu étais censée garder un œil sur lui. Je te jure, s'il lui est arrivé quelque chose, je… »

Babs s'interposa et prit les choses en main. « Arrête, Karl, ça n'aidera en rien. Il faut se concentrer. Séparons-nous, il ne peut pas être parti bien loin. »

Il lui fallut seulement deux minutes avant de l'apercevoir, assis sur un banc, ses petites épaules voûtées, les yeux rougis et gonflés. Il se leva dès qu'il la vit et lui enlaça la taille. Elle s'accroupit pour le serrer dans ses bras et l'embrassa sur le front. Une bulle de morve gonfla au bord de sa narine gauche avant d'éclater sur son épaule. « Je vous trouvais plus ! dit-il entre deux sanglots. Papa m'a dit que si je me perdais… il fallait que j'aille chercher un policier… mais il m'a pas dit quoi faire si j'en trouvais pas… Est-ce que je vais me faire gronder ? »

Babs l'attrapa par les épaules et regarda son petit visage inondé de larmes. « Non, Mikey, tu ne vas pas te faire gronder. » Elle le berça dans ses bras. Il se laissa aller contre elle de tout son poids comme s'il voulait s'imprégner de toute son affection. « Viens, allons vite rassurer ton papa… »

Elle le tint fermement par la main tandis qu'ils se faufilaient entre les manèges à la recherche de Karl. Il semblait y avoir deux fois plus de monde, de sorte qu'elle dut jouer des coudes pour se frayer un chemin au milieu de la foule. Mikey fut le premier à repérer son père, qui interrogeait des gens dans la queue devant le train fantôme.

« Papa ! hurla-t-il. Je suis là ! Babs m'a retrouvé ! »

En entendant la voix de son fils, Karl se retourna brusquement, et elle vit sa tension retomber d'un coup. Elle lâcha la main du petit garçon et le laissa courir vers son père. Karl tomba à genoux en écartant les bras. Mikey s'y jeta avec tant de force qu'il faillit le renverser et referma ses bras autour de son cou. Aucun d'eux ne prononça un mot jusqu'à ce que l'enfant dise : « Papa, je peux plus respirer. »

Karl desserra son étreinte et prit son visage entre ses mains. « J'ai cru que je t'avais perdu…

— Pardon, papa.
— Ce n'est pas de ta faute, c'est de la mienne. Je ne te lâcherai plus des yeux une seule seconde. »

Il se redressa et tendit sa main à Babs. Elle la prit et il l'attira contre elle en l'embrassant doucement sur la joue. « Merci, Babs. »

15

Lorraine émergea de son peignoir dans un bikini à pois qui ne cachait pas grand-chose, les os saillants de ses hanches tendant le tissu minuscule sur son ventre. Elle s'allongea sur la couverture à côté de Petula. « Tu vas enlever ça ou quoi ? dit-elle en tirant sur sa blouse de paysanne. Tu ne bronzeras jamais, enserrée là-dedans ! »

Elles avaient réussi à se tailler un petit espace sur la plage bondée. Après les sandwiches aux œufs et une tasse de thé trop infusé dans la Thermos, Lorraine était prête pour un après-midi de farniente au soleil. Elle s'allongea et ferma les yeux. « C'est incroyable la façon qu'a eue Karl de réagir, non ? »

Petula leva les yeux du dernier numéro de son magazine *Jackie*. « Hein ?

— Tu m'écoutes ou quoi ? Ce satané Karl ! Cette façon qu'il a eue de parler quand Mikey a disparu… Ce n'est pas mon gosse, bon sang ! D'ailleurs, je ne comprends pas pourquoi il a fallu qu'il l'amène ! » Elle baissa les bretelles de son maillot pour éviter les marques. « En tout cas, ça m'a dégoûtée de lui ! Maman n'a qu'à le prendre. »

Son amie ne réagissant toujours pas, elle se redressa sur les coudes. « As-tu entendu un seul mot de ce que je viens de dire ? Tu n'as quasiment pas ouvert la bouche de la journée. Qu'est-ce que tu as ? »

Petula posa son magazine. « C'est juste que je ne me sens pas très bien. J'ai mal au dos depuis plusieurs jours, et j'ai beau me bourrer de paracétamol, ça ne change rien.

— Tu as essayé de te masser avec du baume du tigre ?

— Oui, sauf que ce n'est pas très facile de se masser le dos toute seule, et je ne peux quand même pas demander ça à mon père.

— Tâchons de ne pas laisser ça nous gâcher la journée. Lundi, on sera de retour au boulot dans ce bureau étouffant, devant un monceau de lettres barbantes à taper, en train de boire le café de cette horrible machine et de repousser les avances du type du service courrier – tu sais, celui qui a un œil qui louche et les mains baladeuses. Et là, tu verras, tu regretteras de ne plus être ici ! »

Petula regarda la poitrine rougie de son amie. « Tu as mis de la crème solaire ?

— De la crème solaire ? On est à Blackpool, pas à Benidorm ! répondit Lorraine en fouillant dans son sac de plage. Mais j'ai de l'huile à frire. » Elle en versa un peu dans le creux de sa main et s'en passa sur les épaules.

« Ça va être comme de rester à côté d'une chips toute grasse ! s'exclama Petula en fronçant le nez. Je te vois déjà en train de te tartiner de crème après soleil. »

Toutes deux se levèrent d'un bond en voyant des ânes passer au pas, le premier de la file poussant un braiement impatient. L'enfant qui était juché sur son dos fondit en larmes et réclama de descendre.

« Si on allait faire un tour sur les ânes ? dit Lorraine.

— Tu es sérieuse ?

— Allez, viens, ça va être marrant ! »

Petula se leva lourdement. « D'accord, je veux bien faire n'importe quoi pourvu que tu te taises. »

Un homme avec un mouchoir noué sur son crâne chauve était assoupi dans un transat à côté d'elles. Lorraine enfila un short et lui tapa sur l'épaule. « Excusez-moi, vous voulez bien surveiller nos affaires ? On n'en a pas pour longtemps. »

Elles se faufilèrent au milieu de la foule des vacanciers et s'approchèrent du type édenté qui semblait s'occuper des ânes. Il avait une vieille besace en cuir sur l'épaule et une cigarette avec une cendre de deux centimètres fichée au coin des lèvres. Lorraine lui tendit quelques pièces. « Deux, s'il vous plaît. »

Il regarda plus loin comme s'il cherchait deux enfants. « Vous voulez dire, pour vous deux ? »

Lorraine prit Petula par le bras. « Pour nous deux, c'est ça. »

L'homme retira la cigarette de sa bouche et s'adressa à Lorraine en grimaçant. « Je ne voudrais pas faire de l'humour, mais votre amie est bâtie comme une armoire à glace !

— Mais elle n'est pas sourde.

— Viens, allons-nous-en, dit Petula. Ce n'est pas grave. »

Lorraine ne se laissa pas décourager. « Et si on prend celui qui est là-bas ? » Elle montra une mule énorme qui avait le museau plongé dans un seau d'avoine, ou quoi que ce soit que mangent les ânes. Ses oreilles poilues s'agitaient en continu pour chasser les mouches.

Le type parut hésiter. « Bon, d'accord, mais c'est bien parce que c'est pas mon genre de refuser des clients. » Il appela un jeune garçon qui était en train de bécoter sa petite amie. « Hé, Casanova, lâche-la une seconde, tu veux ? Et va sceller Boris ! »

Il fallut à l'ânier et à son assistant énamouré trois tentatives pour faire monter Petula. Elle souleva son long jupon sur ses chevilles épaisses toutes blanches et se hissa sur le dos de l'animal, puis jeta un regard inquiet à son amie. « Je ne crois pas que ce soit la meilleure idée que tu aies eue, Lorraine. »

Cette dernière monta sur un âne gris très sage et attrapa les rênes. « Mais si, on va bien s'amuser, tu vas voir… » Elle se tourna vers l'ânier. « On peut aller toutes seules le long de la mer ? »

Quoique l'air réticent, il vit là une occasion de faire des affaires. « Je peux vous donner une demi-heure, seulement, ça vous coûtera plus cher. Et pas question d'aller au trot ! »

Une fois le marché conclu, elles dirigèrent leurs montures vers le rivage, puis avancèrent côte à côte au bord de l'eau. Petula, agrippée à pleines mains à la crinière de Boris, baissa les yeux vers son amie. « J'ai l'impression d'être sur une girafe !

— Quand cette espèce de Hitler ne pourra plus nous voir, on les fera trotter un peu, d'accord ?

— Oh, je ne sais pas… Il a dit qu'il ne fallait pas.

— Allons bon ! En quoi ce serait mal ? »

Boris secoua vigoureusement la tête de gauche à droite en faisant cliqueter la bride. Petula agrippa le pommeau de la selle. « Tu vois, même Boris nous dit qu'il ne faut pas ! »

Lorsque Lorraine repensa à ce qui arriva ensuite, la scène lui apparut comme dans un film au ralenti. Elles se promenaient tranquillement et, une seconde après, un adolescent dégingandé envoya son ballon sur la croupe de Boris dans un bruit assourdissant. Surprise, la mule redressa la tête, le blanc de ses yeux montrant son affolement, les naseaux frémissant. Prenant manifestement ombrage de cet assaut sur son arrière-train, l'animal détala à une telle vitesse que la pauvre Petula se retrouva accrochée à son cou comme si sa vie en dépendait.

« Mais à quoi tu joues ? lui cria Lorraine. Retiens-le, bon sang ! »

Elle-même relâcha les rênes et talonna son âne pour rattraper la mule emballée et sa passagère terrifiée. La foule s'écarta en voyant approcher l'animal devenu incontrôlable. Des mères attrapèrent leurs enfants pour les mettre à l'abri. Lorraine talonna sa monture, mais les petites jambes courtaudes de celle-ci n'étaient pas de taille à lutter avec celles de Boris. Petula s'éloignait de plus en plus, ses hurlements diminuant de mètre en mètre.

Au bout d'un moment, elle finit par ne plus tenir et glissa de la selle en atterrissant douloureusement sur les galets. Boris eut la grâce de s'arrêter. Le temps que Lorraine les rejoigne, il lécha son ancienne passagère qui gisait à terre en se tenant le dos et en se lamentant haut et fort.

« Petula, ça va ? » Lorraine sauta de sa monture et s'agenouilla à côté d'elle.

« Tu avais raison, c'était super amusant ! Ça m'a fait le plus grand bien au dos !

— Je suis désolée… Attends, je vais t'aider. » Lorraine la tira pour la redresser en position assise. Tandis qu'elles regardaient les ânes les fixer d'un air perplexe, elle essaya de retenir le fou rire qu'elle sentait monter. Elle se mordit la lèvre et détourna les yeux, mais elle ne put empêcher ses épaules de tressauter.

« C'est bon, vas-y, tu peux rigoler… Lâche-toi. »

Lorraine partit d'un grand éclat de rire et s'allongea sur le sable. « Oh, si tu t'étais vue en train de rebondir, les coudes partant dans tous les sens… et après, quand tu as glissé, j'ai cru que j'allais faire pipi dans ma culotte !

— Eh bien, je suis ravie que tu trouves ça drôle… D'ailleurs, je crois bien que je me suis pissée dessus. » Elle essuya la sueur sur sa lèvre supérieure, puis jeta un coup d'œil sous son jupon. « Oui, j'espère que tu es contente.

— Oh, ma pauvre… Il faut dire que faire des bonds comme ça mettrait à l'épreuve la vessie de n'importe qui ! Allez, viens, on va ramener ces deux bêtes sauvages au ranch ! »

La culotte que Petula avait retirée sécha en moins de deux heures. Lorsqu'elle la remit sous son jupon, elle grimaça en sentant le coton plein de sable contre sa peau.

Lorraine, les joues écarlates comme deux pommes gorgées de soleil et la poitrine constellée de taches de rousseur, commença à rassembler ses affaires. « Viens, on ferait mieux d'aller rejoindre les autres dans ce pub.

— Super ! Je meurs de faim. » Petula étira les bras en l'air. « Seigneur, je suis toute raide de partout, et la jambe sur laquelle je suis tombée me fait un mal de chien. » Elle releva son jupon pour montrer le bleu énorme qui s'étalait à l'arrière de sa cuisse.

« Après avoir bu quelques verres, tu ne sentiras plus rien. »

Petula ramassa la couverture. « Je vais secouer ça. Protège-toi les yeux. »

Lorraine se couvrit le visage pendant qu'une mini-tempête de sable s'abattait sur le dos de ses mains. Elle se cachait encore les yeux lorsque son amie poussa un cri strident qui fit sursauter tout le monde à un kilomètre à la ronde.

« Qu'est-ce que tu as encore ? » s'écria Lorraine, sa patience sérieusement à bout.

Petula se plia en deux en se tenant le ventre. « Je ne sais pas. D'un seul coup, j'ai senti quelque chose couler, et là… »

Lorraine baissa les yeux et vit qu'elle était debout au milieu d'une flaque de sable mouillé. Quand elle voulut s'avancer, un nouveau jet jaillit d'entre les volutes du jupon. Lorraine recula en fixant le visage paniqué de son amie, figé d'horreur et de confusion. « Mon Dieu, Petula… Qu'est-ce qui t'arrive ? »

16

Les premiers clients affluaient dans le jardin du *Ferryman*, certains étalés sur la pelouse jaunie pour profiter des derniers rayons de soleil avant d'aller en ville passer une nuit de débauche avinée et de grabuge. Daisy et Harry s'étaient installés à une table de pique-nique dont les bancs étaient rivés au sol en attendant les autres. Harry avait desserré sa cravate et posé sa veste sur le banc en bois très dur pour que Daisy s'assoie dessus.

« Vous êtes vraiment gentil, Harry, merci.

— Tout le plaisir est pour moi, madame Duggan. Ça m'a bien plu de passer cette journée avec vous. »

Elle secoua la tête d'un air exaspéré. « Pour la dernière fois, Harry, appelez-moi Daisy ! »

Elle se tourna vers une bande de voyous qui buvaient directement au goulot. « Ce pub est mal fréquenté… Je n'ai jamais vu autant de skinheads tatoués.

— C'est sûr ! Et les hommes sont encore pires. »

Elle aperçut son fils qui traversait la pelouse en tenant trois pintes de panaché. Une guêpe tournoya au-dessus des verres coiffés de mousse. Comme il n'avait pas de main libre pour la chasser, il souffla dessus.

Daisy sourit par-devers elle. S'il avait pu, il aurait agité les bras telles les ailes d'un moulin. « C'est bon, Jerry ! lui cria-t-elle. Elle ne s'intéresse pas à toi, seulement à la bière ! »

Il posa les verres sur la table d'un geste brusque. « J'ai horreur de ces guêpes. Quelle plaie ! Ah, j'ai trouvé un coin sur le parking à l'ombre d'un arbre. Comme ça, il ne fera pas trop chaud dans le minibus quand on repartira. »

Harry but une longue rasade de panaché. L'air satisfait, il essuya la mousse dans sa barbe avec un mouchoir pas très net. « Oh, j'avais grand besoin de ça ! Il n'y a rien de plus rafraîchissant qu'un panaché par une journée d'été torride.

— Et comment ! »

Ils se tournèrent tous ensemble et virent Trisha arriver d'un pas titubant sur la pelouse. Elle avait troqué son grand chapeau de paille contre un bob « *Kiss Me Quick* » et tenait une barbe à papa diaphane au bout d'un bâton. Selwyn la suivait de près.

« Comment ça va ? Vous avez tous passé une bonne journée ? » Elle se faufila sur le banc à côté de Jerry. « Il reste de la place pour une petite dame ? » Il se rapprocha de sa mère. « Pousse-toi encore un peu, que Selwyn puisse s'asseoir lui aussi.

— On attend encore Babs, Karl et le petit Mikey, dit Harry. Cette table était la seule de libre, il va falloir se serrer un peu.

— Tiens, quand on parle du loup... », marmonna Trisha en les voyant arriver tous les trois.

Le petit garçon tenait dans ses bras un énorme singe en peluche presque aussi gros que lui. Il le plaqua sur le visage de Trisha. « Regarde ce que mon papa a gagné pour moi ! » Il lui décocha un sourire rayonnant auquel manquait une dent et bomba le torse. « Je vais l'appeler Galen.

— C'est quoi, ce nom ? demanda Trisha.
— Tu sais, Galen.
— Jamais entendu parler.
— Il est dans *La Planète des singes*.
— Ah, alors ça ne m'étonne pas que je ne le connaisse pas ! rétorqua la jeune femme en repoussant la peluche. Où est-ce que tu vas mettre ce truc ?
— Et ma dent est tombée pendant qu'on était sur la grande roue », enchaîna Mikey sans répondre à sa question. Il sortit de sa poche un mouchoir en papier sanguinolent dans lequel était enveloppée sa précieuse dent. « Ce soir, je la mettrai sous mon oreiller, comme ça la petite souris me laissera cinq pence. »

Babs balaya le jardin du regard. « Vous n'avez pas vu les filles ? Il est déjà 6 h 20. J'espère qu'elles n'ont pas oublié.
— Tu t'inquiètes trop, lui lança Selwyn. Elles ont dix-huit ans, elles sont capables de se débrouiller... Bon, quelqu'un a envie d'un verre ?
— Merci, Selwyn, celui-là me suffira, dit Jerry. Je tiens à être en forme pour le trajet du retour.
— Je comprends. Quelqu'un d'autre ? Babs ? »
Mikey se tourna vers son père. « Est-ce que j'ai le droit de la manger ? » Il brandit une sucette rose et blanc aussi large que sa tête. « C'est Mrs Duggan qui me l'a donnée. »

Daisy sourit d'un air d'excuse. Karl haussa les épaules. « Vu que tu perds déjà tes dents, vas-y, ça ne pourra pas te faire de mal. »

L'enfant fronça les sourcils d'un air inquiet et passa sa langue dans le trou où manquait une dent.

Karl éclata de rire. « Je disais ça pour rire… Bien sûr que tu peux la manger ! dit-il en se levant. Je vais t'aider à rapporter les boissons, Selwyn. Toi, Mikey, tu restes ici avec Babs. »

Babs regarda encore une fois sa montre et tambourina des doigts sur la table. « Où est-ce qu'elles ont bien pu passer ?

— Oh, arrête de te tracasser, Barbara ! Sans doute qu'elles ont rencontré des garçons et s'amusent comme des petites folles.

— Et c'est censé me rassurer ? On voit bien que ce n'est pas ta fille, Trisha ! »

Celle-ci arracha un morceau de barbe à papa et le fourra dans sa bouche. Le sucre tout collant fondit en quelques secondes. « Eh bien, justement, figure-toi que Selwyn et moi essayons d'avoir un bébé. J'aimerais bien que ce soit une fille. »

Babs sentit un étau lui comprimer le cœur. C'était exactement ce qu'elle avait redouté d'entendre depuis le jour où Selwyn avait épousé Trisha. Le bout de papier qu'ils avaient signé à la mairie en septembre dix mois auparavant était déjà épouvantable, mais un bébé les lierait à tout jamais. L'idée qu'il ait un enfant avec cette femme lui était insupportable. Et si c'était un garçon ? Trisha voulait une fille, mais Selwyn avait toujours rêvé d'avoir un fils, et elle souffrait encore de ne pas avoir été capable de lui en donner un.

Harry prit les menus. « Allons, mesdames, arrêtez de vous chamailler et choisissez ce que vous voulez manger. » Il fit passer les cartes en plastique. Trisha lui en arracha une des mains et gratta une tache de sauce tomate figée avec son ongle. « C'est répugnant, grommela-t-elle. Et vous avez vu ces photos ? Comme si on ne savait pas à quoi ressemble du poulet frit ! Dans quel bouge nous a emmenés Selwyn ?

— Ça m'a l'air convenable », objecta Harry.

Trisha le foudroya du regard. « Ne le prends pas mal, Harry, mais quand on est habitué à faire les poubelles pour manger, n'importe quel restau a l'air du *Savoy* ! »

Daisy tapota le bras de Harry. « Ne l'écoutez pas, je crois qu'elle a trop bu.

— Oh, croyez-moi, pas encore assez... loin de là ! »

Babs mit fin à la tension lorsqu'elle repéra Lorraine qui se frayait un chemin dans le jardin bondé. Elle se leva et agita les bras en l'air. « Dieu soit loué, la voilà ! Par ici, ma chérie ! »

Lorraine accéléra le pas dès qu'elle aperçut sa mère. Elle plaqua les mains sur la table et respira à fond, comme pour essayer de se calmer.

« Tu as couru ? Tu es toute rouge. J'espère que tu n'as pas pris trop de soleil, dit Babs en jetant un regard autour d'elle. Qu'est-ce que tu as fait de Petula ?

— Elle... elle est aux toilettes. Et elle... elle ne se sent pas très bien. Tu pourrais venir la voir, maman ?

— Franchement, Lorraine, qu'est-ce que vous avez fabriqué ? Je ne peux pas te laisser seule cinq minutes ! »

Babs ne s'attendait pas du tout à ce qu'elle découvrit lorsqu'elle poussa la porte des toilettes pour femmes. Petula était à quatre pattes, en train de hurler tel un loup à la lune. Ses cheveux étaient plaqués sur son visage qui luisait de sueur ou de larmes, probablement les deux. Elle posa sa main sur le dos de la jeune fille. « Qu'est-ce qui t'arrive, mon chou ? »

Petula souffla par la bouche en expulsant de l'air rapidement comme pour gonfler un ballon.

Lorraine répondit à la place de son amie, la voix tremblante. « On pense qu'elle va avoir un bébé. »

Babs regarda les filles tour à tour, la bouche grande ouverte, comme si elle n'arrivait plus à parler. « Vous pensez que… qu'elle va accoucher ? Mais… Comment… Je ne savais pas qu'elle était… Oh, Petula, qu'est-ce que tu as fait ?

— Maman, calme-toi, tu ne l'aides pas, là ! On était sur la plage, et d'un seul coup, des litres d'eau ont jailli… »

Babs passa immédiatement à l'action. « Oh, mon Dieu, si elle a perdu les eaux, il faut l'emmener tout de suite à l'hôpital… Lorraine, va téléphoner au bar. »

Petula redressa la tête en lui saisissant le poignet. Son regard affolé fit comprendre à Babs qu'elle était sérieuse. « S'il vous plaît, pas l'hôpital, je vous en supplie… Ça tuerait mon père ! » Elle recommença à respirer comme un petit chien tandis qu'une nouvelle contraction douloureuse secouait tout son corps. « Je ne plaisante pas… Ça l'achèverait. »

Babs s'agenouilla et lui parla plus gentiment. « Mais je ne peux pas mettre un bébé au monde, je ne sais pas ce qu'il faut faire ! Je suis sûre que ton père se fera à l'idée, qu'il finira par… »

Petula poussa de nouveau un cri perçant. « Vous ne m'avez pas écoutée. Il ne faut surtout pas qu'il le sache ! S'il vous plaît, allez chercher Daisy !

— Daisy ? Mais pourquoi veux-tu qu'elle vienne ?

— Elle travaille dans un hôpital, elle doit bien en avoir retenu quelque chose.

— Je croyais qu'elle travaillait au rayon fromages chez *Fine Fare*…

— Elle a deux boulots, expliqua Lorraine avant de se tourner vers son amie. Sauf que, à l'hôpital, elle lave les sols, elle ne met pas au monde les bébés ! Il nous faut une ambulance.

— Aargh… Ce machin me tue ! gémit Petula.

— Fais ce qu'elle dit, Lorraine, va vite chercher Daisy. On n'a plus le temps d'appeler une ambulance… et encore moins de se disputer ! » Au moment où sa fille sortait des toilettes, elle ajouta : « Et rapporte-moi mon sac de plage ! »

Si Lorraine avait prévenu Daisy, son expression stupéfaite lorsqu'elle entra dans les toilettes n'en laissa rien deviner. « Au nom du ciel, mais qu'est-ce qui se passe ?

— Dieu merci, vous êtes là ! murmura Babs. Elle va avoir un bébé, vous vous rendez compte ? »

Daisy montra du pied un morceau de chewing-gum collé sur le sol. « Ici, sur ce carrelage ?

— L'état du carrelage est le cadet de nos soucis. Lorraine, sors les serviettes de plage et mets-en une sous Petula. » Elle se tourna vers Daisy. « Vous avez une idée de ce qu'il faut faire ?

— Quoi, vous voulez dire qu'elle est vraiment en train d'accoucher ?

— C'est ce qu'on dirait, oui...

— Seigneur Jésus ! »

Daisy se baissa pour être au niveau de Petula.

« Tu es bien comme ça à quatre pattes ? Ça devrait t'aider à accoucher, je crois.

— Ça va, mais sortez ce machin de moi, je vous en supplie !

— D'accord. Lorraine, va demander une paire de ciseaux à la cuisine. Vous, Babs, retirez-lui son jupon et sa culotte, et défaites les lacets de ses chaussures. »

Babs lâcha un petit soupir de soulagement. Daisy avait l'air de savoir ce qu'elle faisait. « Vous avez de l'expérience dans ce domaine ?

— J'ai vu quelqu'un le faire une fois dans *Emergency – Ward 10*. Vous avez appelé une ambulance ?

— Non ! protesta Petula. Babs, expliquez-lui...

— Elle ne veut pas que son père soit au courant.

— Ma foi, si elle rentre d'une journée à Blackpool avec un bébé dans les bras, il risque de s'apercevoir de quelque chose !

— Il n'est pas question que je le ramène à la maison, espèce de vieille folle ! Vous n'aurez qu'à l'emmener dans un hôpital ou où vous voudrez. » Elle recommença à souffler et laissa tomber sa tête sur le sol. « Je crois que ça vient. J'ai l'impression d'avoir envie d'aller aux toilettes. »

Lorraine revint avec des ciseaux et s'adossa à la porte pour empêcher qui que ce soit d'entrer. Elle regarda avec des grands yeux écarquillés le corps en sueur de son amie. « Comment est-ce possible que tu n'aies pas su que tu étais enceinte ? »

Babs lui intima de se taire. « Pas maintenant, Lorraine, s'il te plaît. »

Daisy se mit en position derrière Petula accroupie. « Je crois que j'aperçois la tête. Ce ne sera plus très long. Babs, passez-moi l'autre serviette pour envelopper le bébé. L'important, c'est de le garder bien au chaud. Espérons que ce soit un accouchement sans problème… »

Babs se mordillait nerveusement l'ongle du pouce lorsqu'une idée lui traversa l'esprit. « Petula, est-ce que le bébé est à terme ? »

La jeune fille se redressa sur les genoux, une main sur les reins, et compta les mois sur l'autre. « Oui. Sûrement. Il faut que je m'allonge sur le dos… J'ai trop mal aux genoux. »

Quelqu'un voulut entrer dans les toilettes. Lorraine s'appuya au montant de toutes ses forces et cria à travers la porte : « C'est occupé, vous ne pouvez pas entrer… Allez chez les hommes, s'il vous plaît ! »

Elle entendit la personne inopportune repartir dans le couloir en jurant.

Lorraine était de plus en plus nerveuse. « Allez, dépêchez-vous, je ne sais pas pendant combien de temps je vais pouvoir empêcher les gens d'entrer ! Qui sait, celle-là est peut-être partie prévenir la direction…

— On ne peut pas obliger un bébé à venir, fit valoir Daisy. Il va falloir être patiente.

— Il faut que je pousse encore, murmura Petula dans un souffle en attrapant la main de Babs. Ne me laissez pas ! »

Babs caressa doucement son front luisant et lui parla d'une voix rassurante. « Je suis là, mon chou, ça va aller… Ce sera terminé avant même que tu ne t'en sois rendu compte. Tu auras un beau bébé et toute la douleur sera aussitôt oubliée !

— Aargh ! Mais pourquoi est-ce que personne ne m'écoute ? Je n'ai aucune intention de garder ce bébé ! »

Daisy lui toucha le genou. « Respire tranquillement… Et dès que tu sentiras venir la prochaine contraction, je voudrais que tu pousses très fort et le plus longtemps possible. »

Petula laissa retomber sa tête et grimaça en se cognant sur le carrelage. Sa voix n'était plus qu'un murmure. « S'il vous plaît, vous ne comprenez pas… Je ne peux pas garder ce bébé. Mon père… Oh, non, en voilà une autre !

— Vas-y, pousse une dernière fois de toutes tes forces ! » l'encouragea Daisy.

Lorraine recula et détourna les yeux d'un air écœuré en voyant apparaître la tête du bébé, les cheveux bruns hirsutes mêlés de sang et de matière blanche. Le reste du petit corps glissa dans les mains de Daisy, prêtes à l'accueillir. « C'est une petite fille, dit-elle d'une voix émue. Elle est magnifique ! »

Babs tendit le cou pour la regarder en ravalant des larmes aussi soudaines qu'inattendues. Un silence étrange s'abattit dans les toilettes, comme si les hurlements de Petula les avaient toutes rendues sourdes. Brusquement, elle ressentit une appréhension en voyant le teint bleu marbré du bébé. « Daisy, pourquoi est-ce qu'elle ne crie pas ? »

17

« Mais qu'est-ce qu'elles fabriquent ? » Trisha en était déjà à sa deuxième pinte de cidre, et compte tenu de tout ce qu'elle avait bu au cours de la journée, elle était à deux doigts de sombrer dans un coma éthylique. « Je vais aller voir ce qui se passe. » Elle se leva trop vite et se rattrapa au banc en vacillant. « Oups ! je crois qu'il faut que je mange quelque chose, aussi répugnant que ça puisse être.

— Je vais y aller, proposa Jerry. Selwyn, tu veux bien commander du poulet pour ma mère et moi ? »

Il traversa le pub bondé en suivant les flèches qui indiquaient les toilettes. L'atmosphère était saturée de fumée, la moquette aux motifs criards collait sous les pieds. Il commençait à se dire que Trisha avait raison. En passant devant le juke-box, il se frotta les tempes tandis que la musique tonnait dans ses tympans comme un train express. Il trouva les toilettes et frappa à la porte. « Maman, tu es toujours là ? Qu'est-ce qui se passe ? » N'obtenant aucune réponse, il appela de nouveau, un peu plus fort. « Maman, c'est Jerry… S'il te plaît, ouvre ! »

Il appuya sur le battant, qui s'entrouvrit suffisamment pour qu'il passe la tête à l'intérieur. Il s'apprêtait à dire quelque chose quand une main robuste le saisit par le col en l'obligeant à reculer. « Hé, sale pervers ! Qu'est-ce que tu fous à traîner près des toilettes des dames ? »

Jerry écarta les bras en signe d'apaisement. « Je cherchais juste ma mère...

— T'es encore plus taré que je le pensais ! File de là en vitesse... Va voir ailleurs si j'y suis ! »

Jerry fixa le crâne chauve luisant de l'homme, puis les bourrelets autour de son cou épais, et décida qu'il valait mieux ne pas discuter.

La porte des toilettes s'ouvrit sur Daisy qui l'interpella. « C'est bon, Jerry. Petula a été un peu malade, mais on vous rejoint au plus vite. »

Daisy tenait le bébé enroulé dans une serviette de plage. Elle avait réussi à lui arracher son premier souffle en frottant son petit dos d'une main vigoureuse. Entendre les toussotements suivis d'un cri puissant les avait toutes soulagées – à l'exception sans doute de Petula, qui refusa de regarder l'enfant qu'elle venait de mettre au monde. Daisy avait noué le cordon ombilical avec un des lacets de la jeune fille, puis l'avait coupé d'un coup de ciseaux – il lui avait fait l'effet d'être étrangement dur, un peu comme un tendon sur un morceau de viande. Babs et Lorraine se chargeaient de nettoyer la pièce. Elles avaient mis le placenta dans un journal que Lorraine avait récupéré dans le bar sur une table et Babs avait trouvé un placard dans lequel il y avait un balai à franges grisâtres qui avait connu de meilleurs jours.

139

Daisy berça le bébé. Les yeux fermés, l'enfant avait cette expression furieuse qu'ont les nouveau-nés qui viennent d'être expulsés de l'abri bien chaud où ils ont passé neuf mois de bonheur.

« Naître doit être un sacré choc, observa Daisy en regardant le petit visage fâché de l'enfant.

— Pour être un choc, c'en est un, c'est sûr ! commenta Lorraine en regardant Petula.

— Bon, dit Babs tout en terminant de passer le balai. Il faut qu'on décide de ce qu'on va faire. »

Petula essaya de se relever sur ses jambes tremblotantes. « Je voudrais aller m'allonger dans le minibus.

— Et le bébé ? demanda Babs. Tu n'as pas l'air de te rendre compte que c'est sérieux, Petula. Si tu ne la prends pas maintenant, tu le regretteras jusqu'à la fin de ta vie.

— Alors, j'en prends le risque. Laissez-la dans un endroit sûr où quelqu'un la trouvera. Elle aura une vie bien meilleure sans moi. » Elle enfila son jupon et sa blouse paysanne, puis jeta un regard alentour. « Où est ma culotte ?

— Là-dedans, répondit Lorraine en montrant le papier journal. Avec le truc énorme qui ressemble à un morceau de foie. De toute manière, elle était trempée, tu n'aurais pas pu la remettre.

— Il va quand même lui falloir quelque chose, fit remarquer Daisy. Ainsi qu'une serviette hygiénique. »

Babs prit le bas de son maillot de bain dans son sac de plage. « Tiens, ça fera l'affaire. Ce sera peut-être un peu serré, mais ça devrait aller. » Elle se tourna vers la machine fixée au mur et introduisit des pièces. Il en sortit deux serviettes hygiéniques qu'elle tendit à Petula. « Tiens, mets ça. »

Lorraine regarda la serviette de plage tachée de sang qui gisait en tas à côté du journal. Ici avait eu lieu un carnage à peine quinze minutes plus tôt, mais à présent, le sol était plus propre qu'à leur arrivée. « Je vais aller voir à la cuisine s'ils n'ont pas un sac-poubelle pour jeter tout ça.

— Pendant que tu y es, demande-leur où est l'hôpital le plus proche ! » lui lança sa mère.

Le bébé émit des petits bruits. Daisy lui donna son petit doigt replié à sucer. « La pauvre petite a faim, Petula, tu n'es pas raisonnable !

— Je vous l'ai dit, vous ne me forcerez pas à la garder. Et maintenant, poussez-vous ! » Elle écarta Daisy et fila vers la porte juste au moment où revenait Lorraine.

« Le plus près, c'est le Blackpool Victoria Hospital, à environ cinq kilomètres. Pas très loin du zoo. »

Lorsque Babs retourna à la table, il s'était écoulé un peu plus d'une heure. Les autres avaient dévoré leurs plats, et une pile de paniers vides était posée en équilibre instable sur le bord. Selwyn se leva en lui offrant sa place. « Qu'est-ce qui se passe ? Où sont les filles ? »

Elle se laissa tomber sur le banc, la tête entre les mains. « Seigneur, j'ai grand besoin de boire un verre ! » Elle serra le bras of Selwyn. « Tu veux bien aller me chercher un gin orange, s'il te plaît ?

— Il n'est pas ton esclave ! railla Trisha. Tu ne peux pas y aller toi-même ?

— Tu ne pourrais pas la fermer, pour une fois ? rétorqua Babs. J'en ai plus qu'assez de tes remarques sarcastiques et de tes critiques permanentes ! » Elle se tourna vers Selwyn. « Et commande-m'en un grand !

— Où est ma mère ? demanda Jerry. Son poulet a refroidi.

— Oh, elle… elle aide Petula qui a vomi et se sent toute faiblarde. Et comme Daisy pense qu'elle a eu une insolation, elle l'a accompagnée avec Lorraine jusqu'au minibus. Elle se sentira mieux après s'être allongée un moment. Mais ne t'en fais pas, ce n'est rien de grave ! » Elle espéra que son ton jovial paraîtrait suffisamment convaincant.

Petula se traîna tant bien que mal sur une des banquettes du Transit. Lorraine lui glissa la couverture du pique-nique sous la tête. « On ne va pas s'en sortir comme ça, et tu le sais ! » Petula avait les lèvres sèches et gercées, ses yeux étaient injectés de sang et il émanait d'elle l'odeur de quelqu'un qui vient de courir un marathon. Lorsqu'elle se couvrit le visage avec son bras, Lorraine vit les fossettes de son menton trembloter, signe à coup sûr qu'elle allait pleurer. Elle s'accroupit près de son amie et prit sa main moite dans la sienne. « Comment as-tu pu ne pas le savoir ? »

Refusant toujours de la regarder, Petula haussa les épaules. « Je te jure que je ne savais pas. J'ai eu mes règles plusieurs fois, et comme je n'ai jamais été régulière… Je n'avais pas l'air d'être enceinte, si ?

— Je veux bien te croire, concéda Lorraine. Mais je te vois toujours dans des vêtements larges… Tu dois quand même bien t'être aperçue de quelque chose !

— J'ai juste trouvé que j'avais un peu grossi au niveau de la taille… Tu me connais, je me fiche pas mal de quoi j'ai l'air !

La question non formulée planait en suspens. Lorraine osait à peine la poser, néanmoins il lui fallait la réponse. « Petula, qui est le père ? reprit-elle d'une voix plus douce.

— Ah, je me demandais combien de temps ça allait te prendre avant que tu me le demandes ! Je ne peux pas te le dire.

— Pourquoi ? Parce que tu ne sais pas ? Bon sang, tu as couché avec combien de types ? »

Petula se redressa sur un coude et la regarda droit dans les yeux. « Bien sûr que non ! Je ne suis pas une traînée, contrairement à ce que tu peux penser ! Je sais bien qu'on se raconte toujours tout, mais là, je ne peux pas. » Elle retomba affalée sur la banquette. « De toute façon, qu'est-ce que ça peut faire ? Le bébé est parti.

— Mais… et si le père voulait le garder ? Il faut que tu le préviennes.

— Ha, c'est à mourir de rire ! Le père ne voudrait rien avoir à faire avec le bébé, crois-moi… Pas plus qu'avec moi !

— Il t'a violée ? C'est ça, il t'a forcée ? Alors il faut que tu ailles à la police. Si tu as été agressée, ton père comprendra. »

En entendant évoquer son père, Petula se redressa de nouveau. « Il ne va pas bien, tu le sais. Il fait de son mieux pour me le cacher, mais si tu voyais le nombre de cachets qu'il avale tous les jours… Et il a perdu pas mal de kilos. Je me fais vraiment du souci pour lui.

— Petula, s'il te plaît… Je te promets que je n'en parlerai à personne. Qui est-ce ? »

Son amie la regarda comme si elle hésitait à répondre. « Tu me le jures sur ta tête ? Et sur la tête de ta mère et de ton père ? »

Lorraine se trémoussa, mal à l'aise. « Tu sais que je n'aime pas jurer sur la tête des gens.

— Comme tu voudras, dit Petula en haussant les épaules.

— Oh, bon, d'accord, je te le jure ! » Elle fit un signe de croix sur son cœur.

« C'est vrai, tu ne le répéteras à personne ? Même pas à ta mère ? *Surtout* pas à ta mère. »

Lorraine acquiesça. « Alors ? »

Petula gonfla les joues, sa voix à peine plus forte qu'un murmure. « Tu ne me jugeras pas ?

— Pour l'amour du ciel, dis-moi qui c'est ! »

Toutes les deux sursautèrent en entendant la porte arrière s'ouvrir et en voyant Jerry planté là avec un regard perplexe. « Tout va bien ? On va attendre que ma mère revienne et on se mettra en route. » Il regarda sa montre, puis le ciel. « Vous savez où elle est partie ? »

Petula et Lorraine échangèrent un regard complice.

« Euh… Petula a été malade, du coup Daisy a mis ses vêtements sales dans une feuille de journal et est allée les jeter dans une poubelle. »

Jerry fronça le nez d'un air dégoûté. « Tu as trop bu, c'est ça ?

— Va te faire foutre ! grommela Petula. Pour ton information, j'ai eu une insolation. »

Daisy avait déjà décidé qu'elle n'emmènerait pas le bébé à l'hôpital. Cinq kilomètres à pied, c'était trop loin, et impliquer un chauffeur de taxi aurait compliqué les choses de façon inutile. Elle marcha le long de la mer en serrant le bébé endormi contre sa poitrine. Elle avait l'impression que tous les inconnus qu'elle croisait lui lançaient des regards accusateurs qui la transperçaient jusqu'au fond de l'âme. Elle arriva devant une rangée de maisons d'hôtes de style victorien qui affichaient toutes un écriteau « Complet ». La dernière au bout avait l'air particulièrement bien entretenue. Elle avait été repeinte récemment d'un joli blanc crème, la pelouse tondue était impeccable et les rideaux aux fenêtres d'un blanc éclatant. Les deux marches du perron, passées à la cire Red Cardinal – la préférée de Daisy –, brillaient dans la lueur du soleil couchant. De toute évidence, les propriétaires étaient fiers de leur maison, et vu qu'elle ne disposait pas d'autres indices pour la renseigner sur ses occupants, elle décida que ça devrait suffire.

Alors qu'elle hésitait devant le portail, la porte d'entrée s'ouvrit. Une femme à qui elle donna une trentaine d'années sortit déposer quatre bouteilles de lait vides sur le perron, puis respira à fond l'air salé et s'attarda là un instant en contemplant la mer. Elle avait un visage aimable, mais lorsqu'elle regarda au loin l'eau qui scintillait, son expression pensive suggéra quelque chose sur quoi Daisy n'avait pas le temps de s'appesantir.

Daisy hésita encore une fois, mais, avec le bébé qui commençait à s'agiter, elle savait qu'il lui fallait prendre une décision. Elle attendit quelques instants, et dès que la femme rentra, elle remonta en vitesse l'allée du jardin, la tête dans les épaules, en jetant des regards furtifs de part et d'autre. Elle embrassa la petite fille doucement sur le front, puis inspira son odeur entêtante une dernière fois avant de déposer le précieux petit paquet dans l'herbe au pied des marches. Elle espéra que la serviette de plage bariolée n'était pas trop rugueuse pour sa peau fragile.

« Au revoir, petite, dit-elle en retenant ses larmes. Je te souhaite une belle vie. Ta mère n'est pas vraiment méchante, c'est juste que tu es arrivée au mauvais moment. » Elle posa son doigt sur la sonnette, sur laquelle elle appuya longuement, puis envoya un dernier baiser au bébé. « Bonne chance ! »

Elle repartit dans l'allée, traversa la route en évitant de justesse un tram qui passait et alla attendre à l'arrêt de bus. De là, elle avait une vue parfaite sur la porte de la maison, tout en étant à une distance suffisante pour ne pas éveiller les soupçons. *Allez, ouvre la porte...*

Elle eut l'impression d'avoir vieilli de dix ans au moment où la porte s'ouvrit enfin et où la femme apparut, ses jolis traits plissés par un air intrigué. *Baisse les yeux, je t'en supplie, regarde par terre !* l'encouragea Daisy depuis l'autre côté de la route. L'inconnue secoua la tête, recula dans l'entrée et commença à refermer la porte.

Daisy jaillit de son abri et se dirigea vers la maison d'hôtes. Tout allait de travers... Elle aurait dû emmener le bébé à l'hôpital et faire face à l'avalanche de questions qu'on n'aurait pas manqué de lui poser. Ce bébé n'avait aucun rapport avec elle, pourtant c'était elle qui s'était retrouvée dans l'obligation de réparer les dégâts. Petula n'avait pas le droit de la mettre dans cette situation. Se balançant sur ses talons, elle attendit avec impatience que la route soit libre et traversa en vitesse.

Brusquement, elle s'immobilisa devant le portail. La femme était sur le perron, penchée au-dessus du petit paquet qu'elle tenait dans ses bras, regardant le bébé d'un œil émerveillé tout en lui caressant le visage. Soudain, elle releva les yeux. Leurs regards se croisèrent une brève seconde, assez longtemps toutefois pour qu'elle lance un coup d'œil perplexe à Daisy avant de faire volte-face et de rentrer en refermant la porte derrière elle.

Soulagée, Daisy poussa un soupir. Elle avait été contrainte de prendre une décision en vitesse, mais, d'après ce qu'elle venait de voir, elle avait fait le bon choix.

18

Quand Daisy arriva au *Ferryman*, les autres étaient en train de ranger leurs affaires et se préparaient à partir. Jerry les pressait pour qu'ils se dépêchent, répétant qu'il voulait prendre la route avant la tombée de la nuit. « Maman ! Ah, enfin… Viens vite, il faut qu'on y aille. »

Daisy jeta un coup d'œil à Babs, qui, incapable de soutenir son regard, s'empressa de baisser les yeux sur son verre.

« Petula a été malade… J'ai dû aller jeter le journal et ce qu'on a utilisé pour nettoyer dans une poubelle plus loin sur la promenade.

— Mais ton poulet a refroidi, maman…

— Ne t'en fais pas pour ça, je vais l'emporter. Bon, on y va ? »

Trisha était affalée sur la table, la tête sur ses bras repliés. Selwyn lui caressa les cheveux. « Viens, il est l'heure de s'en aller. »

Elle se redressa, ses yeux hagards dégoulinant de mascara, et se releva tant bien que mal avec l'aide de Selwyn.

« Pour la femme d'un tenancier de pub, elle ne tient pas très bien l'alcool ! murmura Harry à l'oreille de Daisy.

— Tant qu'elle ne vomit pas pendant le retour, ça m'est tout à fait égal. »

Jerry appela Karl, qui jouait au foot sur la pelouse avec Mikey, lequel avait trouvé un ballon coincé sous une haie. « Hé, vous deux, il est l'heure de partir ! »

L'enfant ramassa le ballon et le mit sous son bras. « On peut l'emporter, papa ?

— Il n'est pas à nous. Pourquoi ne pas plutôt le laisser ici ? Comme ça, un autre enfant pourra jouer avec.

— Bon, d'accord », se résigna Mikey en haussant les épaules. Il envoya le ballon d'un coup de pied sur la pelouse et prit la main de son père. « On pourra rejouer au foot quand on partira en vacances ?

— Et comment ! Et maintenant que tu es plus grand, on pourra faire toutes sortes d'autres choses : nager, faire de l'escalade, du vélo… On pourra même faire une balade à dos de poney, si tu veux. »

Mikey écarquilla de grands yeux ravis en souriant à son père. « Ça va être les plus belles vacances de ma vie ! » Il fronça le nez. « Dis, papa, c'est où le parc de Butlin's ?

— À Minehead, tu te rappelles ? C'est là qu'on est allés l'année dernière. C'est une longue route, mais ça en vaut la peine.

— Maman viendra avec nous ? »

Karl hésita une seconde. « Non, pas cette fois-ci. Ce sera juste toi et moi. »

Mikey se serra contre lui. « Vivement qu'on soit là-bas ! Ça va être super bien ! »

Jerry ouvrit les portes à l'arrière du minibus et fit entrer tout le monde. Petula s'était assise à l'avant sur l'insistance de Lorraine, parce que les sièges étaient plus confortables et qu'elle aurait moins de chances d'avoir mal au cœur. Lorraine monta à côté d'elle. « Ça va ?

— C'est une question idiote, répondit Petula en secouant la tête.

— Je sais, excuse-moi. Je ne sais pas quoi dire d'autre. Écoute, j'ai réussi à parler discrètement à Daisy. » Elle baissa la voix. « Le bébé a été trouvé, on sait qu'elle est en sécurité.

— Très bien. Tant mieux. J'espère que c'est la fin de cette histoire.

— Ce n'est pas la fin, mais le commencement. Je ne pense pas que tu vas pouvoir garder ça secret.

— En tout cas, ce n'est certainement pas moi qui irai en parler ! »

Lorraine jeta un coup d'œil vers les autres. « Chut ! Parle moins fort et réfléchis un peu. Maman est au courant, Daisy est au courant, et, comme toujours, la télévision va sûrement lancer un appel pour que la mère se fasse connaître. Tu n'auras aucun problème, mais il te faudra peut-être une aide médicale. C'est ce qu'ils disent chaque fois qu'est trouvé un bébé abandonné. Ils disent qu'ils sont inquiets pour la mère. » Elle lui prit la main. « De toute façon, tu allais me dire qui est le père. »

Petula ferma les yeux. « Oublie ça, Lorraine. J'ai changé d'avis. »

Le Transit tangua au moment où Jerry claqua les portes arrière. Il se hissa à la place du conducteur à côté de Petula. « Ça va ? Tu as une sale mine. »

Elle réussit à rire. « Je te remercie ! »

Il regarda les passagers dans le rétroviseur. « Bon, tout le monde est bien installé, là-derrière ? »

Trisha était affalée contre Selwyn, son chapeau lui masquant les yeux. Il releva le bord et l'embrassa sur le nez. « Il faut qu'on te ramène à la maison, ma chérie. Je crois bien que tu es prête pour te mettre au lit. » Il se tourna vers Jerry. « Merci de conduire, mon vieux ! Tu nous as sauvé la journée. »

Jerry enclencha la marche arrière en souriant. « Je suis content d'avoir pu le faire. » Il regarda Daisy, dont la tête reposait sur l'épaule de Harry. « Maman a passé un bon moment – comme nous tous. Maintenant, détendez-vous, je vais nous ramener chez nous en un clin d'œil. »

19

Mary se retirait souvent de bonne heure dans ses appartements, au dernier étage de la maison. Même si des clients rentraient tard, ça ne posait pas de problème ; ils savaient tous que la clé serait placée en lieu sûr sous le paillasson. Quelquefois, elle les attendait dans le salon pour prendre un dernier verre avec eux histoire de se montrer sociable, mais cette journée avait encore été étouffante, et la perspective de prendre un bain était trop tentante pour y résister. La chaleur intense l'empêchait de dormir ; elle avait même pris l'habitude d'étaler une serviette humide sur son matelas pour le garder au frais. Elle avait beau laisser les fenêtres grandes ouvertes afin que la brise marine entre dans la chambre, la température était accablante.

Elle regarda Morecambe Bay. La mer reflétait le ciel bleu clair, la rendant plus attirante que sa couleur habituelle de thé infusé. Elle sourit en voyant Bert ranger ses transats, les débarrassant du sable avant de les empiler le long de la rambarde, prêts pour une nouvelle journée exceptionnelle le lendemain. Il tapa dans ses mains pour chasser deux mouettes qui se disputaient une assiette de chips oubliée. Des ânes, attachés les uns aux autres à la queue leu leu, regagnaient leur pâture pour la nuit, épuisés d'avoir transporté des enfants d'un bout à l'autre de la plage depuis le matin.

Après avoir pris son bain, Mary se passa de la lotion pour le corps, mit ses rouleaux en mousse dans ses cheveux et enfila sa chemise de nuit. Alors qu'elle s'installait dans son fauteuil et s'apprêtait à lire, elle entendit des pas monter lourdement l'escalier. Étant donné que ses autres clients étaient tous partis après le petit déjeuner, ce ne pouvait être qu'Albert. Elle reconnut son sifflement monocorde tandis qu'il gravissait les marches.

Albert Smith séjournait à Claremont Villas depuis maintenant plusieurs années. Son travail de représentant en jouets l'amenait fréquemment en ville, où une myriade de boutiques de souvenirs étaient friandes de ses articles. Mary avait toujours apprécié sa compagnie, mais, depuis que Thomas n'était plus là, Albert était devenu nettement plus attentif. Elle ne pouvait pas ne pas l'aimer. Il avait une façon distrayante de raconter des histoires cocasses sur ses voyages et il avait toujours un tour de magie dans sa manche – au sens propre ! Elle l'avait souvent vu en faire sortir des mètres de mouchoirs colorés noués les uns aux autres. Il était comme un antidote à sa tristesse, de sorte qu'elle attendait ses visites avec impatience. Dans des circonstances différentes, elle aurait eu du mal à résister à sa personnalité charismatique. Cependant, il perdait son temps. Car elle était convaincue que Thomas reviendrait un jour. On lui avait dit qu'il était mort, mais elle n'avait jamais eu un corps à enterrer, or, tant qu'elle ne l'aurait pas vu, quelque chose en elle se refusait à croire qu'il avait disparu à tout jamais.

Un an s'était écoulé depuis l'accident, mais des images des souffrances de Thomas continuaient à la hanter. Elle ignorait s'il était mort sur le coup au moment de la première explosion, ou s'il avait été écrasé, asphyxié peu après ou s'il avait brûlé vif au milieu de cet enfer. À moins qu'il ne soit pas mort du tout. Il avait fallu deux jours aux propriétaires de la mine pour prendre la décision de fermer le puits, ensevelissant à tout jamais quatre-vingts mineurs. Étant donné qu'on ne lui avait pas rendu le corps de Thomas, elle n'avait aucune preuve de son décès. Le fait qu'on estimait le taux de monoxyde de carbone si élevé que personne n'avait pu y survivre lui paraissait dénué de toute pertinence. Thomas aurait très bien pu s'échapper sans avoir été blessé, et s'être retrouvé hagard et confus après avoir perdu la mémoire. Mary jugeait concevable qu'il soit en vie quelque part et n'ait aucun souvenir de son existence d'avant. Le croire la soutenait, et tant qu'elle n'aurait pas la preuve définitive que son mari avait été tué, cette petite flamme d'espoir ne s'éteindrait pas.

Albert arriva en haut de l'escalier. Elle l'entendit tituber et jurer entre ses dents. Il était à présent sur le palier, mais elle résista à l'envie de l'appeler. Il tapa trois coups légers à sa porte.

« Mary ? Vous êtes là ? »

Elle resserra sa robe de chambre. « Euh, oui, Albert, je suis là… Qu'est-ce qu'il y a ? »

Sa voix lui parvint assourdie à travers le bois épais de la porte. « J'ai quelque chose à vous dire, Mary. »

Elle mit le marque-page dans son livre et le posa sur la petite table. « Entrez, Albert, c'est ouvert ! »

Il entrouvrit la porte en demeurant respectueusement sur le palier. « Je suis désolé de vous déranger, mais je voulais vous dire au revoir.

— C'est bon, Albert. Je sais que vous partez tôt demain matin, d'ailleurs, j'ai mis mon réveil. Je ne vous laisserai pas filer sans avoir pris un petit déjeuner. »

Il fixa le plancher, incapable de la regarder dans les yeux. « Je vais m'en aller, Mary. On m'a muté à notre bureau de Londres. À vrai dire, c'est une promotion, seulement, je ne sais pas quand je reviendrai à Blackpool. Je suis désolé. »

Il tripota le bout de sa cravate avec nervosité et avala péniblement sa salive. Prise de l'envie soudaine de le réconforter, Mary se leva. « Entrez, je vous en prie. »

Il jeta un regard par-dessus son épaule. « Oh, je ne suis pas sûr que ce soit…

— S'il vous plaît », insista-t-elle.

Elle était consciente de ne pas être très présentable, et s'étonna de le regretter. Son visage était exempt de tout maquillage, sans doute sa peau brillait-elle encore de crème, et ses cheveux étaient retenus par le filet peu flatteur qui maintenait ses rouleaux en place. Ils s'assirent côte à côte au bout du lit. Albert lui prit la main. « Vous êtes très belle, Mary. »

Elle sourit et lui pressa la main. Il y avait longtemps qu'elle n'avait pas entendu ces mots-là.

Albert avait défait le premier bouton de sa chemise, desserré sa cravate et remonté ses manches pour avoir moins chaud. Timidement, il laissa courir son doigt le long de sa clavicule. C'était un geste audacieux, mais, au lieu de se dérober, elle lui prit la main et entremêla ses doigts avec les siens. Il se pencha et lui effleura les lèvres d'un baiser. « Vous sentez divinement bon, Mary. »

Une tristesse inattendue l'envahit lorsqu'elle lui toucha la joue. « C'est toujours le lit de Thomas.

— Oh, Mary, pauvre petite… » Il l'embrassa de nouveau, et après un bref instant d'hésitation, elle répondit à son baiser. Les sensations du désir oubliées depuis longtemps s'éveillèrent, mais quand elle l'attira contre elle, leur étreinte lui parut bizarre et en rien naturelle. Thomas avait convenu à ses bras comme la pièce d'un puzzle s'emboîte à un autre. Albert se redressa sur les coudes et contempla son visage distant de quelques centimètres. « Vous voulez bien ? » Il lui retira son filet et, tout doucement, commença à lui enlever les rouleaux. « C'est un peu comme faire l'amour à Hilda Ogden[1]. »

Un peu plus tard, étendue dans les bras d'Albert, elle s'efforça de chasser l'image de Thomas de son esprit, ne parvenant pas à se débarrasser du sentiment qu'elle lui avait été infidèle. Plusieurs fois, elle était allée chez la diseuse de bonne aventure au bout de la jetée et, chaque fois, elle était ressortie de la pièce tapissée de velours à la lumière tamisée en emportant

---

[1]. Personnage de la série britannique *Coronation Street* qui incarne la femme de ménage. *(N.d.T.)*

un nouveau message d'espoir. La cartomancienne ne lui avait jamais rien dit de précis, mais elle l'avait compris à demi-mot : un jour, son mari reviendrait. Et maintenant, elle allait devoir vivre avec la culpabilité de l'avoir trompé.

20

Mary s'observa dans le miroir de la salle de bains. Bien qu'elle n'ait pas changé – sinon qu'elle était un peu plus rouge, et plus ébouriffée –, elle avait le cœur rempli de honte. Elle aurait dû se montrer plus forte et ne pas céder aux avances d'Albert. Car elle ne pouvait rien lui reprocher ; c'était elle qui l'avait invité à entrer dans sa chambre. Elle s'en voulait d'avoir été aussi faible. En même temps, il y avait si longtemps qu'elle n'avait pas connu les caresses d'un homme. Elle ne savait pas du tout comment elle expliquerait ça à Thomas quand il reviendrait. Accepterait-il de lui pardonner ? Méritait-elle seulement son pardon ?

Elle s'aspergea le visage d'eau froide, puis se sécha en le tapotant avec la serviette. Demain, tout lui paraîtrait sans doute différent. Elle retourna dans le fauteuil et reprit son livre, néanmoins, c'était peine perdue ; les mots flottaient devant ses yeux sans avoir aucun sens. Albert avait voulu rester avec elle le reste de la nuit, mais elle lui avait demandé gentiment de partir. Elle avait l'impression que la culpabilité allait la ronger jusqu'au matin, et elle n'avait pas envie qu'il lui demande toutes les cinq minutes si elle allait bien.

Bien que sa chambre soit très haut au-dessus de la rue, elle entendait les fêtards sur le front de mer, leur joie évidente dans les éclats de rire et les chansons qui lui parvenaient par les fenêtres ouvertes.

Brusquement, elle se souvint qu'elle avait oublié de sortir les bouteilles de lait et se reprocha d'être aussi distraite. Lorsqu'elle descendit, elle nota avec satisfaction en arrivant sur le palier d'Albert que sa porte était bien fermée. Elle n'aurait surtout pas voulu qu'il croie qu'elle descendait pour remettre ça ! Après avoir déposé les bouteilles lavées sur le perron, elle inspira une grande bouffée d'air tiède avant de refermer la porte.

Elle venait d'arriver au deuxième étage lorsqu'elle entendit sonner – un long coup insistant. Les autres clients du week-end étant partis ce matin, elle avait volontairement laissé allumé le panneau « Complet ». La saison avait été si exceptionnelle qu'elle estimait avoir droit à un peu de répit. Elle troqua sa robe de chambre pour une robe d'intérieur, ce qui ne représentait qu'une légère amélioration, seulement elle ne pouvait pas se présenter en tenue de nuit.

En ouvrant la porte, elle fut surprise, pour ne pas dire agacée, de ne voir personne sur le seuil. Sans doute était-ce encore des gamins qui s'amusaient. Alors qu'elle s'apprêtait à refermer, une sorte de miaulement en provenance du bas du perron attira son attention, et elle aperçut une serviette de plage bariolée dans l'herbe. Quelqu'un n'était quand même pas venu abandonner un chaton devant sa porte ! Descendant les marches sur la pointe des pieds, elle souleva la serviette et recula immédiatement sa main comme si elle venait de se brûler. « Mais qu'est-ce que c'est que ça ? » murmura-t-elle.

Elle ramassa le petit paquet et contempla la frimousse rose de l'enfant. Le bébé ouvrit les yeux, qui à l'évidence ne voyaient pas grand-chose. La bouche humide s'ouvrait et se fermait comme le bec d'un oiseau quand sa mère revient au nid en rapportant un ver bien gras. Mary remonta au troisième étage, où elle arriva tout essoufflée en raison de sa nervosité et de l'effort qu'elle venait de faire. Elle déposa le bébé sur le lit et déroula la serviette. Une magnifique petite fille. On avait essayé de la nettoyer de façon sommaire, mais son petit corps était encore couvert de traces de sang.

Mary jeta la serviette en éponge rugueuse et alla chercher un drap en coton doux dans le placard sur le palier. À en juger par le nœud du cordon ombilical qui formait une protubérance sur son ventre, le bébé n'était pas sur cette terre depuis très longtemps. Elle l'emmaillota dans le drap bien serré, comme sa mère le lui avait appris à faire sur ses poupées quand elle était petite. Puis, en prenant soin de ne pas alerter Albert, elle redescendit dans la cuisine. Au fond du placard, elle trouva un vieux biberon oublié par une cliente des années auparavant. Thomas s'était moqué de son incapacité à jeter quoi que ce soit, mais elle était contente de ne pas l'avoir écouté, quoique un peu ennuyée qu'il ne soit pas là pour constater qu'elle avait bien fait. Le biberon n'était plus aussi transparent, mais la tétine en caoutchouc avait l'air encore intacte.

Tout faire d'une seule main se révélant laborieux, elle posa l'enfant sur le fauteuil le temps que la bouilloire chauffe. Ce fauteuil avait toujours été le préféré de Thomas, celui dans lequel il s'endormait après une dure journée de travail à la mine. Sous la têtière en dentelle, le tissu portait encore des traces de sa brillantine. Elle versa un peu de lait Carnation dans le biberon, puis ajouta de l'eau bouillante. En attendant que le mélange refroidisse, elle réfléchit à ce qu'elle allait faire ensuite. Elle nourrirait la petite, lui donnerait tous les câlins et l'affection dont elle avait été privée, après quoi elle l'emmènerait au Victoria Hospital de Blackpool.

Dès que la petite eut vidé goulûment le biberon, Mary remonta remplir le lavabo d'eau chaude, dans lequel elle la plongea afin de la débarrasser des dernières traces de l'accouchement. Elle fit mousser du savon et passa doucement les doigts dans ses cheveux emmêlés. Avec un bout de coton, elle nettoya ses yeux chassieux et le lait qui avait coulé dans les plis de son cou.

Une fois l'enfant lavée et séchée, elle l'étendit sur le lit – sur ce lit qu'elle avait partagé avec Albert dans un moment qui lui semblait appartenir désormais à une autre vie. Elle chercha des épingles à nourrice dans sa boîte à couture, puis attrapa le bébé par les chevilles et la souleva légèrement en glissant une serviette sous elle. La petite s'assoupit, sa bouche faisant des petits mouvements comme si elle voulait parler. Mary passa son doigt sur les sourcils parfaits et le long de sa joue. La réveiller maintenant serait honteux…. Elle l'emmènerait à l'hôpital à la première heure demain matin.

21

Tâtonnant autour d'elle avec ses mains, Daisy mit plusieurs secondes avant de comprendre qu'elle avait la tête à l'envers. La pression sur ses yeux était si intense qu'elle était persuadée qu'ils allaient jaillir de leurs orbites. Une odeur âcre de caoutchouc brûlé lui piqua les narines, puis elle sentit quelque chose de poisseux sur sa cuisse gauche. Les yeux plissés pour scruter le brouillard de fumée translucide, elle distingua une entaille d'où suintait du sang, un sang sombre et épais. Elle trouva curieux de ne ressentir aucune douleur. Elle ne se rappelait pas où elle était, ni où elle allait, mais elle était à l'intérieur d'un minibus qui semblait être passé dans le tambour d'une machine à laver.

Que ce chaos et cette dévastation s'accompagnent d'un silence surnaturel était encore plus perturbant. À mesure que la fumée commençait à se dissiper, ses souvenirs se firent moins flous.

Ils étaient allés à Blackpool, oui, c'était ça. La journée avait été agréable, néanmoins quelque chose la taraudait dans un coin de son subconscient. Et elle avait beau être certaine que c'était important, elle n'arrivait pas à se remémorer les détails. Déconcentrée par le hurlement d'une sirène, elle se tourna vers la forme humaine affalée par terre à côté d'elle. Était-ce le plancher, ou bien le toit ? Elle se redressa en position assise et retourna Harry. Il avait les yeux ouverts, et elle redouta qu'ils aient perdu toute capacité de se focaliser, mais il n'avait pas la moindre trace de blessure.

« Harry ? Ça va ? » Sa voix lui parut désincarnée comme si elle appartenait à quelqu'un d'autre. Elle lui desserra sa cravate et déboutonna le col de sa chemise. « Harry, c'est moi, Daisy… » Elle passa deux doigts sur son cou en priant pour sentir battre son pouls, mais sa peau était déjà froide et moite. « Oh, Harry… », murmura-t-elle. Son dernier jour sur terre s'était achevé de manière tragique, pourtant il avait été rempli de joie et de camaraderie. L'idée qu'il était désormais dans les bras de son Elsie adorée lui fit venir un petit sourire aux lèvres. Elle sortit son mouchoir de sa poche et le posa sur son visage. « Dormez bien, mon cher. »

Malgré la fumée qui lui piquait les yeux, elle vit que le pare-brise avait volé en éclats, réduit à quelques tessons de verre dépassant du joint en caoutchouc qui entourait le trou béant. Et soudain, elle le vit, étendu sur le siège, un morceau de métal planté dans l'omoplate et une profonde entaille en travers du front. Du sang coulait dans ses yeux sans qu'il tente de l'essuyer. « Jerry ? Jerry, c'est maman… Parle-moi, mon garçon ! » Pourquoi personne n'entendait-il sa voix ? Elle essaya de se lever, mais quelque chose la clouait au sol. Elle ignorait quoi. Peut-être qu'elle était paralysée.

Elle regarda dans le minibus. L'odeur de caoutchouc brûlé avait été remplacée par celle de vapeurs d'essence, qui stagnaient dans l'air tiède telle une menace. Il y eut un bruit, comme si on tapait sur quelque chose, mais personne d'autre ne sembla le remarquer. Soudain, tout devint clair. Daisy ferma les yeux et laissa tomber sa tête contre une vitre brisée. C'était normal qu'elle ne ressente aucune douleur. Comment avait-elle pu être aussi stupide ? On ne ressent plus rien quand on est mort.

Trisha redressa la tête, mais celle-ci retomba aussitôt comme une balle montée sur ressort et heurta la vitre dans un bruit de craquement. La dernière chose dont elle se rappelait était le crissement de la tôle sur l'asphalte tandis que le minibus glissait sur le toit sur une longue portion d'autoroute. Bien qu'il fasse quasiment nuit, elle aperçut Barbara sur la banquette opposée. Sa robe verte remontée laissait voir sa culotte rose en dentelle. Elle remarqua aussi, avec une certaine satisfaction, qu'elle avait de la cellulite sur les cuisses. Babs aurait détesté qu'elle le voie.

Avec un effort gigantesque, elle tendit la main pour lui rabattre sa robe. Puis elle se tourna vers son mari et le tira par le bras. « Selwyn... Ça va ? » Elle avait les lèvres si tuméfiées qu'elle ne reconnut pas sa voix. Il ne répondit pas. « Oh, mon Dieu, ne sois pas mort, Selwyn ! » Elle lui tâta frénétiquement le cou pour chercher son pouls, et, ne le trouvant pas, elle posa sa tête contre sa poitrine en priant pour sentir sa respiration, signe que son mari serait toujours en vie.

Lorraine regarda l'endroit où s'était trouvé le pare-brise. Elle voyait les phares des voitures arrivant en sens inverse qui ralentissaient pour permettre à leurs occupants macabres de mieux contempler le carnage. Elle était prisonnière, suspendue par sa ceinture de sécurité, et le poids de son corps qui la tirait vers le bas l'empêchait de la détacher. Elle agita les bras à l'aveuglette. « Maman… Papa… Où êtes-vous ? Vous êtes blessés ? »

La voix de Trisha s'éleva à l'arrière. « Ça va, Lorraine ? Ton père est là, à côté de moi. Il est… Je crois qu'il respire. »

Babs bougea en entendant la voix de sa fille. « Lorraine, c'est toi ? » On aurait dit qu'elle avait avalé une pelletée de graviers.

« Je suis devant, maman… Ça va, mais je ne vois pas Petula. »

Un gyrophare bleu illumina l'intérieur du minibus, leur donnant à tous une pâleur cadavérique. Deux ambulanciers étaient accroupis plus loin sur la route. Ne voyant pas ce qu'ils faisaient, Lorraine se demanda ce qui était plus important que de venir en aide à ceux qui étaient prisonniers du véhicule. L'un des hommes se redressa en secouant la tête et fit un signe à son collègue. Une jeune femme qui n'avait pas l'air beaucoup plus âgée que Lorraine s'approcha des deux silhouettes et, arrivée à leur niveau, plaqua sa main devant sa bouche. Son collègue la prit par l'épaule d'un geste rassurant avant de lui prendre le drap et de le placer sur ce qui était étendu sur la route.

Lorraine comprit en quelques secondes. « Oh non, pas Petula… »

Babs voulut se tourner vers sa fille, mais son bras était plié de façon bizarre derrière sa tête de sorte qu'elle n'arriva pas à le bouger. « Qu'est-ce qu'il y a, Lorraine ? Tu as vu Petula ?

— Elle est morte ! sanglota la jeune fille. Elle est étendue là-bas sur la route… Elle a dû être éjectée à travers le pare-brise. »

Babs ferma les yeux en revoyant soudain le bébé. Si elles avaient réussi à convaincre Petula de l'emmener chez elle, la petite aurait sans doute péri elle aussi. Quel que soit le destin qui l'attendait, il ne pourrait pas être pire que celui de sa mère. Babs mourait d'envie de serrer sa fille dans ses bras. Elle l'entendait pleurer son amie et aurait voulu la réconforter.

Le minibus tangua alors qu'un pompier forçait les portes arrière. « On vous aura bientôt sortis de là. Quelqu'un peut me dire combien il y a de passagers ? »

Aveuglée par le faisceau de sa torche, Babs se protégea les yeux. « On est… on était… dix. » Elle sentit quelque chose lui agripper les chevilles. Instinctivement, elle remonta les jambes, puis baissa les yeux et regarda sous la banquette. Les yeux qui la fixaient étaient remplis de terreur. « Mikey ! Dieu soit loué ! Ça va, tu n'as rien ?

— Je crois que ça va, mais j'ai mal à la tête. Qu'est-ce qui est arrivé ? » Il passa sa main sur son front et l'examina. « Je saigne… » Il explora sa bouche avec sa langue. « Et j'ai perdu une autre dent…

— On a eu un accident, mais les pompiers vont nous sortir de là. Tout ira bien. » Elle lui prit la main. « Je suis là, Mikey, je vais m'occuper de toi. »

Babs voyait bien qu'il essayait d'être courageux, mais il lui fut impossible de poser sa prochaine question sans que sa voix ne se brise. « Il est où mon papa ? »

22

Le lendemain matin, quand Albert hésita sur le pas de la porte, son attaché-case à la main et réticent à partir, Mary prit sur elle pour ne pas le pousser en bas des marches comme un videur jette un enquiquineur d'une boîte de nuit.

« Pour ce qui s'est passé hier soir, Mary... »

Elle grommela intérieurement. Elle n'avait pas de temps pour ça ! « Albert, s'il te plaît, ne dis pas des choses qu'on pourrait regretter tous les deux. »

Il acquiesça d'un air grave. « Je me souviendrai toujours de toi, et si jamais je repasse à Blackpool... »

Mary commença à refermer la porte. « Oui, oui, tu viendras me voir », dit-elle sans chercher à dissimuler son impatience.

Il posa sa main à plat sur la porte pour la retenir. « J'espère que ce qui s'est passé entre nous hier soir t'aidera à avancer. » Son ton était gentil, mais ferme. « Thomas est mort. Il ne reviendra pas. »

Elle se mordit la lèvre et fixa ses pieds pour ne pas voir la pitié dans ses yeux. « Je sais », finit-elle par dire dans un murmure.

Bien qu'elle ne le pense pas une seconde, ça parut marcher. Albert lui dit au revoir une dernière fois en l'embrassant sur la joue. Soulagée de voir sa silhouette s'éloigner, elle remonta à toutes jambes au dernier étage.

Le bébé avait dormi paisiblement à côté d'elle presque toute la nuit – il ne s'était réveillé qu'une seule fois pour prendre son biberon. Mary retira le drap dans lequel elle l'avait emmailloté et examina la serviette avec laquelle elle avait improvisé une couche de fortune. Celle-ci était pleine d'une substance aussi noire que du goudron.

« Oh, mon Dieu, qu'est-ce qu'on a là ? » Elle prit des mouchoirs en papier et nettoya les fesses de l'enfant d'un geste délicat. « Je crois que je vais devoir te redonner un bain avant de t'emmener à l'hôpital ! »

Dans la cuisine, la petite dans les bras, Mary s'assit dans le fauteuil de Thomas et laissa aller sa tête en arrière. Le tissu était encore imprégné de son odeur, et elle trouvait un immense réconfort à rester dans ce fauteuil où il avait passé des moments si heureux. Elle tourna la tête et respira l'odeur du tabac de sa pipe. Repenser au nombre de fois où elle l'avait prié de ne pas fumer dans la cuisine la fit sourire. À présent, elle ne se lassait pas de cette odeur qu'elle avait si souvent dissipée d'un geste irrité avec un torchon.

Elle alluma la radio pour écouter les nouvelles. Bien que ne sachant pas trop ce qu'elle s'attendait à entendre, elle fut soulagée que ne soit faite aucune mention d'un bébé abandonné. Apparemment, la personne qui avait laissé la petite fille sur le pas de sa porte n'avait pas changé d'avis. Il fut question d'un accident de minibus sur l'autoroute entre Blackpool et Manchester. Elle éprouva un bref sentiment de compassion pour ceux qui y avaient perdu la vie, mais aussitôt son attention se reporta sur l'enfant endormi dans ses bras.

« Tu es un bébé adorable ! Si seulement mon Thomas était là ! Il saurait quoi faire. »

Elle repensa avec agacement à Albert et s'en voulut d'avoir succombé à ses avances. Qu'il ait insisté sur le fait que Thomas était mort lui avait permis de la séduire, cependant, il ne connaissait pas tous les faits. Mary avait la preuve tangible qu'il était encore en vie. Quelques mois après l'accident survenu à la mine, elle était allée consulter une adepte du spiritisme. Sans rien raconter de son histoire, elle avait feint le désespoir et exprimé son désir d'avoir des nouvelles de son cher mari décédé.

La femme, les paumes sur la table, avait fermé les yeux et pris une grande inspiration en se calant dans son fauteuil. Elle avait cligné des paupières et ses lèvres avaient bougé en marmonnant quelque chose. Puis elle avait rouvert les yeux et dit : « Je sens quelqu'un qui vient. » Mary s'était penchée en avant pendant qu'elle refermait les yeux et se frottait les tempes. « Oui. Je reçois un nom… Bill ou Billy. » Mary remarqua qu'elle avait entrouvert un œil pour guetter sa réaction, mais elle était demeurée impassible, si bien que la femme avait été obligée de poursuivre. « Attendez, non… Ce n'est pas Bill, mais Bobby. Oui, c'est ça, Bobby. Ce nom vous dit-il quelque chose ? »

Mary s'était reculée, soulagée. « Oui. Quand j'étais petite, nous avions un chat roux qui s'appelait Bobby. »

Elle était ressortie de là avec un grand sourire. Elle qui avait redouté de recevoir un message venant d'outre-tombe, elle venait d'avoir la confirmation qu'il lui fallait ! L'esprit de Thomas ne pouvait pas se matérialiser pour la bonne et simple raison qu'il n'était pas mort. Elle était rentrée chez elle d'un pas léger et le moral au beau fixe.

misère, du délire Mary

Mary décida d'aller à pied à l'hôpital, distant de cinq kilomètres. La ville commençait à s'animer et la journée promettait d'être encore une fois torride. L'air frais de la mer ferait du bien au bébé et lui donnerait des couleurs. Alors qu'elle attendait à un passage piétons, une vieille dame lui adressa un sourire édenté. « Regardez-moi ce petit bout de chou ! » Ses doigts noueux soulevèrent le drap pour voir le visage de l'enfant. « Elle est belle. C'est une fille ? »

D'abord mal à l'aise face à cette curiosité malvenue, Mary sentit son cœur se gonfler de fierté. « Oui, c'est une fille.

— Ah, c'est formidable. Et quel âge a-t-elle ? » La vieille dame continua à bêtifier au-dessus du bébé. Énervée, Mary serra le bébé plus fort contre sa poitrine.

« Euh… quelques jours. Elle n'est pas très vieille.

— Et vous sortez déjà ? Vous m'étonnez… Il faut vous protéger, vous savez.

— Me protéger ? » répéta Mary sans comprendre.

La femme se rapprocha et parla tout bas. « Oui, il faut prendre soin de votre… euh… de cette région là en bas. La sage-femme ne vous l'a pas dit ? »

Outre que Mary commençait à avoir l'impression de subir un interrogatoire, elle n'avait aucune envie de discuter de ses parties intimes avec une parfaite inconnue. Les voitures venaient de s'arrêter pour les laisser traverser. Elle remercia les conducteurs d'un signe de tête et rejoignit le trottoir opposé. La vieille dame, encombrée par son chariot, arriva quelques secondes après. « Comment s'appelle-t-elle ? »

Dieu du ciel, cette femme va-t-elle me laisser tranquille ?

« Je suis désolée, mais je dois y aller. Ravie de vous avoir rencontrée ! »

Elle laissa la femme perplexe sur le trottoir et s'éloigna à grands pas d'un air décidé.

Marcher à vive allure lui permit de faire le trajet jusqu'à l'hôpital en un peu moins d'une heure. Une ambulance, gyrophare encore en marche, était garée devant l'entrée principale. Une équipe médicale sortit en trombe et les portes arrière de l'ambulance s'ouvrirent précipitamment.

« Oh, il semble qu'on arrive à un mauvais moment ! » dit Mary au bébé qui gigotait sous le drap.

L'enfant toussa, respira à fond et commença à crier.

« Chut… doucement. On va vite y aller. Les infirmières prendront soin de toi. Elles te mettront une jolie barboteuse d'hôpital et te laisseront pleurer dans ton berceau jusqu'à ce que tu t'endormes. Si elles en ont le temps, elles te donneront un bain, peut-être qu'elles te feront un petit câlin, et ensuite, elles lanceront un appel à la mère sans cœur pour qu'elle se fasse connaître. »

Sa voix rassurante apaisa le bébé. « Et après, si elle ne se présente pas – parce que, autant regarder les choses en face, soit elle ne veut pas de toi, soit elle ne te mérite pas –, on te placera dans un orphelinat, et plus tard, peut-être que quelqu'un viendra t'adopter. Tu passeras le reste de ta vie à te demander qui sont tes vrais parents et pourquoi ils ne t'aimaient pas assez… »

Une grosse larme roula sur sa joue et resta en suspens une seconde sur son menton avant d'atterrir sur le front du bébé. Mary se retourna vers l'hôpital dont elle venait de s'éloigner. Sans l'avoir décidé consciemment, elle se rendit compte qu'elle était en train de repartir chez elle. Ce bébé avait été abandonné une fois, elle n'allait pas l'abandonner une deuxième.

23

Allongée sur son lit d'hôpital, Daisy fixait la lumière qui l'éblouissait. Elle avait lu quelque chose là-dessus, sur le long tunnel qui menait vers la douce lumière accueillante du paradis et les bras grands ouverts du Seigneur. Levant les mains à l'aveuglette, elle sentit la blouse blanche amidonnée du médecin. Il éteignit sa lampe. « Bonjour, madame Duggan ! Comment vous sentez-vous ? »

Lorsqu'elle voulut s'asseoir, ses bras et ses jambes d'une lourdeur de plomb refusèrent de coopérer. « Où suis-je ? Où est mon fils ? »

Le visage du médecin s'écarta de quelques centimètres. « Vous avez eu un accident hier soir. Vous avez eu une commotion cérébrale et vous avez une vilaine entaille sur la cuisse. On vous emmènera passer une radio tout à l'heure.

— Où est mon fils ? Jerry Duggan, c'est son nom... Savez-vous ce qui lui est arrivé ?

— Essayez de rester calme, madame Duggan. J'irai me renseigner dès que j'aurai fini de vous examiner. »

Quand il eut terminé de l'ausculter et de la palper, des gestes qui lui semblèrent aussi intrusifs qu'inutiles, Daisy ferma les yeux en essayant de se remémorer les événements de la veille. Elle se rappelait Jerry disant qu'ils seraient bientôt arrivés – il lui tardait de boire sa tasse d'Ovomaltine qu'elle se préparait tous les soirs, une habitude à laquelle elle n'avait pas renoncé en dépit de ces températures étouffantes. Elle se souvenait d'un choc assourdissant, puis de la sensation de faire des tonneaux, de tourner et de se retourner encore comme si ça ne devait jamais s'arrêter. Prise de nausée, elle attrapa le verre d'eau sur la table de nuit pour dissiper le goût de la bile qui lui montait dans la bouche, et aperçut le médecin en train de parler à un autre homme chaussé de sabots. Elle l'entendit prononcer le nom de Jerry. Le chirurgien consulta son classeur et jeta un regard à Daisy sous sa longue frange en secouant imperceptiblement la tête.

Mikey savait que ce lit n'était pas le sien. Les draps sentaient bon le propre, l'oreiller était bien ferme, pas creusé de bosses, et le bord en satin de la couverture verte était tout doux sous ses doigts.

« Ça va, Mikey chéri ? »

Ne reconnaissant pas ce ton gentil, il se tourna pour voir qui venait de parler et fut surpris de voir sa mère, un énorme singe en peluche sur son genou. Il avait mal au crâne et avait l'impression de porter un turban comme son ami Mr Singh, le marchand de bonbons. Il toucha le bandage qui lui enveloppait la tête.

Sa mère lui tapota la main. « Je me suis fait tellement de souci… »

Vu qu'il ne se souvenait pas d'avoir vu une seule fois sa mère s'inquiéter pour lui, ce devait être grave. Il la regarda d'un œil méfiant, puis tendit la main pour attraper un des bras du singe. « Papa l'a gagné pour moi à la foire… Il s'appelle Galen. » Soudain, il repensa à quelque chose et passa sa main sous l'oreiller. Ses petits doigts se refermèrent sur la dent qu'il avait cachée la veille au soir. Il la prit dans sa paume, l'examina un instant, puis dit : « La petite souris n'est pas passée…

— La petite souris ? Mais de quoi tu parles ?

— Ma dent est tombée pendant qu'on était sur la grande roue. Alors je l'ai mise sous mon oreiller pour que la petite souris vienne la prendre.

— Oh, espèce d'idiot… Ça ne sert à rien de le faire si tu n'en parles à personne ! »

Mikey la dévisagea. Sa mère était comme d'habitude, sauf qu'elle parlait d'une façon différente, d'une voix plus douce et plus gentille, mais elle avait l'air nerveux et n'arrêtait pas de tripoter son collier. Elle posa le singe par terre, sortit ses cigarettes et en mit une entre ses lèvres avant de se rappeler où elle était et de la remettre dans le paquet. « Est-ce que tu veux un sirop d'orge au citron ? » Sans attendre sa réponse, elle versa du sirop dans le verre et ajouta de l'eau. « Tiens, bois ! »

Mikey repoussa sa main. « Je veux papa… Il est où ? »

Sa mère parut déstabilisée et rougit en reculant sa chaise pour se précipiter au poste des infirmières.

Il n'entendit pas ce qu'elles racontaient, mais il vit l'infirmière reposer un bol d'une forme bizarre et lui tapoter le bras avant de s'approcher de son lit. Sa mère la suivit.

L'infirmière lui parla sur le même ton gentil que s'était mis à utiliser sa mère.

« Est-ce que tu peux être un grand garçon courageux, Mikey ? J'ai une nouvelle très triste à t'annoncer, mais ta maman est là, et on va tous bien s'occuper de toi. »

Il n'aimait pas du tout ce qu'il venait d'entendre. Il sentit son menton trembler et s'inquiéta de ne pas être très courageux. Il respira un grand coup, puis se força à sourire et hocha la tête.

L'infirmière reprit la parole, sa mère restant derrière elle d'un air agité. « Tu te rappelles l'accident que tu as eu hier soir ? Et que certaines personnes comme toi ont été blessés ? »

Il acquiesça, sans trop savoir s'il devait répondre ou pas.

« Eh bien, ton papa a été très grièvement blessé, et je suis désolée d'avoir à te l'annoncer, mais les médecins n'ont pas pu le sauver. »

— Oh. » Il ne trouva rien d'autre à dire.

« Tu as compris ce que je viens de t'expliquer ? » demanda l'infirmière en lui prenant la main.

Sa voix le lâcha. Une grosse larme solitaire roula sur sa joue. « Ça veut dire que… que mon papa est allé au ciel ?

— C'est ça, répondit sa mère en s'avançant. Ton père est mort, mais moi je suis là, et je vais m'occuper de toi, comme je l'ai toujours fait.

— Je vais vous laisser, dit l'infirmière en lui tapotant l'épaule. Si vous avez besoin de moi, vous savez où me trouver. » Elle adressa un petit sourire à Mikey avant de s'éclipser.

Il tendit les bras vers sa mère, qui n'hésita qu'un instant avant de le serrer contre elle. Il ne se souvenait pas de la dernière fois où elle l'avait tenu comme ça, si bien que son étreinte lui fit un effet un peu bizarre. D'un seul coup, tandis qu'elle le berçait, il en eut assez d'essayer d'être courageux et laissa les larmes inonder son cou.

Babs s'éveilla d'un sommeil agité en entendant Trisha se disputer avec une infirmière. « S'il vous plaît, il faut que vous me laissiez le voir… Je suis sa femme ! » Cette fille aurait déclenché une émeute même dans une pièce déserte.

L'infirmière conserva un calme admirable en dépit des circonstances éprouvantes. « Comme je vous l'ai déjà expliqué, madame Pryce, votre mari est en soins intensifs et sera opéré plus tard dans la journée. Son état est sérieux mais stable. S'il y a le moindre changement, vous serez la première informée. » Elle raccompagna Trisha jusqu'au lit voisin de celui de Babs. « Je sais que c'est difficile, mais je vous promets de vous prévenir dès qu'il y aura du nouveau. »

Trisha l'envoya promener. « Je n'ai pas besoin de retourner dans ce lit ! On m'a juste gardée ici en observation, alors, maintenant que vous m'avez observée et que vous avez vu que je n'ai rien, je devrais pouvoir aller voir mon mari ! »

— Calme-toi, intervint Babs. N'oublie pas que tout le monde ne s'en est pas sorti vivant. On a eu de la chance, y compris Selwyn. »

Trisha sembla recouvrer son bon sens. « Pardon… C'est seulement que je m'inquiète pour lui… Je l'aime, tu sais.

— Je sais. Et je l'aime… je veux dire, je l'*aimais* moi aussi, et il est toujours le père de ma Lorraine. On est tous inquiets. »

Elle prit les deux antalgiques que l'infirmière avait laissés près de son lit. Avec un bras dans une attelle, la manœuvre n'avait rien d'aisé, aussi fut-elle reconnaissante à sa jeune rivale de lui passer les comprimés et un verre d'eau.

« Elle dort toujours ? » demanda Trisha en montrant Lorraine dans le lit de l'autre côté de Babs.

Celle-ci se tourna vers sa fille. Son visage bruni constellé de taches de rousseur lui donnait l'air de la santé même, mais elle avait été gravement blessée au niveau de la poitrine à cause de la ceinture de sécurité. C'était le prix à payer. Petula, elle, n'avait pas mis la sienne.

« Maman ? » Lorraine s'efforça d'ouvrir les yeux. On aurait dit qu'on les lui avait collés pour lui faire une mauvaise blague.

Babs tendit la main, mais elle était trop loin pour la toucher. « Je suis là, ma chérie.

— Où est papa ? »

Sans y avoir été invitée, Trisha vint s'asseoir au bout du lit de Lorraine. « Il est en soins intensifs. Ils ne veulent pas me laisser le voir, mais vu que je suis sa plus proche parente, je serai la première à le savoir s'il y a du nouveau.

— Mais il va s'en sortir, dis, maman ? » Elle savait que sa mère ne lui mentirait pas.

Babs adopta un ton enjoué. « Bien sûr que oui, ma chérie ! Concentre-toi sur toi pour vite aller mieux. Tu sais comme ton père s'inquiète. »

Lorraine étira les bras en l'air et essaya de respirer à fond. « Aïe, ma poitrine me fait mal… »

Une infirmière entra et s'adressa à la cantonade. « Madame Pryce ?

— Oui », répondirent en chœur Trisha et Babs.

L'infirmière consulta ses fiches. « Laquelle de vous est mariée à Selwyn Pryce ? »

Trisha lança un regard triomphant à Babs. « C'est moi !

— Dans ce cas, vous voulez bien me suivre, s'il vous plaît ? Le médecin aimerait vous dire un mot, après quoi on vous emmènera voir votre mari. »

Trisha se passa les doigts dans les cheveux. « Oh, mon Dieu, regardez dans quel état je suis ! Que va penser Selwyn ? » Elle resserra la ceinture de la tunique d'hôpital et se pencha vers Babs. « Je n'ai pas un truc entre les dents, ça va ? » Elle retroussa les lèvres en un rictus. Babs aperçut un petit morceau de chou coincé entre ses deux incisives.

« Non, non, tu n'as rien. »

« D'après toi, pourquoi le médecin veut lui dire un mot ? » demanda Lorraine lorsque Trisha et l'infirmière furent parties.

— Je n'en sais rien. Tout ça est tellement horrible, dramatique…

— Je sais. Je n'arrête pas de penser à la pauvre Petula. Ça va achever son père. Et puis, il y a le bébé... Si elle l'avait ramenée, la petite aurait sûrement été tuée elle aussi. Tu te rends compte ? Naître et mourir le même jour...

— Moi aussi, j'y ai pensé », dit Babs en réprimant un frisson. Elle tendit la main vers sa fille. Lorraine en fit autant, et elles parvinrent à se toucher du bout des doigts entre les deux lits. « Karl n'a pas survécu. Je suis désolée. »

Lorraine ferma les yeux. « Je sais. Je vous ai entendues parler Trisha et toi pendant que vous pensiez que je dormais. Le pauvre petit Mikey, il ne s'en remettra jamais ! »

Elles restèrent étendues côte à côte dans un silence contemplatif. Au bout d'un moment, Lorraine reprit la parole.

« Maman, tu es réveillée ?

— Je ne sais pas si j'arriverai à redormir un jour. Dès que je ferme les yeux, j'entends des bruits de tôle froissée, je vois des corps basculer les uns sur les autres, des choses voler autour du minibus et...

— Petula allait me dire qui était le père.

— Oh, mon Dieu, c'est vrai ? Pourquoi ne l'a-t-elle pas fait ?

— On a été dérangées, mais elle aurait fini par me le dire, je suis sûre qu'elle l'aurait fait. »

La conversation s'interrompit lorsqu'elles entendirent la dame chargée de distribuer le thé pousser son chariot dans le couloir, les tasses vertes en porcelaine s'entrechoquant sur les plateaux en métal. Elle s'arrêta devant le lit de Lorraine et brandit une vieille

Thermos énorme en aluminium. « Une tasse de thé, ma jolie ? »

Une heure plus tard, Trisha revint dans la chambre. Avec ces tuniques dont elles étaient affublées, et sans rien pour se maquiller ou se laver les cheveux, Babs savait qu'aucune d'elles n'était à son avantage, mais elle n'en fut pas moins stupéfaite par son apparence. Aussi blanche que de la craie, elle avait les yeux rouges et gonflés, la lèvre inférieure entaillée et enflée. Ses mains tremblèrent quand elle souleva la tasse laissée sur sa table de chevet.

« Ton thé doit être froid », observa Babs.

Trisha le but d'un trait et s'essuya la bouche du dos de la main. « Les nouvelles ne sont pas bonnes, dit-elle en se laissant tomber au bord du lit et en se passant les mains sur le visage. Selwyn a une lésion à la colonne vertébrale… Ils doivent encore faire des examens, mais les premiers signes laissent penser qu'il pourrait rester paralysé.

— Oh, mon Dieu…, murmura Babs. C'est épouvantable… »

Lorraine enfouit son visage dans l'oreiller.

« Je n'arrive pas à le croire ! se lamenta Trisha. C'est tellement injuste ! Je vais me retrouver mariée à un infirme ! »

24

Chaque matin, la première chose que faisait Mary après avoir nourri son bébé était d'allumer la radio. L'appareil émettait toujours un sifflement désagréable avant de déverser quelque chose de cohérent. Comme d'habitude, les titres concernaient la sécheresse. Certaines parties du pays n'avaient pas vu une goutte de pluie depuis plus d'un mois. Elle mit la petite sur son épaule et lui tapota le dos en regardant la baie. « L'eau, l'eau était partout, et toutes les planches du bord se resserraient. L'eau, l'eau était partout, et nous n'avions pas une goutte à boire ![1] » Elle embrassa le bébé sur l'oreille en riant. « Mon Thomas adorait que je récite de la poésie. Oh, il prétendait que non et faisait son macho, mais je le voyais bien dans ses yeux ! »

Il y avait deux semaines que le précieux paquet avait été abandonné devant sa porte, et chaque jour qui passait sans apporter de nouvelle sur l'identité de la personne qui l'avait déposé la confortait dans son espoir. Cependant, elle n'avait pas eu d'autre choix que de

---

1. *La Complainte du vieux marin*, Samuel Taylor Coleridge, traduction d'Auguste Barbier, FB Publications, 2014. *(N.d.T.)*

mettre Ruth dans la confidence. La jeune fille avait été témoin de sa peine lorsqu'elle avait perdu le bébé de Thomas, mais elle ne partageait pas sa conviction que son mari n'était pas mort. Mary lui avait expliqué que le bébé avait été déposé sur le pas de sa porte par quelqu'un qui savait qu'elle s'en occuperait bien. Et Ruth avait été trop occupée à babiller au-dessus de l'enfant pour enregistrer ses propos.

« Ruth, tu comprends ce que je te dis ? »

La jeune fille avait regardé sa patronne, son front plissé exprimant sa confusion. « Vous voulez dire que vous allez la garder ? »

Mary avala péniblement sa salive, mais réussit à répondre avec assurance. « Oui. Et si quelqu'un pose des questions, c'est mon bébé à moi, compris ? » Elle reprit la petite fille des bras de Ruth et la berça doucement. Les paupières de l'enfant papillonnèrent un instant, puis se refermèrent.

Ruth les avait dévisagées toutes les deux un long moment avant de reprendre la parole. « Vous pensez que c'est Mr Roberts qui vous a envoyé ce bébé ? »

Mary s'esclaffa. « Ne sois pas aussi… » Elle se tut. Dieu bénisse cette jeune fille si simple et si naïve ! Thomas ne lui avait évidemment pas envoyé de bébé, mais ça ne ferait aucun mal de laisser Ruth le croire. Elle sourit et lui posa une main rassurante sur l'épaule. « Tu sais, je crois que tu as raison. »

La veille, pendant que Mary finissait de lui donner son bain, les lèvres en forme de bouton de rose du bébé s'étaient étirées en un sourire fugitif qu'elle avait interprété comme le signe qu'un lien se tissait entre elles. Elle avait décidé de ne plus accepter de réservations pour l'instant – le néon continuait à afficher « Complet » de manière à dissuader tout client potentiel. Cela l'obligerait à puiser dans l'argent qu'elle avait reçu du fonds d'aide aux victimes, seulement elle ne pourrait pas tenir la maison d'hôtes et s'occuper du bébé toute seule. Ruth faisait de son mieux, même si elle était parfois un boulet. Cependant, un couple âgé avait réservé pour ce week-end depuis longtemps et Mary n'avait pas eu le cœur d'annuler. Mr et Mrs Riley venaient séjourner chez elle à la même date depuis des années.

Elle mit l'enfant dans le tiroir qui lui servait de berceau et le plaça dans un coin de la cuisine. Elle avait fabriqué un nid de couvertures pour la protéger des bords coupants et tapissé le fond d'un drap en flanelle de coton, ce qui conviendrait parfaitement pour au moins quelques semaines. En entendant ses clients entrer dans la salle à manger, elle alla les accueillir et prendre leur commande.

« Bonjour Mr Riley, Mrs Riley… Comme d'habitude ?

— Oui, s'il vous plaît, Mrs Roberts. » Il avança une chaise à sa femme. Encore une belle journée, je vois !

— On n'attend plus vraiment autre chose. Pour être franche, un peu de pluie ne me déplairait pas ! Ça nous débarrasserait un peu de la poussière. Tout a l'air si sale ! » Mary posa la tomate rouge qui contenait le ketchup au milieu de la table.

« J'avoue que je suis surprise de voir que nous sommes vos seuls clients ce week-end, observa

Mrs Riley. Pourquoi avez-vous allumé le panneau "Complet"? Il vous reste des chambres libres… »

Mary jeta un regard vers la cuisine en entendant chuinter la bouilloire, ce qui lui donna une parfaite excuse pour ne pas répondre. « Oh, l'eau bout… Je vais préparer votre thé. »

Elle s'appuya sur l'évier en respirant profondément pour se calmer. Par chance, le bébé dormait à poings fermés, le sifflement de la bouilloire ne suffisant manifestement pas à la réveiller. Si elle avait su qu'elle allait devoir faire face à des questions aussi étranges, elle s'y serait mieux préparée !

Mary retourna dans la salle. Mrs Riley souleva le couvercle de la théière et mélangea les sachets de thé avec une cuiller.

« En ce moment, je garde le bébé de ma sœur, dit Mary. C'est moi qui m'en occupe. »

Mrs Riley cessa de remuer les sachets. Ses joues rouges comme des pommes luisaient de transpiration. « Oh, c'est sûrement bien pour vous ! Je disais justement à Jack que vous deviez vous sentir très seule depuis le décès de votre mari.

— Eh bien, il n'existe aucune preuve concrète laissant penser qu'il… »

Elle entendit le bébé pleurer dans la cuisine et s'éclipsa en s'inclinant vaguement pour s'excuser. « Il vaut mieux que j'aille la voir. »

La tension due au fait de cacher le bébé commençait à se ressentir, et voilà qu'elle venait d'inventer ce nouveau mensonge ridicule ! Elle n'avait même pas de sœur. Il était hors de question qu'elle prenne une réservation pour les Riley l'an prochain. Elle devrait trouver quelque chose de plus convaincant – et qui n'implique pas de s'inventer une famille qui n'existait même pas ! S'il était vrai qu'elle restait souvent seule, et encore plus depuis que Thomas avait disparu, ses voisins ne manqueraient pas de remarquer un bébé apparu de façon subite. Cette perspective était loin de la réjouir, néanmoins, si on lui posait la question, elle répondrait que l'enfant était à elle, le fruit d'une rencontre d'une nuit peu judicieuse avec l'un de ses clients. À cette pensée, elle frissonna, et plus encore lorsqu'elle réfléchit au calendrier. Le bébé aurait dû avoir été conçu en octobre 1975, soit quatre mois après la mort de Thomas. Ce qui n'était pas vraiment ce qu'on attendait de la part d'une veuve éplorée !

À la fin du week-end, Mary était exténuée. Elle avait toujours beaucoup aimé les Riley, mais elle les trouvait totalement agaçants. Elle fut contente quand elle leur remit enfin leur note et les raccompagna à la porte. Alors qu'ils repartaient en roulant doucement dans l'allée aux pavés disjoints, ils lui firent de joyeux adieux en criant : « À l'année prochaine ! » *Pas si je peux l'éviter*, marmonna-t-elle en refermant la porte, soulagée.

Elle attendit encore deux semaines avant de rendre la chose officielle. Le bureau d'enregistrement des naissances lui posa quelques questions gênantes sur l'identité du père et le lieu de naissance de l'enfant, mais, par chance, le bébé choisit cet instant précis pour se mettre à pleurer avec une hargne particulière. Mary secoua le landau Silver Cross d'occasion, ce qui ne servit qu'à empirer les choses. L'enfant devint rouge cramoisi tandis que sa petite langue vibrait dans sa bouche comme un morceau de foie. « Il faut que je la nourrisse, expliqua Mary en s'efforçant de se faire entendre par-delà les cris. J'ai accouché chez moi, le 24 juillet 1976. »

L'employée la regarda par-dessus ses lunettes en écaille. « Et vous êtes mariée avec le père de l'enfant ? » Elle attendit la réponse, le stylo en l'air.

« N… non, bredouilla Mary en sentant son cou s'empourprer.

— Je vois. Est-ce que le père est venu reconnaître l'enfant ? » Elle regarda alentour en cherchant un candidat qui conviendrait.

« Euh, non… Je… »

L'employée biffa de deux traits de stylo la ligne où auraient dû figurer les informations sur le père. Dès que l'encre eut séché, elle mit le certificat sur le plateau de l'hygiaphone. Mary l'attrapa en vitesse et sortit en courant.

Alors qu'elle marchait sur la jetée, le bébé se calma. Mary commença à se détendre pour la première fois depuis qu'elle l'avait trouvée devant sa porte. Elle s'arrêta et se pencha sur la rambarde en regardant les enfants qui jouaient au bord de l'eau. La plage était couverte de corps rougis par les coups de soleil et de parasols aux couleurs éclatantes ; il ne restait pas un seul centimètre de sable inoccupé. Entendre leurs cris excités ne déclenchait plus chez elle un sentiment d'amour maternel inassouvi. Il lui avait fallu attendre trente-deux ans, mais elle était enfin mère, et elle avait un certificat de naissance pour le prouver. Elizabeth Mary Roberts était sa fille.

Elle souleva le drap en coton et admira le bébé. « Ah, bénis sois-tu, petite Beth ! Maintenant, tu es à moi, et je veillerai à ce que plus jamais personne ne te fasse du mal. Nous allons avoir une vie magnifique ! » Elle caressa la joue de l'enfant qui la récompensa d'un sourire de travers. « Et un jour, ton papa reviendra à la maison, et il sera surpris de découvrir qu'il a une belle petite fille. » L'enfant babilla et agita les pieds d'un air ravi. Mary éclata de rire. « Oui, tu aimeras ça ! Et il sera le meilleur papa dont puisse rêver une petite fille. »

25

La chaleur oppressante épuisait Daisy et rendait la moindre chose plus compliquée. Il lui tardait que la pluie arrive, de sentir la fraîcheur de la rosée dans l'herbe sous ses pieds nus, d'arroser son jardin pour abreuver les plantes brunies par la sécheresse. Le pays entier avait la sensation de vivre dans la saleté. Les gens avaient renoncé à laver leurs voitures et à nettoyer leurs carreaux. Les bus et les trains étaient recouverts d'une épaisse couche de crasse. Les rivières et les réservoirs à sec ressemblaient aux plaines craquelées et assoiffées d'Afrique. Alors qu'elle avançait dans la rue d'un pas titubant, de lourds sacs de provisions pesant dans chaque main, elle se demanda comment les gens qui vivaient en Espagne supportaient la chaleur d'année en année. Pas étonnant qu'ils aient besoin de faire une sieste l'après-midi !

Les anses en plastique lui cisaillaient les paumes et la sueur qui perlait sur sa nuque lui coulait dans le dos. Sans main libre pour l'essuyer, elle carra les épaules, renversa la tête en arrière et la tourna rapidement d'un côté puis de l'autre. Il lui tardait de rentrer chez elle pour prendre un bon bain froid – pas plus de dix centimètres d'eau, car il n'était pas question d'enfreindre les consignes mises en place pour lutter contre la sécheresse.

Quatre semaines après l'accident, ses blessures commençaient à guérir. L'entaille sur sa cuisse n'était plus aussi profonde, et elle pouvait elle-même changer son pansement. En revanche, les blessures émotionnelles dureraient plus longtemps, probablement sa vie entière. Mais Daisy était une battante. Du reste, quel autre choix avait-elle ? Certains s'en étaient sortis moins bien qu'elle. Le pauvre Selwyn, toujours à l'hôpital, souffrait de lésions à la colonne vertébrale ; quant au petit Mikey, à six ans à peine, il avait dû faire face au drame de perdre son père.

En approchant de sa maison dans Bagot Street, elle aperçut le petit garçon assis au bord du trottoir, en train de faire rouler ses billes dans une petite fissure devant chez lui. Les maisons en brique rouge étaient toutes identiques, à l'exception des portes. À croire que les habitants de cette rue avaient décidé de rivaliser pour voir qui trouverait la couleur la plus tape-à-l'œil ! Daisy s'arrêta devant celle de Mikey, d'un affreux jaune moutarde, et lui décerna une bonne place dans la compétition.

« Bonjour, Mikey ! » Elle posa ses sacs par terre et sortit de l'un d'entre eux un Curly Wurly. « Je suis passée chez Mr Singh pour te prendre un Jubbly, mais il n'en avait plus un seul, tu te rends compte ? »

Mikey prit le carambar au chocolat. « Merci, madame Duggan.

— Il n'y a pas de quoi, mon chéri. »

Elle le regarda défaire le papier avant de le fourrer entre ses dents. Étant donné qu'il lui manquait toujours ses deux incisives, la tâche n'avait rien d'aisé, mais il finit par se débrouiller.

« Qu'est-ce que tu fais là tout seul ? »

Les mâchoires soudées par le caramel, l'enfant s'efforça de mâcher en vitesse pour répondre. « Tous mes copains sont rentrés goûter chez eux, mais moi, je suis enfermé dehors.

— Oh, mais ça ne va pas ! Où est ta maman ?

— Je sais pas, répondit l'enfant en haussant les épaules. Elle avait dit qu'elle me laisserait la clé sous le paillasson, mais elle a dû oublier. »

Daisy remarqua qu'il dévorait la barre au chocolat. « Quand est-ce que tu as pris ton dernier repas ? »

Il se gratta la tête. « Euh… J'ai mangé des Rice Krispies au petit déjeuner, mais comme il n'y avait plus de lait, je les ai mangés comme ça avec mes doigts. Et après à l'école, Kevin m'a donné la moitié de son sandwich et un bout de son Monster Munch.

— Tu es resté dehors tout l'après-midi ? »

Mikey acquiesça en avalant la dernière bouchée, puis s'essuya la bouche avec sa manche en laine.

Daisy s'assit près de lui sur le trottoir. « Tu n'as pas trop chaud avec ce gros pull-over ? »

Il réfléchit une seconde. « Si, un peu, mais je n'ai plus de tee-shirts propres.

— Je crois qu'il va falloir que je parle à ta mère. » Elle se releva et lui tendit la main. « Viens, je vais t'emmener à Lilac Avenue et te servir un vrai repas.

— Mais… Maman va s'inquiéter, elle va se demander où je suis. »

Daisy observa son petit visage innocent. Elle ne pensait pas qu'Andrea McKinnon s'inquiéterait une seule seconde pour son fils, mais Mikey n'avait pas besoin d'entendre ça.

« On va lui laisser un mot. » Elle prit un stylo et un bout de papier dans son sac et écrivit : *Mikey est chez moi. Je le raccompagnerai plus tard. Ne vous inquiétez pas. Daisy Duggan*. Elle se demanda si Andrea percevrait l'ironie du message.

Mikey avait englouti son assiette à une telle rapidité qu'il en avait le hoquet.

« Je t'avais dit de manger doucement… » Daisy lui ébouriffa les cheveux et remarqua une trace de saleté à la base de son cou. « Quand est-ce que tu as pris un bain la dernière fois ?

— Quoi ? Oh, maman dit qu'on n'a pas le droit. »

Daisy soupçonna que ce devait être la première fois qu'Andrea respectait une règle. « Si, c'est autorisé. On doit continuer à prendre soin de soi… Je monte t'en faire couler un. »

Une fois qu'il fut baigné et séché, et habillé d'un vieux tee-shirt de Jerry, Daisy s'assit près de lui sur le canapé.

« Tu te sens mieux maintenant que tu es tout propre ?

— Oui, merci madame Duggan. » Il tira sur le tee-shirt. « Il est un peu grand, dit-il en souriant.

— Et si tu m'appelais tante Daisy ? Madame Duggan me donne l'impression d'être une très vieille dame, mais je n'ai que quarante-cinq ans.

— Quarante-cinq ? C'est très vieux ! Je trouvais que mon papa était vieux, et il avait seulement trente-six ans. »

En évoquant son père, il baissa les yeux et tripota le bas du tee-shirt.

Daisy le prit sans ses bras. « Il était très fier de toi, tu sais. Chaque fois qu'il venait au pub, c'était Mikey ceci, Mikey cela... Il nous racontait tout le temps comme tu travaillais bien à l'école. Il paraît que tu es le premier de ta classe en calcul, c'est vrai ? »

Il hocha la tête et se frotta le front. Daisy lui souleva sa frange pour examiner sa cicatrice. Comme la sienne, elle commençait à guérir. Nul ne savait combien de temps il faudrait à son cœur pour en faire autant.

26

Babs était née pour tenir un pub et n'avait jamais envisagé d'exercer une autre profession. Elle avait grandi dans des pubs, si bien que c'était chez elle une seconde nature. Derrière le bar du *Taverners*, elle se sentait chez elle, au sens propre comme au figuré. Même l'odeur des restes de bière éventée dans les verres la ramenait à des temps plus heureux. Aussi quand Trisha l'avait suppliée de venir l'aider pendant que Selwyn était à l'hôpital, elle avait eu du mal à contenir sa joie et avait pris un immense plaisir à dire au répugnant Mr Reynolds où il pouvait se mettre son boulot.

Son bras encore dans une attelle compliquait légèrement les choses, mais elle s'en arrangeait. En temps normal, elle aurait été dans son élément, là où elle devait être ; toutefois, l'ombre de ce qui s'était passé quatre semaines plus tôt jetait sur tout une lumière très différente. Lorraine avait déménagé elle aussi, de sorte que les trois femmes avaient opté pour une fragile cessation des hostilités et essayaient de s'entendre, au nom de Selwyn. Du côté de l'hôpital, les nouvelles n'étaient pas formidables, bien qu'il y ait quelques signes encourageants. Selwyn avait été placé sous assistance respiratoire après l'accident et pouvait désormais s'en passer, mais il éprouvait encore de la difficulté à parler. Trisha, il fallait lui reconnaître ça, passait la majeure partie de son temps à son chevet et faisait en sorte qu'il ait tout ce dont il avait besoin.

Le *Taverners* n'étant pas encore ouvert pour la soirée, Babs en profitait pour rattraper de la paperasse avant l'affluence habituelle du vendredi soir. Installée à une table ronde dans la petite salle à l'écart, elle savourait sa tranquillité. L'incendie remontait à presque sept semaines, mais on sentait encore l'odeur de la peinture, et les nouveaux copeaux de bois coquille d'œuf qui tapissaient les murs les faisaient paraître plus lumineux. Elle leva les yeux en se demandant combien de temps cela prendrait avant que des traces de nicotine ne ternissent le plafond.

Un bruit, qu'elle n'identifia pas tout de suite, attira son attention. Elle souleva le rideau et, en voyant la pluie qui battait contre la vitre, elle s'autorisa un petit sourire. « Enfin ! » se réjouit-elle tout bas.

Elle suivit du doigt une colonne de chiffres en les additionnant mentalement, satisfaite de constater qu'elle était toujours aussi rapide. Soudain, la porte d'entrée s'ouvrit sur Lorraine qui rentra précipitamment, ses cheveux dégoulinants de pluie plaqués sur ses joues, et balança son sac sur la table en se laissant tomber dans le fauteuil face à sa mère. Des papiers voltigèrent sur le sol ; Babs se baissa pour les ramasser. « Fais attention, Lorraine ! Je viens de passer des heures à trier tout ça. »

Sa fille paraissait distraite. « Quoi ? Oh, excuse-moi, maman… » Elle récupéra plusieurs feuilles et l'aida à les remettre en ordre. Puis elle enleva son manteau afghan trempé qu'elle posa sur le dossier d'une chaise devant le feu électrique. « C'est bien ma veine de me retrouver sous la première averse qui tombe depuis des mois ! » Elle actionna l'interrupteur à côté de la cheminée. « Si ça ne t'ennuie pas, je vais allumer une barre le temps de faire sécher mon manteau. »

Babs rassembla les papiers en une pile impeccable. « Bonne idée… Où étais-tu ?

— Chez Ralph, le père de Petula. Il n'a toujours pas repris le travail, du coup je me suis dit que j'allais passer voir comment il allait. »

Babs se cala dans son fauteuil en oubliant un instant la paperasse. « Pauvre homme… Comment va-t-il ?

— Il donne le change, mais il est dans un sale état. Très pâle, les traits tirés… et je crois qu'il a encore maigri. Comme il n'y a plus de trous sur sa ceinture, il l'attache en faisant un nœud… Il a pris Nibbles sur ses genoux et l'a caressé pendant tout le temps où je suis restée. On dirait que ça l'apaise, alors je lui ai dit qu'il pouvait le garder. Ce serait un peu cruel de le lui reprendre maintenant.

— Tu es une gentille fille, dit Babs en lui tapotant la main.

— Je me suis sentie affreuse… Je craignais sans arrêt de cracher le morceau en lui annonçant qu'il avait une petite-fille. J'ai eu du mal à le garder pour moi, mais je sais que Petula ne voulait à aucun prix qu'il le sache.

— Mmm… Je me demande si ça le réconforterait de savoir qu'une partie de Petula continue à vivre.

— J'y ai pensé, mais… et sa réputation ? Elle n'aurait pas voulu que son père ait une mauvaise opinion d'elle, et elle n'est plus là pour se défendre. Elle était très proche de lui et ne voulait pas le décevoir. Je n'ai pas très envie d'être celle qui vient assombrir le souvenir qu'il garde de sa fille… » Elle prit sa tête entre ses mains. « Quel bazar… J'ai promis à Petula que je ne parlerai du bébé à personne, sauf que je ne savais pas à ce moment-là qu'elle allait mourir ! » s'exclama-t-elle d'une voix désespérée.

Babs regarda par la fenêtre en mordillant le bout de son stylo. « Proche comment ?

— Pardon ?

— Tu viens de dire que Petula et son père étaient très proches. Est-ce qu'ils l'étaient d'une façon bizarre ?

— Tu n'es quand même pas en train de suggérer que Ralph… Non, mais comment peux-tu penser une chose pareille ?

— Désolée. Je cherche juste à comprendre pourquoi elle n'a pas pu te dire qui était le père, pourquoi ça devait rester un si grand secret. »

N'aimant pas voir sa fille à ce point bouleversée, Babs changea de sujet et fit en sorte que sa question suivante ait l'air le plus naturel possible. « Est-ce que… euh… Ralph a parlé de l'autopsie ? » Elle craignait que les autorités découvrent que Petula venait d'accoucher. Il se serait ensuivi un interrogatoire sur ce qu'il était advenu du bébé, or elle n'était pas certaine de supporter un examen approfondi.

« Oui. Apparemment, elle a succombé à une grave blessure à la tête. Il est probable qu'elle est morte quand elle a été éjectée à travers le pare-brise et qu'elle n'a pas vu la voiture qui l'a percutée sur l'autoroute. » Lorraine frissonna et ravala ses larmes. « Cette voiture lui a roulé dessus, maman… »

Babs fit le tour de la table pour la prendre dans ses bras. Sans se lever, Lorraine l'enlaça par la taille, ses larmes brûlantes faisant des taches sur la jupe de sa mère.

Babs prit un mouchoir dans sa manche pour lui essuyer les yeux, puis en humecta le bout et essuya les traces de mascara sur ses joues. « Je n'ai plus cinq ans, maman ! s'esclaffa Lorraine en reprenant son sac en bandoulière. Tu veux que je commence à préparer le bar ?

— Oui, si ça ne te dérange pas, je veux bien, ma chérie. J'en ai presque terminé avec ces comptes, mais je pense que Trisha ne reviendra pas avant un moment. »

Juste avant de sortir, Lorraine se tourna vers sa mère. « Tu ne trouves pas bizarre qu'on n'ait pas parlé du bébé aux informations ? »

Babs s'était fait la même réflexion. Elle en avait même touché un mot à Daisy, laquelle lui avait assuré que la femme qui avait trouvé le bébé avait eu l'air de quelqu'un de bien et avait sûrement fait ce qu'il fallait.

« Les nouvelles locales de Blackpool ont dû en parler. Ne t'inquiète pas, ma chérie, je suis certaine que tout va bien. »

Babs mit son doigt sur ses lèvres en entendant s'ouvrir la porte. Lorsqu'elle vit Trisha s'immobiliser sur le seuil comme un lapin effarouché ne sachant quoi faire, elle s'approcha doucement et la prit par le coude. « Qu'est-ce qu'il y a, Trisha ?

— Ça sent le chien mouillé, là-dedans ! » répondit-elle en fronçant le nez.

Lorraine jeta un coup d'œil sur son manteau qui séchait près du feu. « Désolée, c'est ma peau afghane… Je me suis laissé surprendre par la pluie. »

Trisha regarda dans le vide droit devant elle. « Oh, je vois… » Elle secoua vigoureusement la tête comme pour s'éclaircir les idées. « C'est au sujet de Selwyn… Ils viennent de confirmer qu'il ne remarchera jamais. Je l'ai noté pour ne pas oublier. » Elle sortit de son sac une feuille froissée et l'aplatit sur le bar en montrant le mot du bout de son doigt. « C'est écrit là… Il a une lésion de la colonne vertébrale C5, ce qui veut dire qu'il est tétra… tétraplégique. »

Lorraine attrapa le bras de sa mère. « Maman, qu'est-ce que ça veut dire ? »

Babs se tourna vers Trisha. « Alors ? »

Trisha souleva le rabat en bois pour passer derrière le bar. Elle se servit une dose de Gin Gordon, qu'elle but d'une traite, puis en avala une deuxième avant de répondre. « Ils ne savent pas encore si la lésion est définitive, mais, de toute manière, il ne pourra plus remarcher. Il n'aura pas le contrôle de sa vessie ou de ses boyaux, et pour ce qui est des rapports sexuels, il faut oublier. »

Elle se servit un troisième gin et reposa son verre bruyamment sur le bar. « Pourquoi il a fallu que ça m'arrive à moi ?

— Trisha ! s'exclama Babs d'un air outré. Ce n'est pas à toi que ça arrive, espèce d'égoïste, mais à Selwyn ! »

La jeune femme parut un instant troublée. « Quoi ? Oh, c'est sûr, seulement ça va affecter ma vie aussi !

C'est vrai, où est-ce qu'il va dormir ? Comment il fera pour monter l'escalier ? Il sera comme un mutant ! » dit-elle en levant les bras au ciel.

Alors qu'elle s'apprêtait à se resservir une quatrième fois, Babs lui saisit le poignet. « Ça suffit.

— C'est encore mon pub, Barbara, contra la jeune femme en se dégageant. C'est moi qui décide quand j'ai assez bu.

— Oh, par pitié, arrêtez ! s'écria Lorraine. Il faut qu'on se concentre sur papa, et que vous vous fâchiez toutes les deux ne l'aidera en rien. Vous savez pourtant qu'il déteste que vous vous disputiez… » Elle mit ses mains sur ses hanches et les dévisagea toutes les deux. « Alors, arrêtez ! »

Babs prit sa fille par les épaules. « Elle a raison, Trisha. Essayons de nous entendre, pour le bien de Selwyn. On dirait qu'il va avoir plus que jamais besoin de nous. »

27

Le lendemain, Babs s'engagea dans le couloir de l'hôpital, chacun de ses pas hésitants la rapprochant de la carcasse de l'homme qui avait été son mari. Trisha avait refusé de venir au prétexte qu'elle était encore sous le choc du diagnostic et ne lui serait par conséquent d'aucune aide.

Elle s'avança près du lit et contempla sa silhouette endormie. Ses paupières étaient fermées, mais sa bouche était grande ouverte, et un filet de salive avait coulé en laissant une tache sur l'oreiller. Il y avait des tubes et des fils partout, une poche d'urine accrochée au pied du lit. Sachant que les médecins lui avaient expliqué la gravité de son état, Babs ressentait de la pitié pour cet homme qu'elle n'avait jamais cessé d'aimer. En le voyant étendu là, délaissé et désespéré, avec ses bras et ses jambes qui ne répondraient plus jamais, elle ne put s'empêcher de songer que ceux qui avaient péri dans l'accident avaient en fin de compte eu de la chance.

Une main posée sur la sienne, elle sentit sa chaleur et se dit que, malgré tout, son cœur solide continuait à pomper le sang dans ses veines et le maintenait en vie.

Elle regarda le tatouage sur ses phalanges en souriant. L'encre bleue était un peu délavée, mais pas le plaisir et la fierté immenses qu'elle avait ressentis lorsqu'il était revenu de chez le tatoueur. Selwyn n'avait alors que vingt ans, et ils s'étaient promis ce jour-là qu'ils s'aimeraient toujours. Dommage qu'elle ait été la seule à tenir sa promesse.

Elle lui pressa la main, s'attendant à ce qu'il réagisse et tourne la tête. Voyant qu'il ne bougeait pas, elle s'approcha et murmura son nom. Au prix de ce qui sembla être un gigantesque effort, Selwyn se força à ouvrir les yeux et la dévisagea. « J'ai la bouche toute sèche, dit-il d'une voix rauque. S'il te plaît, Trisha, tu veux bien me donner de l'eau ? » C'était la première fois que Babs entendait sa voix depuis l'accident, et bien qu'elle soit enrouée et gutturale, elle y vit encore une fois la confirmation qu'il était bien vivant, que dans ce corps affaibli battait le cœur de l'homme qu'elle avait épousé.

Elle l'embrassa sur le front en s'efforçant de dissimuler sa déception. « Ce n'est pas Trisha, c'est Babs.

— Oh, Babs chérie, désolé... J'ai cru que tu étais... » Sa voix se brisa, incapable d'aller au bout de la phrase.

Elle remplit un verre d'eau dans lequel elle mit une paille et le pencha de façon qu'il puisse boire sans lever la tête. Elle regarda sa pomme d'Adam monter et descendre tandis qu'il buvait à longues goulées, soulagée de voir que certains de ses muscles au moins fonctionnaient encore. « Attends-moi une minute », dit-elle après qu'il eut vidé le verre.

Il réussit à esquisser un vague sourire. « Ne t'en fais pas, je ne vais aller nulle part ! »

Babs alla au poste des infirmières en s'en voulant de son indélicatesse, puis elle revint avec un gant imbibé d'eau tiède qu'elle passa doucement sur les résidus de salive accumulés au coin de ses lèvres.

« Est-ce qu'il a enfin plu ? » demanda Selwyn.

Parler d'autre chose, même si c'était du temps, la soulagea. « On a eu une brève averse hier soir, mais pas grand-chose. Très loin de ce qu'il faudrait ! L'autre jour, il a plu au Lord's et ils ont dû arrêter de jouer pendant quinze minutes. Toute la foule a applaudi ! Et nous avons un nouveau ministre de la Sécheresse, Denis je ne sais trop quoi, mais comment il fera venir la pluie, ça, on n'en sait rien ! À en croire les rumeurs, des scientifiques auraient trouvé un moyen d'envoyer des graines de glace dans les nuages, mais tout ça me paraît un tantinet farfelu. C'est vrai, est-ce que tu as déjà entendu parler d'un truc aussi…

— Babs, dit Selwyn, l'interrompant dans son flot de paroles. Je comprends bien ce que tu essaies de faire, mais il faut qu'on parle de la suite, alors, si tu voulais bien arrêter de déblatérer à propos du temps… »

Il avait raison, pourtant elle ne réussit pas à s'empêcher de prendre un ton indigné. « C'est toi qui m'as demandé s'il avait plu ! »

Selwyn ferma les yeux. Elle observa sa poitrine qui se soulevait au rythme de sa respiration. Dieu merci, il arrivait à respirer sans l'assistance d'une machine ! Elle sortit de son sac un petit pot de vaseline, en mit un peu au bout de son majeur et lui en passa sur ses lèvres gercées. Il rouvrit les yeux et sourit au visage penché sur lui.

« Merci, Trisha. »

Elle lui donna un baiser, se tartinant les lèvres de vaseline à son tour. « Je viens de te le dire… Moi, c'est Babs. »

Il eut l'air de trouver ça drôle, ses lèvres s'étirèrent en un petit sourire. « Pardon… C'est à cause des drogues qu'ils me donnent. » Il reprit laborieusement son souffle avant de poursuivre. « Je suppose que Trisha va me quitter. »

Se sentant soudain épuisée, Babs s'assit sur la chaise. « Ne sois pas ridicule… Cette fille t'aime autant que tu l'aimes. »

Il fixa le plafond d'un air résolu. « Parce que tu crois qu'elle va rester avec un infirme ?

— Naturellement. Elle a passé tout son temps ici depuis que c'est arrivé.

— Oh oui, c'est sûr ! Elle adore jouer la veuve éplorée, se laisser réconforter par tous ces médecins sexy…

— Arrête ! Elle n'est pas veuve, et tu n'es pas mort. »

Une larme s'échappa du coin de l'œil de Selwyn et s'écrasa sur l'oreiller. Babs ne l'avait encore jamais vu pleurer. Elle devina qu'il devait se sentir faible et honteux, sa virilité mise à mal de voir qu'il ne pouvait même pas essuyer ses propres larmes.

Elle se leva. « Tu n'es pas mort », répéta-t-elle en le regardant en face. Puis elle le secoua par les épaules avec force. Le lit grinça, la poche d'urine se balança. La voix rauque d'émotion, elle réussit à le dire une troisième fois. « Tu n'es pas mort, Selwyn Price ! »

28

Daisy se posta derrière la fenêtre en regardant la pluie rebondir sur le trottoir et sourit. Il faisait encore lourd, et la légère brume qui s'élevait du bitume donnait à la rue un côté surnaturel. Pendant tout l'été, elle avait attendu le jour où enfin le temps changerait, et il était venu. Dommage cependant que cela tombe pendant le pont du mois d'août où elle avait promis à Mikey de l'emmener à la piscine en plein air de Blue Lagoon. C'était un des endroits qu'il préférait, mais il n'y était pas retourné depuis la mort de son père. Il était impensable que cette moins-que-rien d'Andrea se donne cette peine pour son fils. Et puisque les vacances scolaires touchaient à leur fin, ce serait sa dernière sortie avant de reprendre la classe.

Daisy batailla avec son parapluie qu'elle avait perdu l'habitude d'utiliser et zigzagua entre les flaques pour aller chez Mikey quelques rues plus loin. En tournant dans Bago Street, elle aperçut le petit garçon sauter dans le caniveau. La tête renversée en arrière, il criait de plaisir en essayant d'attraper des gouttes sur sa langue. Elle l'appela, mais il pleuvait trop fort pour qu'il l'entende. Brusquement, Andrea sortit de la maison et agrippa son fils par le bras, puis le saisit à la nuque sans ménagement en le tirant à l'intérieur.

Daisy accéléra le pas et arriva tout essoufflée devant la porte. À peine eut-elle sonné que Mikey lui ouvrit.

« Bonjour, tante Daisy ! Je vais chercher mes affaires. »

Il monta en courant alors qu'Andrea s'approchait, une cigarette aux lèvres. Ses vêtements flottaient sur son corps efflanqué et ses cheveux donnaient l'impression de ne pas avoir été lavés depuis quinze jours. Des cercles violets soulignaient ses yeux, et si Daisy ne l'avait pas mieux connue, elle aurait cru qu'on l'avait frappée. À ceci près qu'il aurait fallu être un homme stupide pour tenter de l'agresser, songea-t-elle avec tristesse. À tous les coups, il aurait eu le dessous.

Les mains tremblantes, Andrea retira la cigarette de sa bouche et resta là les bras ballants. « À quelle heure vous le ramenez ? » Elle tangua une seconde et se rattrapa au montant de la porte.

« Je le ferai dîner et ensuite je le ramènerai. »

Andrea respira un grand coup. « Vous ne pourriez pas le garder cette nuit, par hasard ? »

Daisy avait beau adorer que le petit vienne dormir chez elle, sa maison était ici, et il avait besoin d'être proche de sa mère. Une note d'agacement teinta sa réponse. « Quoi... encore ? »

Andrea en prit immédiatement ombrage. « Oh, oubliez, si ça vous embête trop ! C'est juste que j'ai des copains qui doivent venir et qu'il gêne. »

Mikey réapparut avec une serviette roulée sous le bras. « S'il te plaît, tante Daisy... J'aime bien être chez toi. »

Andrea l'empoigna de nouveau par la nuque. « Vous voyez bien, cette petite fripouille préfère être chez vous que chez moi ! »

Dans le bus, Daisy s'assit à côté de Mikey et sortit un exemplaire de *Whizzer and Chips* de son panier. « Tiens. J'espère que tu ne l'as pas déjà, celui-là ! »

Il regarda la couverture et approcha le magazine illustré de son nez en reniflant l'odeur de l'encre. « Super ! Merci, tante Daisy… C'est celui que je préfère ! »

Elle lui sourit tendrement. Quoi qu'elle lui donne, il était toujours reconnaissant, que ce soit des choses matérielles ou de l'affection, et il était assurément en manque de cette dernière.

Il rentra sa lèvre supérieure et souffla très fort pour soulever sa frange qui lui tombait sur les yeux. Daisy lui ramena les cheveux sur le côté. Ils étaient un peu plus clairs qu'au début de l'été, et nettement plus longs.

« Tu ne crois pas que tu devrais te faire couper les cheveux avant de retourner à l'école ? »

Plongé dans la lecture de son magazine, Mikey sembla ne pas l'entendre.

« Tu veux que je t'emmène chez le coiffeur ? »

Il releva la tête. « Je ne sais pas… Maman a dit qu'elle allait me les couper. »

Daisy s'étonna qu'Andrea ait remarqué qu'il en avait besoin. « Bon, d'accord, si tu en es sûr… » Elle l'embrassa sur la tête, et il se laissa aller doucement contre elle. Leur relation s'était transformée en quelque chose qui ressemblait à celle d'une mère et d'un fils, et elle aimait infiniment ce petit garçon. Dans un de ses moments les plus malveillants, Andrea l'avait accusée de chercher à combler le vide qu'avait laissé Jerry. Pourtant, s'il y avait un vide à combler, c'était plutôt celui laissé par la négligence de sa mère ! Daisy aurait voulu que la jeune femme se montre plus attentive, plus aimante, mais, du moment qu'elle avait ses cigarettes et son herbe, elle se moquait pas mal de ce qui lui arrivait. Maintenant que ce pauvre enfant avait perdu son père qu'il adorait, Andrea aurait dû compenser en l'inondant d'amour et d'affection, pas le pousser dans les pattes du premier venu ! Du reste, Mikey n'était pas idiot. Il avait bien conscience que sa mère le supportait à peine.

Daisy nota qu'il avait posé son magazine et qu'il regardait à travers la vitre.

« À quoi tu penses ? » lui demanda-t-elle en lui caressant l'arrière de la tête.

Il haussa les épaules. « À mon papa.

— Oh, Mikey... »

Il se retourna, la fossette se creusa dans son menton, signe qu'il allait se mettre à pleurer.

« La dernière fois qu'on est allés au BluLa, il m'a montré comment plonger du bord de la piscine, et j'ai eu très peur parce que je ne voulais pas qu'il me traite de poule mouillée. Et après, il m'a emmené sur le grand plongeoir, sauf que, quand on est arrivés tout là-haut, j'ai senti mes jambes toutes drôles et on a dû redescendre. J'ai cru qu'il allait se fâcher, mais il m'a caressé les cheveux et m'a tenu par la main jusqu'en bas. » Il reprit sa respiration en frissonnant. « J'aurais bien voulu réussir à sauter... Comme ça il aurait su que j'étais courageux. » Une grosse larme roula sur sa joue ; il la rattrapa d'un coup de langue. « Pourquoi est-ce qu'il a dû mourir, mon papa ? »

Daisy n'eut pas le cœur de lui répondre. Elle sortit un mouchoir brodé de son panier et se tamponna les yeux avant de le passer au petit garçon.

Elle se força à prendre un ton encourageant. « Tu sais quoi ? Après la piscine, si on allait au cimetière voir la tombe de ton père ? »

La proposition sembla le surprendre, pour ne pas dire l'horrifier. « Je sais pas si ça me plairait… Ça me ferait trop peur.

— Comme tu voudras, mais je pense que voir l'endroit où il repose te ferait du bien, et puis, tu pourrais lui parler.

— Lui parler ? Est-ce qu'il m'entendrait ?

— Oui, je crois que oui. »

L'enfant paraissait en douter. « Mais tu resteras près de moi, tante Daisy ? »

Elle esquissa un sourire. « Je resterai toujours près de toi, Mikey, aussi longtemps que tu en auras besoin. »

La pluie n'avait pas vraiment gâché l'après-midi, c'était même plutôt le contraire. Le pays n'avait pas vu une goutte d'eau depuis de si longues semaines que cela faisait un peu l'effet d'une nouveauté. Quoi qu'il en soit, l'eau du Blue Lagoon était toujours glacée, si bien que Mikey dut user de pas mal de persuasion pour convaincre Daisy de descendre les marches et d'entrer dans la piscine au curieux fond vert. Une fois immergée dans l'eau jusqu'au cou, le froid lui coupa le souffle, et elle comprit pourquoi Mikey avait les lèvres toutes bleues. Son crâne la grattait sous son bonnet rose en caoutchouc. Le nez froncé de dégoût, elle repoussa un vieux pansement et une touffe de cheveux qui flottaient juste devant elle. Mais Mikey avait retrouvé le moral, c'était la seule chose qui comptait. Tant qu'il était content, elle supporterait de nager dans cette soupe de microbes.

Un peu plus tard, lorsqu'ils franchirent les portes du cimetière en se donnant la main et en tenant une glace à l'italienne dans l'autre, le soleil se décida à remontrer son nez. Déjà très bas dans le ciel, il resplendissait entre les feuilles des arbres qui dégoulinaient en les faisant scintiller. L'air était frais et propre, comme s'il venait de subir un cycle de lavage en machine et attendait de sécher.

Mikey avait mordu l'extrémité de son cornet, si bien que de la glace fondue avait coulé sur son poignet. Une fois encore, Daisy sortit son fidèle mouchoir. « Viens là, petit coquin. Tu ne peux pas parler à ton papa dans cet état ! »

L'enfant se laissa essuyer et enfourna le reste du cornet dans sa bouche. Arrivés devant la tombe, Daisy posa ses affaires sur un banc. « Je vais t'attendre ici. Prends tout ton temps. » Elle lui donna le bouquet de roses qu'ils avaient acheté à l'entrée du cimetière. « Fais attention aux épines ! »

Installée sur le banc, elle regarda l'enfant s'agenouiller devant la tombe de son père. En voyant les semelles de ses baskets tout usées, elle prit note de lui en acheter une nouvelle paire. Il se tourna vers elle, les traits plissés d'incertitude.

« Vas-y, parle-lui ! » l'encouragea Daisy. Elle continua à l'observer tandis qu'il déposait timidement les fleurs sur la tombe. Bien que sa voix soit à peine audible, elle distingua plus ou moins ce qu'il dit.

« Bonjour, papa. Je suis allé au BluLa avec Mrs Duggan, sauf que maintenant, je l'appelle tante Daisy. Elle a été gentille avec moi depuis que tu… depuis… enfin, tu sais bien… depuis l'accident. » De nouveau, il se retourna. Daisy l'encouragea d'un signe de tête.

« Je ne comprends pas pourquoi, il a fallu que tu meures… J'ai demandé à plein de gens, mais personne ne sait me répondre. Aujourd'hui, je suis monté sur le grand plongeoir et j'ai sauté ! J'espère que tu m'as regardé et que tu m'as trouvé courageux. Je suis désolé de ne pas l'avoir fait la dernière fois. »

Il se releva et, du bout du doigt, traça les lettres du nom de Karl sur la pierre tombale. Daisy vit ses petites épaules trembler et l'entendit sangloter, mais elle le laissa pleurer. Il avait besoin de ce moment d'intimité avec son père. Chez lui, il avait tellement l'habitude de contenir ses émotions… Finalement, Mikey recula de deux pas et s'immobilisa une dernière fois.

« Tu me manques, papa. »

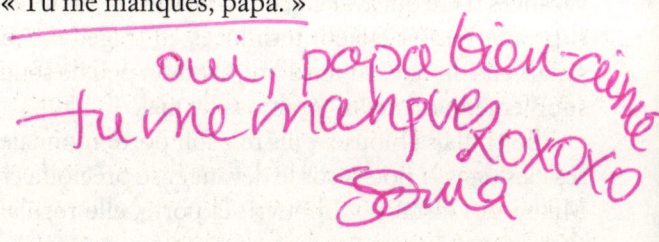

29

Pour la première fois depuis des semaines, Daisy fut réveillée par le bruit de sa machine à thé électrique. Tout l'été, elle s'était retournée dans les draps collants, incapable de trouver le sommeil dans la maison vide, et en se réveillant systématiquement bien avant que la machine se mette à gargouiller. Mais, ce matin, c'était différent ; ses draps étaient secs, et une brise d'une fraîcheur automnale entrait par la fenêtre ouverte. Elle devait prendre son poste au supermarché *Fine Fare* un peu plus tard, mais elle avait proposé d'accompagner Mikey à l'école pour le premier jour de la rentrée. Le petit bonhomme avait beau être plutôt résilient, les vacances d'été qui avaient commencé pour lui de façon si prometteuse s'étaient terminées en tragédie. Aussi s'était-elle dit que, aujourd'hui, avoir un peu de soutien supplémentaire ne lui ferait pas de mal.

Elle enfila sa blouse, puis mit son porte-monnaie et ses clés dans la poche sur le devant et se précipita chez Mikey. À l'instant où il ouvrit la porte, elle recula en sursautant.

« Dieu du ciel, qu'est-ce que tu as fait à tes cheveux ? »

Elle vit sa lèvre inférieure s'affaisser et regretta immédiatement sa question.

Le petit garçon passa la main sur le chaume qui couvrait son crâne. « C'est maman… Elle voulait les couper, mais elle a trouvé des trucs qui grouillaient, alors elle a dit qu'il fallait tout enlever.

— Vraiment ? Où est-elle ?

— Elle est encore au lit. »

Daisy avança dans l'entrée et appela du bas de l'escalier. « Andrea, descendez tout de suite !

— Ça ne sert à rien, tante Daisy. J'ai essayé de la réveiller tout à l'heure, mais elle dort à poings fermés.

— Attends-moi ici ! » lui ordonna Daisy, prise soudain d'une sorte de malaise.

Elle monta les marches deux à deux et arriva en un rien de temps auprès d'Andrea. Quelques secondes lui suffirent pour comprendre la cause de la stupeur apparente de la jeune femme. Huit canettes de cidre vides étaient éparpillées au pied du lit, ainsi qu'une bouteille de vodka dans laquelle il ne restait plus qu'un fond. Elle observa la silhouette pathétique étendue sur le lit, le corps nu et maigre enroulé dans les draps à rayures crasseux. Lorsqu'elle lui prit le pouls, elle fut presque déçue de le sentir battre. « Oh, Andrea, vous ne méritez pas ce petit garçon… et il mérite assurément mieux que vous ! »

Mikey attendait patiemment sur la dernière marche en rongeant son pouce.

« Viens, ta maman dort encore. Je vais t'emmener à l'école. Tu as tout ce qu'il te faut ? »

Il baissa les yeux sur ses baskets élimées. Daisy lui redressa le menton pour regarder son visage.

« Mikey ? »

Il détourna les yeux en rougissant. « Maman a oublié de me donner l'argent pour la cantine. »

Daisy sortit des pièces de sa poche. Il tendit sa main tel un gamin de l'époque victorienne mendiant dans la rue pour quelques pauvres miettes.

Devant l'école, Daisy lui lâcha la main. Mikey n'avait pas prononcé un mot de tout le trajet, et elle n'avait pas réussi à le faire s'engager dans la conversation comme d'habitude. « Tu veux que je vienne avec toi ? »

Il la regarda d'un air outragé. « Non. Merci, tante Daisy, mais je suis en CE1… On me prendrait pour un bébé ! »

Il réajusta son cartable sur son dos et, sans jeter un regard en arrière, alla rejoindre une bande de garçons qui étaient déjà occupés avec le plus grand sérieux à échanger des images de paquets de cigarettes.

« Je repasserai te chercher tout à l'heure ! » lui cria-t-elle.

Mikey se retourna en lui faisant un vague salut. Daisy espéra qu'elle ne lui avait pas fait honte. Certes, il aurait pu rentrer chez lui tout seul – il l'avait déjà fait de nombreuses fois, néanmoins elle ressentait l'envie de le protéger, c'était plus fort qu'elle. Vu qu'elle prendrait son poste à l'hôpital à 5 heures, elle aurait juste le temps de venir lui donner du lait et un biscuit, puis de le ramener chez sa mère avant de filer à son travail. Avoir ces deux emplois, tout comme être en contact avec des gens, l'avait aidée à garder le moral pendant l'été. Il lui aurait été facile de se laisser sombrer dans une profonde dépression ; ça avait failli lui arriver l'année où elle avait perdu Jim, sauf que, à ce moment-là, avoir à s'occuper du petit Jerry lui avait donné un but, une raison de se lever chaque matin. Elle avait beau être veuve, elle n'en était pas moins restée une mère. Et maintenant qu'elle vivait seule, elle se rendait compte que Mikey remplissait le rôle qu'avait eu Jerry au cours de toutes ces années – et elle savait qu'elle avait besoin de lui autant que lui d'elle.

En partant au supermarché, elle se retrouva en train de marcher derrière une mère qui poussait un nouveau-né dans un landau. Comme souvent, elle repensa au bébé qu'elle avait abandonné à Blackpool, et, une fois de plus, elle s'interrogea sur ce que la petite fille était devenue. Il n'y avait aucun doute que sa brève vie aurait pris fin sur cette autoroute si elle ne l'avait pas abandonnée, non, pas abandonnée, déposée délicatement devant la porte de cette maison d'hôtes. Elle ne pouvait pas regretter son geste. Au moins l'enfant avait-elle eu la chance d'avoir une vie, et c'était sûrement mieux ainsi.

À 3 h 15, Mikey sortit de l'école en gambadant et en brandissant une peinture.

« Attention, c'est pas encore sec ! » la prévint-il.

Daisy tint la feuille à plat pour éviter que la peinture dégouline. « C'est magnifique… Tu es très doué ! »

Il la fixa d'un regard rayonnant. « C'est moi et mon papa sur sa moto… Regarde, c'est moi assis là-derrière ! »

Il avait peint le visage de Karl avec deux points pour les yeux et un immense demi-cercle en guise de sourire. Elle sentit les larmes lui monter aux yeux. « Ton papa a l'air très heureux…

— Ben oui, il est sur sa moto ! rétorqua l'enfant, pragmatique. Il était toujours heureux sur sa moto. Un jour, il allait m'apprendre à en faire. » Il avait dit cela sans amertume ni mélancolie. Daisy s'autorisa à croire une seconde que tout irait bien pour Mikey.

Elle posa les yeux sur sa chemise couverte de taches. « Regarde dans quel état tu es, avec tes médailles du déjeuner !

— Mes quoi ?

— Ces taches de nourriture, là, sur ta chemise. On appelait ça des médailles de déjeuner. » Elle essaya de les enlever avec son mouchoir. « Ça ne sert à rien, je vais devoir passer une éponge dessus une fois qu'on sera rentrés. »

Il lui emboîta le pas. « Tante Daisy ?

— Oui, mon chéri ?

— Tu pourras m'aider à couvrir mes livres ?

— Pardon ?

— La maîtresse a dit qu'il fallait qu'on couvre nos livres pour qu'ils restent en bon état. Et comme c'est papa qui l'a fait l'année dernière, je sais pas comment on fait.

— Oh, je me souviens que Jerry le faisait lui aussi. Il était même très doué ! Il mesurait tout avec une règle pour que ce soit parfait. On apprendra à le faire ensemble, d'accord ? Il me reste un vieux rouleau de papier peint quelque part qui devrait faire l'affaire. Seulement, je ne suis pas sûre qu'on aura le temps aujourd'hui… Je dois être au travail à 5 heures. Peut-être ce week-end. »

Mikey s'immobilisa en faisant la moue. « Je ne reste pas dîner chez toi ?

— Non, pas ce soir, mais je suis sûre que ta maman te préparera quelque chose de bon. L'autre jour, je lui ai donné ma recette de pain à la viande, peut-être qu'elle t'en fera. » Elle lui pinça la joue en riant. « Haut les cœurs, mon garçon ! Si tu ne rentres pas cette lèvre, les oiseaux vont venir se poser dessus ! »

Mikey, qui pensait que seuls les méchants garçons étaient envoyés au lit sans manger, essaya d'imaginer ce qu'il avait pu faire pour mériter une telle punition. Il avait mangé du lait et des biscuits chez tante Daisy à l'heure du goûter, mais il avait encore faim – il avait presque tout le temps faim –, et il s'était forcé à terminer le ragoût d'agneau à la cantine, bien qu'il ne soit pas aussi bon que celui de tante Daisy. Dans le sien, il n'y avait pas des gros yeux de viande grasse qu'il fallait mâcher une demi-heure avant de pouvoir les avaler. Pourtant, allongé là sur son lit, il sentait son estomac gargouiller en repensant au ragoût insipide et aux grumeaux qui flottaient au milieu. Ce n'était pas qu'il s'attendait à trouver un repas délicieux en rentrant de l'école – il n'était pas idiot –, mais sa mère se débrouillait en général pour lui servir quelque chose de mangeable. Parfois, elle faisait même mieux et réchauffait une boîte de tourte à la viande, qu'elle ne mangeait pas. La seule chose qu'il la voyait mettre dans sa bouche, c'était ses cigarettes. Il lui arrivait de les rouler elle-même. La façon qu'elle avait de répandre le tabac sur la petite feuille en papier, de la rouler comme une fine saucisse et de la coincer entre ses lèvres le fascinait – et tout ça d'une seule main ! Elle avait un vrai talent. Même son père devait utiliser ses deux mains.

Il l'entendait qui jurait dans la cuisine en faisant claquer les portes des placards. Manifestement, quelque chose l'avait contrariée ; du coup, il était content d'être à l'abri dans sa petite chambre. Sa voix rauque hurla du bas de l'escalier : « Mikey, je vais à l'épicerie, je n'ai plus de cidre ! » À l'entendre, on aurait dit que le cidre était un aliment de base, mais peut-être que ça l'était pour elle. Il l'entendit ouvrir la porte avant de crier : « Tu peux descendre, tu as eu suffisamment le temps de réfléchir ! Je te rapporterai une boîte de haricots, si tu veux. »

Mikey ne savait pas très bien à quoi il était censé avoir réfléchi, néanmoins il se leva et descendit à la cuisine, ses pieds nus collant sur le lino graisseux. Il ouvrit la boîte à pain et prit le dernier morceau ; une simple croûte, couverte de moisissures bleutées. Il les enleva, puis fourra le pain sec dans sa bouche. En allant dans le salon, il fut surpris de voir que sa mère avait fait un feu. Il ne comprenait pas pourquoi étant donné que la soirée était plutôt douce, mais elle semblait toujours avoir froid. Et, comme d'habitude, elle avait oublié de mettre le pare-feu devant. Il le mit en place, bien que le tapis soit déjà moucheté de traces de brûlures.

Plus d'une heure s'était écoulée lorsque sa mère revint, échevelée et instable sur ses pieds, une bouteille de cidre sous chaque bras. Il émanait d'elle une odeur douceâtre qui lui rappela le tas de compost que tante Daisy avait étalé sur son gazon.

« Oh, super, tu as entretenu le feu ! » Elle s'agenouilla devant la cheminée, déboucha la bouteille, en but une longue goulée, puis la lui tendit. « Tu en veux ?

— Non, merci, j'ai seulement six ans. »

Andrea fronça les sourcils comme si c'était là une nouvelle.

L'estomac gargouillant, Mikey demanda : « Tu m'as rapporté des haricots ?

— Quoi ? Oh, zut, j'ai oublié… » Elle ouvrit la boîte en fer où elle rangeait son tabac. « Il reste du pain dans la boîte, tu n'as qu'à le prendre.

— Non, ça va.

— Comme tu voudras ! »

Il se laissa glisser du fauteuil et alla farfouiller dans le buffet, d'où il sortit un vieil album photo.

« Qu'est-ce que tu fais ? bredouilla Andrea.

— Je veux regarder les photos de papa. »

Elle grogna et s'allongea de tout son long au milieu du tapis.

« Ça va pas recommencer… Il faut que tu t'en remettes, Mikey ! Ton père est mort.

— Je sais, mais j'aime bien le regarder. » Il prit une photo de Karl en chemise blanche et pantalon de cuir noir, un pied sur une chaise en train de jouer de la guitare, le visage concentré. « Il devait m'apprendre à jouer de la guitare. Il était fort. » Il se tourna vers sa mère pour qu'elle le lui confirme. « Papa savait tout faire, hein ? »

Andrea souffla un nuage de fumée. « Oh, ton père ne pouvait rien faire de mal, il était parfait ! » Elle se redressa sur les coudes. « Viens ici. »

Il s'agenouilla près d'elle sur le tapis. Elle lui prit l'album. « Enlève le pare-feu. »

La peur saisit son ventre vide. Andrea arracha la Cellophane et prit la première photo – sur laquelle Karl tenait Mikey bébé dans ses bras en regardant fièrement l'objectif.

Elle y jeta un bref coup d'œil moqueur et la lança au milieu du feu.

« Non ! Maman, s'il te plaît ! » s'écria Mikey.

Les flammes léchèrent la photo, dévorant d'abord les jambes de son père, puis la silhouette endormie du bébé et enfin le visage souriant de Karl.

Au moment où les flammes engloutirent la dernière photo, les sanglots de Mikey s'étaient calmés, mais il avait les yeux encore gonflés et sa manche était humide de morve et de larmes. Andrea referma l'album vide d'un geste brusque qui le fit sursauter. « Voilà, tout a disparu ! » Elle regarda son visage brouillé de larmes. « Oh, arrête de pleurnicher et va nous faire du thé ! »

Quand Mikey revint avec le thé, sa mère était de nouveau allongée sur le dos, un bras sur les yeux. La tasse brûlante trembla dans ses mains alors qu'il la tenait au-dessus d'elle. Il pensa à ce qu'elle venait de faire. Il ne restait plus une seule photo de son père, plus jamais il ne reverrait son visage. Il pencha la tasse de telle façon qu'une goutte de thé brûlant coule par-dessus bord et atterrisse sur la poitrine d'Andrea. Un simple mouvement du poignet, et le thé coulerait tel un torrent brûlant, ferait fondre sa peau comme les flammes avaient fait fondre les photos. Mais Mikey savait qu'il valait mieux que ça, et que si son père le voyait de là où il était, il le décevrait. Il posa la tasse sur la plaque en marbre devant la cheminée. Quand sa mère se réveillerait, son thé serait complètement froid – bien fait pour elle !

Le pas traînant, il remonta dans sa chambre, se jeta sur son lit et ferma les yeux. Il découvrit avec soulagement qu'il arrivait encore à voir son père dans sa tête, là où sa mère ne pourrait jamais accéder. Et comme c'était maintenant tout ce qui lui restait, il lui faudrait s'en contenter.

30

Noël était le moment de l'année que préférait Trisha, une occasion de se concocter un cocktail à base d'avocat et de citronnade, décoré d'une cerise sur une petite pique en plastique posée en équilibre sur le bord du verre. Elle adorait suspendre une chaussette pour elle et Selwyn au-dessus de la cheminée dans la petite salle du pub, et laisser une tourte à la viande avec un verre de whisky à l'intention du père Noël. À vingt-six ans, elle avait beau savoir que c'était ridicule, elle avait voulu maintenir la tradition pour le jour où ils auraient un bébé à eux. Mais maintenant, tout avait changé : il n'y aurait pas de bébé, et plus rien ne serait jamais comme avant.

Perchée sur un escabeau, elle disposa des guirlandes argentées autour des photos encadrées, puis ajouta une branche de houx.

« Bonjour ! Dis-moi, tu t'es levée de bonne heure ce matin ! »

La voix de Barbara la fit sursauter. Elle tangua sur la dernière marche et se rattrapa à l'escabeau. « Tu m'as fait une de ces peurs !

— Désolée… Attends, je vais t'aider. » Elle farfouilla dans le carton des décorations et en sortit une guirlande en papier. « Oh, regarde, Lorraine l'avait fabriquée à l'école primaire ! »

Trisha jeta un coup d'œil circonspect sur la guirlande défraîchie. « Elle a connu des jours meilleurs…

— Tu as raison, dit Babs en la remettant dans le carton. Il est peut-être temps de la jeter.

— Tu pourrais l'apporter à Selwyn et la mettre dans sa chambre. Ce serait bien qu'il ait quelque chose qui lui rappelle la maison.

— Ah, c'est gentil d'y penser ! Tu pourrais peut-être la lui apporter cet après-midi ? »

Trisha continua à installer les décorations sans la regarder. « Je n'y vais pas, rétorqua-t-elle d'une voix atone.

— Oh, s'il te plaît… Il n'arrête pas de te réclamer. Tu n'es pas allée le voir depuis des jours. »

La jeune femme descendit de l'escabeau et la frôla en ramassant un plumeau, puis entreprit d'épousseter le bar avec une vigueur que, en temps normal, Babs aurait approuvée.

« Tu n'as qu'à la lui apporter, dit Trisha. C'est toi qu'il a envie de voir, pas moi.

— Tu sais très bien que ce n'est pas vrai. C'est juste que ça t'arrange de le croire. »

Selwyn était toujours au service d'orthopédie, et les progrès avaient été lents. On ne l'avait pas encore levé, il passait tout son temps étendu sur le dos depuis ce soir de juillet épouvantable. Toute tentative de le redresser en position assise lui avait donné la sensation de tourner de l'œil ou l'avait fait vomir. La routine du bain et de la toilette qu'il devait endurer, les séances interminables de physiothérapie en restant là cloué sur son lit, la pitié qu'il lisait dans le regard des médecins et des infirmières, tout ça n'avait servi qu'à entamer sa dignité jusqu'à ce qu'il ne soit plus que l'ombre de l'homme qu'il avait été.

« Tu sais mieux t'y prendre avec lui, Barbara. J'ai vu comment tu lui parles, comment tu lui remontes le moral comme si tout allait très bien se passer… » Elle posa le plumeau et attrapa un verre.

« Il est seulement 8 heures, je ne suis pas sûre que ce soit la solution… »

Le ton réprobateur de Barbara ne fit que renforcer la détermination de Trisha.

Elle avala une dose de gin. « Et c'est quoi, la solution ? Dis-le-moi, parce que je n'en ai pas la moindre idée.

— Il faut simplement le traiter comme on l'a toujours fait. C'est vrai que sa vie est désormais différente, mais il n'est pas mort, il mérite de vivre la meilleure existence qu'on puisse lui offrir ! »

Trisha prit sa boîte de Brasso. « J'ai besoin de plus de temps. Désolée, dit-elle en se tournant vers la cheminée. Et maintenant, je vais m'attaquer à ces médaillons en bronze et les frotter jusqu'à ce qu'ils brillent. »

Babs la laissa et alla dans la cuisine pour s'obliger à avaler un petit déjeuner. Son appétit n'était plus ce qu'il avait été ; outre qu'elle avait perdu du poids en cinq mois depuis l'accident, le rictus d'inquiétude qui ravageait son visage la surprenait chaque fois qu'elle se regardait dans un miroir.

Lorraine passa la tête dans l'embrasure de la porte. « Je pars bosser. À ce soir, maman ! » Elle embrassa sa mère sur la joue et mit son sac en patchwork en bandoulière.

« Au fait, j'ai prévu de passer voir le père de Petula, donc je rentrerai un peu tard. »

Entendre prononcer le nom de Petula donnait toujours à Babs un frisson d'appréhension. « Tu vas voir Ralph ?

— Oui, il m'a dit qu'il avait quelque chose pour moi. Et comme il n'a toujours pas repris le boulot, je passerai chez lui en rentrant. Ce doit être un petit cadeau de Noël ou je ne sais trop quoi. »

Lorraine avait toujours eu une tendresse particulière pour Ralph Honeywell. La façon qu'il avait eue de protéger Petula avait rendu folle cette dernière, mais il était gentil, attentionné, et avait fait d'elle le centre de son univers. Comment sa mère avait pu quitter une famille aussi unie restait pour elle un mystère. Cette sale bonne femme ne s'était même pas donné la peine de venir à l'enterrement de sa fille. Lorraine n'oublierait jamais l'air anéanti de Ralph le jour où il avait reçu une simple carte exprimant sa sympathie face à son deuil. *Son* deuil ! Comme si ça ne la concernait en rien.

Lorsqu'elle arriva chez Ralph, il faisait déjà nuit ; les rideaux étaient tirés dans le salon. Elle prit d'abord la petite allée qui longeait la maison pour aller voir Nibbles dans le jardin situé à l'arrière. Le lapin grimpa sur le grillage de sa cage dès qu'il la vit. Elle faufila ses doigts dans les interstices et caressa son nez velouté. « Comment tu vas, mon grand ? » Ses yeux roses ressortaient tels des bijoux au milieu de sa fourrure blanche. Elle constata avec plaisir que la cage était aussi propre que d'habitude, et qu'il avait une grosse botte de paille dans laquelle se blottir par cette froide nuit d'hiver.

La porte d'entrée était entrouverte, mais Lorraine estima plus poli de sonner – c'était une de ces sonnettes qui jouaient un petit air ne semblant jamais finir. Comme personne ne répondait, elle poussa la porte et entra. « Ralph ? Vous êtes là ? J'ai sonné, mais vous n'avez pas dû... »

Elle s'immobilisa en apercevant une grosse enveloppe sur la console de l'entrée. Son nom était écrit dessus au feutre en grosses lettres noires. Elle soupesa l'enveloppe et décida que ce devait être un livre. C'était adorable qu'il ait pensé à elle en cette période de l'année qui devait être si difficile pour lui.

Se sentant comme une intruse, elle suivit le couloir jusqu'à la cuisine. Ralph était probablement en train de se préparer à dîner. La Cocote-Minute était sur la gazinière – elle reconnut l'odeur des pommes de terre sautées, le plat préféré de Petula. Un pot de chou rouge attendait à côté, le jus rouge violet faisant un rond sur le Formica. En passant dans la salle à manger, elle entendit craquer le tourne-disques sur lequel tournait un 45 tours, mais la musique s'était depuis longtemps arrêtée. Elle remit le bras sur la fourche, puis regarda l'étiquette sur le disque : *I Couldn't Live Without Your Love*. Ralph avait écouté son air favori en pensant à Petula.

« Ralph ! C'est Lorraine. Où êtes-vous ? »

Elle retourna dans l'entrée et l'appela du bas de l'escalier. Perdant patience, elle agrippa le pilastre de la rambarde et posa son pied sur la première marche pour monter. Ce fut alors qu'elle l'aperçut. Ou plutôt qu'elle aperçut les semelles de ses pantoufles à carreaux et son corps sans vie qui se balançait dans le vide.

31

Ne voyant pas de raison de faire des folies en achetant une dinde, le déjeuner de Noël de Daisy ne fut pas très différent de celui qu'elle faisait tous les dimanches. Elle acheta un petit poulet et de la chair à saucisse chez le boucher pour préparer une bonne farce. Elle prévoyait de faire aussi une sauce bien épaisse, à laquelle elle ajouterait peut-être une goutte de porto. Il lui resterait plein de viande pour se faire son sandwich du Boxing Day. Elle avait repéré une recette dans *Woman's Weekly* qui recommandait de mettre un filet de miel sur des panais, et bien que ça lui paraisse un peu bizarre, elle s'était dit qu'elle essaierait – ce serait ensuite une sacrée paire de manches pour nettoyer le plat à rôtir !

Elle avait voulu que Mikey reste chez elle la veille de Noël pour le gâter le lendemain matin, mais il avait eu peur que le père Noël ne le trouve pas s'il n'était pas chez lui, si bien qu'elle lui avait promis de passer le voir le lendemain matin. Elle avait déjà remis ses cadeaux à Andrea, et, malgré sa déception de ne pas pouvoir le voir les ouvrir, elle se devait de respecter les sentiments du petit garçon. Il était prévisible que le premier Noël sans son père ne serait pas facile.

Daisy arrosa encore une fois le poulet et baissa le gaz au minimum avant de mettre son chapeau bordé de fourrure et son manteau. Il n'avait pas neigé mais il faisait un temps radieux, et le givre qui soulignait les branches sur les arbres évoquait une carte postale de Noël. Un rouge-gorge donnait des coups de bec dans la glace qui s'était formée dans l'abreuvoir des oiseaux. De longues stalactites pendaient au niveau de la fissure de la gouttière.

Le matin de Noël, Daisy et Jerry avaient l'habitude d'aller boire un verre au *Taverners* pendant que la dinde rôtissait dans le four. Selwyn, toujours très jovial à ce moment de l'année, servait des grogs gratuits et des *mince pies* à ses clients. Même Trisha avait repris la tradition; tout le monde passait sur le fait que sa pâte était loin de valoir celle de Babs et dévorait les tartelettes pleines de gras en feignant l'enthousiasme.

Lorsqu'elle tourna dans Bago Street, Daisy aperçut une bande d'enfants en train de s'amuser avec leurs nouveaux jouets. Ils étaient emmitouflés dans des écharpes et des gants tout neufs, le visage rayonnant de froid, leurs cris joyeux transperçant le calme du matin. Elle plissa les yeux pour voir si Mikey était parmi eux et constata avec tristesse qu'il n'en était rien. Un jeune homme qui avait reçu un Chopper flambant neuf allait et venait dans la rue pour épater ses copains en effectuant des roues arrière. Mikey avait toujours rêvé d'un vélo comme celui-ci. Son père lui avait expliqué qu'il était un peu trop jeune, mais il lui avait promis qu'il lui en offrirait un quand il serait plus grand. Ce serait maintenant à quelqu'un d'autre d'honorer cette promesse.

Ne voulant pas avoir l'air triste, Daisy s'accorda quelques minutes pour se ressaisir avant de frapper. Après qu'elle eut tapé quelques coups brefs, Mikey ouvrit la porte, encore en pyjama, une moustache de lait au-dessus de la lèvre, les yeux rougis et gonflés. Il balançait son singe en peluche Galen au bout de son bras.

« Joyeux Noël, Mikey ! » Elle le serra dans ses bras et l'embrassa sur la tête, puis s'écarta pour scruter son visage. « Qu'est-ce qu'il y a ? Tu as pleuré ? »

L'enfant acquiesça et avala péniblement sa salive. « Il n'est pas passé…

— Qui n'est pas passé ? De quoi est-ce que tu parles ? Oh non, ne me dis pas que… » Elle le poussa sur le côté et alla dans le salon. Sa chaussette, sans rien dedans, pendouillait au-dessus de la cheminée. L'arbre de Noël pathétique, presque sans aiguilles, se dressait au fond de la pièce, sans un seul cadeau en dessous.

« Où est ta maman ? demanda Daisy en contenant sa colère.

— Je sais pas… Elle était là quand je me suis couché, mais j'ai entendu après qu'elle sortait.

— Tu veux dire que tu as passé la nuit tout seul ici ? »

Mikey ignora sa question. « Il a pas bu son lait, il a pas mangé sa tartelette – c'est moi qui l'avais achetée avec l'argent de la cantine. Biffer en vendait le jour où on s'est disputés. » Il écarta le rideau grisâtre et montra les enfants qui jouaient dans la rue. « On dirait qu'il n'y a que chez moi qu'il est pas venu… Sûrement parce que j'ai été méchant, comme maman me le dit tout le temps.

— Mikey, tu n'as pas été méchant, ne raconte pas de bêtises !

— Alors, pourquoi il m'a pas apporté des cadeaux ? »

Daisy ne trouva pas de réponse qui le rassurerait, mais elle était bien décidée à découvrir quelle excuse avait Andrea pour décevoir ainsi son fils unique le premier Noël qu'il passait sans son père. Tout ça dépassait l'entendement. « Je vais faire un saut là-haut une seconde. Attends-moi ici. »

Sa fureur était telle qu'elle en avait de la peine à respirer. Visiblement, Andrea avait dormi dans son lit, mais étant donné qu'elle ne pensait pas qu'elle soit du genre à le faire au carré tous les matins, ça ne prouvait en rien qu'elle avait dormi chez elle la nuit précédente. Sur la table de chevet, le cendrier débordait de mégots, et deux tasses étaient collées à la surface, tapissées au fond d'une moisissure grise.

Daisy commença par ouvrir les tiroirs ; d'abord avec délicatesse, puis, sa colère montant, elle sortit les affaires et les laissa en tas sur le sol. Elle finit par trouver ce qu'elle cherchait dans l'armoire sur la dernière étagère : les cadeaux qu'elle avait achetés pour le petit garçon et qu'Andrea était censée mettre sous le sapin. Elle les prit et retourna sur le palier.

« Mikey, monte t'habiller ! Je t'emmène chez moi. »

Lorsqu'ils eurent fini de déjeuner, Mikey avait bien meilleur moral. Ses cheveux avaient repoussé depuis que sa mère lui avait fait cette coupe à la hache, et le chapeau en papier qu'il portait n'arrêtait pas de glisser sur ses yeux. Il était enchanté de ses cadeaux.

« On peut jouer au Buckaroo, tante Daisy ?

— Bien sûr, mon chéri. » Elle se leva pour débarrasser les assiettes. « On va d'abord écouter la reine, et ensuite on jouera. »

L'enfant sauta de sa chaise et emporta son assiette dans la cuisine. Il avait l'air élégant dans le nouveau pull qu'elle lui avait tricoté. Il avait choisi la laine bleu pâle lui-même et avait passé un temps fou à fouiller dans la boîte à boutons dans la boutique de Mrs Goggins, avant d'en sélectionner trois en forme de boîtes aux lettres rouges, en hommage au métier de facteur qu'avait exercé son père.

Dès la fin du discours de la reine, Mikey installa son jeu sur la petite table devant la cheminée. Daisy se resservit un verre de porto et étendit ses pieds sur le pouf. C'était bon d'avoir de nouveau un enfant à la maison le jour de Noël ! D'autant que Mikey appréciait les plus petites choses. Elle aurait voulu l'emmener quelque part où sa mère ne pourrait plus jamais lui faire du mal. Non qu'Andrea ait été violente – elle ne l'aurait pas toléré –, mais la jeune femme était emmurée dans un univers si sordide que, la moitié du temps, elle donnait l'impression de ne même pas voir son fils. Le petit garçon mourait d'envie d'avoir l'attention de sa mère, son approbation ; il s'emparait du moindre geste de gentillesse de sa part, qui semblait lui suffire pendant des jours et des jours.

Daisy s'avéra totalement nulle au jeu qu'elle avait acheté. Chaque fois qu'elle posait un accessoire sur le dos du cheval entêté, celui-ci ruait des deux jambes arrière, ce qui faisait éclater de rire Mikey. Perdre valait la peine rien que pour entendre son rire contagieux.

« Tu veux aller choisir un chocolat sur le sapin ? lui demanda-t-elle alors qu'ils venaient de terminer leur douzième partie. Et après, on pourrait jouer à autre chose. Aux dames ? Mon Jerry adorait ça. Mais je n'ai jamais réussi à le battre ! s'exclama-t-elle en riant.

— Oui, je voudrais bien, mais il faut d'abord que tu m'apprennes…

— Oh, un garçon intelligent comme toi aura compris en un rien de temps ! »

L'enfant s'approcha du sapin et choisit une papillote avec autant de soin qu'il en avait mis à sélectionner les boutons.

« Prends-en autant que tu veux, Mikey. C'est Noël !

— Ah bon, je peux ? » Il referma sa main sur une poignée comme si c'était les bijoux de la reine et s'assit en tailleur devant le feu tout en déballant un à un les trésors de son butin.

À l'interruption malvenue d'un coup de sonnette, Daisy se leva et aperçut Andrea sur le seuil. Pour une fois, elle s'était lavé les cheveux, mais ils étaient tout abîmés aux pointes, avec des longues racines noires voyantes. Ses yeux bleus contrastaient avec son teint pâlichon, et elle avait un gros bouton sur la lèvre. Elle se balança sur ses talons en se tripotant les cheveux. « Je suppose qu'il est là ? »

Daisy pinça les lèvres en sentant son haleine qui empestait l'alcool. « Vous voulez parler de Mikey ? »

Andrea la poussa contre le mur pour passer.

« Mais entrez, je vous en prie ! » dit Daisy.

Mikey leva les yeux de ses chocolats en voyant sa mère débouler dans la pièce. « Maman, tu es là ! T'étais où ? »

Elle jeta un regard en biais à Daisy. « Euh… je suis allée chez une amie et j'ai été retenue. » Elle haussa les épaules en lui tendant la main pour qu'il se lève. L'enfant se laissa faire et l'enlaça par la taille. Elle ne lui rendit pas l'affection qu'il lui témoigna et se contenta de lui tapoter la tête. « Pas de mélodrame… Je t'ai apporté ton cadeau. »

Il fronça les sourcils en la dévisageant d'un air incrédule.

« Qu'est-ce qu'il y a ? Ne me regarde pas comme ça ! Viens, il est là dehors. »

Daisy les suivit dans la rue. Sur le trottoir, le guidon formant un angle bizarre, se trouvait le Chopper dont Mikey rêvait depuis si longtemps. Il ferma les yeux très fort, puis les rouvrit d'un seul coup, comme s'il n'arrivait pas à croire ce qu'il voyait. Andrea restait plantée là, les mains sur ses hanches osseuses ; de toute évidence, elle se considérait comme une candidate à l'élection de la Mère de l'année.

« Alors, qu'est-ce que tu en dis ?

— C'est pour moi ?

— Non, c'est pour Daisy ! rétorqua la jeune femme en levant les yeux au ciel. Évidemment que c'est pour toi, gros bêta ! » Elle attrapa le guidon et retira le cale-pied. « Vas-y, grimpe dessus ! »

Mikey s'installa sur la selle, mais ses pieds ne touchaient pas le sol. « Je suis un peu trop petit…

— Vous êtes sûre qu'il est assez grand pour cet engin ? s'inquiéta Daisy. Il n'a même pas sept ans…

— Je sais quel âge a mon fils, merci ! » la coupa Andrea en la fusillant d'un regard noir. Elle se tourna vers lui. « Tu vas vite grandir, et on n'aura qu'à demander au voisin Bill d'abaisser la selle. Allez, viens, rentrons à la maison ! dit-elle en commençant à le pousser sur le trottoir.

— Maman, c'est le plus beau cadeau que j'ai jamais eu… et toi, t'es la meilleure maman du monde ! »

Andrea se retourna avec un regard triomphant. « Vous voyez, il est très content ! »

Daisy appela le petit garçon, mais il était si absorbé par son nouveau cadeau qu'il sembla ne pas l'entendre. Elle agita la main. « Sois prudent, Mikey ! On se verra demain. » Il ne se retourna pas, mais elle resta sur le trottoir et les regarda s'éloigner jusqu'à ce qu'ils disparaissent au coin de la rue. « Joyeux Noël, mon chéri », fit-elle tout bas.

Seule dans son salon, elle rangea le Buckaroo. Noël n'avait pas été si mal, mais soudain, dans le silence qui l'enveloppait, la tristesse l'envahit. Croyant entendre du bruit dans la cuisine, elle regarda vers la porte, s'attendant à voir Jerry passer la tête pour lui proposer une tasse de thé. Puis elle se rappela qu'il était parti, et lorsqu'elle sentit les larmes lui monter aux yeux, elle ne trouva pas de raison de les retenir.

32

À cette période de l'année, malgré les odeurs de dinde rôtie et les guirlandes autour des fenêtres, l'hôpital était un endroit déprimant. Trisha salua les infirmières réunies dans leur bureau et éprouva un bref élan de compassion à l'idée qu'elles allaient devoir passer le jour de Noël dans ce lieu maudit. Elle passa la tête dans la chambre de Selwyn en priant le ciel pour que sa respiration paisible lui indique qu'il dormait, et pour ne pas avoir à endurer une énième conversation aussi inutile qu'empruntée. Barbara et Lorraine étant passées dans l'après-midi, elle n'avait plus d'excuses pour ne pas venir le voir. C'était à son tour de jouer la femme fidèle et dévouée.

En s'approchant sur la pointe des pieds, elle se cogna le petit orteil contre une des roulettes du lit. Elle fit un grand geste de la main pour se rattraper et envoya valdinguer le verre d'eau sur le sol. Pour une entrée qui se voulait discrète, c'était réussi !

Selwyn était étendu sur le dos. « Qui est là ?

— C'est moi », dit-elle en lui caressant les cheveux. Elle savait qu'elle aurait dû embrasser son front moite ou – Dieu l'en garde ! – ses lèvres gercées, mais elle n'en avait pas le courage. Depuis cinq mois qu'il était alité sans être exposé à la lumière du jour, sa peau était devenue aussi fine que du parchemin. La veine bleutée sur sa tempe zigzaguait en disparaissant sous une tignasse de cheveux hirsutes, que personne n'avait pris la peine de couper.

Dès que Selwyn entendit le son de sa voix, le masque tourmenté plaqué sur son visage laissa place à une expression de ravissement. « Ah, Trisha, tu es venue ! » dit-il de sa voix cassée.

Elle s'assit près du lit en gardant son sac sur les genoux. Elle n'avait pas l'intention de rester longtemps. « Mais oui ! Rien ne m'empêcherait de venir te voir le jour de Noël. » Ses mots sonnaient faux, elle ne parvenait pas à faire autrement. Elle voulait l'aimer, mais, contrairement à ce que prétendait Barbara, il n'était plus le même homme que celui qu'elle avait épousé. *Dans la maladie et dans la santé.* Celui qui avait inventé cette phrase n'avait jamais dû mettre les pieds dans un service spécialisé dans les lésions de la moelle épinière !

« Assieds-toi sur le lit. Je te verrai mieux. »

Réprimant un frisson involontaire, elle s'assit à contrecœur au bord du lit à côté de son corps inerte.

« Regarde dans le petit placard en dessous, ajouta-t-il dans un souffle. Il y a quelque chose pour toi. »

Trisha en sortit un petit paquet, enveloppé dans du papier aluminium rouge avec un nœud en satin blanc. « Qu'est-ce que c'est ?

— Joyeux Noël, mon amour ! »

Elle défit le nœud, souleva le scotch et déplia délicatement le papier. À l'intérieur se trouvait le pendentif en or en forme de cœur qu'elle avait admiré et convoité l'été précédent. Derrière, il avait fait graver : *Trisha, tu es la lumière de ma vie. À toi pour toujours, Selwyn.*

Elle leva le collier vers la lumière en laissant couler la chaîne entre ses doigts. « C'est vraiment très beau, mais comment as-tu…

— Babs est allée le chercher pour moi. Je suis désolé, je n'avais personne d'autre à qui demander. »

L'espace d'une seconde, elle songea que ça avait dû être douloureux pour Barbara. Se reprenant, elle se leva en se penchant au-dessus du lit et l'embrassa furtivement sur la bouche. Selwyn entrouvrit les lèvres et voulut soulever sa tête, mais elle recula en sentant son haleine fétide et se redressa avec un dégoût à peine dissimulé.

« Merci, Selwyn ! Je le garderai précieusement toute ma vie. » Elle remit le pendentif dans sa boîte et la fourra au fond de son sac. « Bon, il faut que j'y aille…

— Comment ça, déjà ? Tu viens à peine d'arriver. Il faut qu'on parle de certaines choses, de ce qui va se passer quand je sortirai d'ici. »

La perspective de partager son lit avec ce vieil homme qui ne pouvait plus marcher ni contrôler ses fonctions physiologiques lui faisait horreur. Quand bien même ce serait dur pour lui de l'entendre, il était temps qu'elle le prévienne. « Je suis désolée, Selwyn. Je ne peux pas. Je ne suis pas bien pour toi. » Après avoir tu ses véritables sentiments pendant si longtemps, elle se rendit compte qu'elle ne pouvait plus les garder pour elle. « Je sais que tu vas penser que je suis superficielle et insensible, mais ça ne sert à rien de faire semblant. Je ne suis pas comme Barbara, je ne peux pas t'aimer comme ça.

— Trisha… Tu ne t'es pas encore faite à l'idée. Tu finiras par t'y habituer, j'en suis sûr…

— Ça fait cinq mois, Selwyn ! Je ne vais pas changer d'avis maintenant. Tous nos projets se sont envolés par la fenêtre. Je n'ai que vingt-six ans. Je ne me vois pas avec un homme qui ne peut pas me donner ce que je veux. » Elle s'efforça de parler d'un ton plus doux. « Écoute, j'essaie juste d'être honnête avec toi. Tu mérites au moins ça… Tu n'aurais jamais dû quitter Barbara. Vous êtes faits pour être ensemble, tu le sais, elle le sait, tout le monde au pub le sait ! » Elle montra son corps étendu là, aussi raide qu'un bout de bois. « Les règles du jeu ont trop changé pour moi. » Elle prit son sac et se dirigea vers la porte, ne se retournant qu'une seconde pour jeter un dernier regard à sa silhouette immobile. « Je suis désolée, murmura-t-elle.

— Trisha, attends… Je t'en prie, ne t'en va pas ! Je t'aime toujours. »

Ses paroles vibrantes de passion faillirent l'émouvoir, mais elle prit conscience à cet instant qu'il n'y aurait pas de retour possible en arrière. Barbara n'avait qu'à le récupérer.

33

Peut-être était-ce le Babycham qui lui était monté à la tête, ou l'humeur songeuse dans laquelle l'avait laissée la période des fêtes, ou un mélange des deux, mais, alors qu'elle était dans son lit le soir de Noël, Lorraine décida qu'il était temps qu'elle lise le journal de Petula. Elle avait déjà pris connaissance du mot que Ralph avait glissé dans l'enveloppe.

> *Lorraine, je voudrais que tu prennes ce journal. À toi de décider si tu le liras ou pas, mais je ne voulais pas qu'il tombe entre de mauvaises mains une fois que je ne serai plus là. Je n'ai aucun doute que la mère de Petula viendra fouiner pour voir ce qu'elle peut piquer. Je te remercie d'avoir été une si bonne amie pour ma Petula. Il ne reste plus rien ici pour moi, aussi vais-je faire mes adieux. Je regrette que ce soit toi qui aies dû me trouver.*
>
> *Prends bien soin de toi.*
> *Sincèrement,*
>
> *Ralph Honeywell*

L'épouvante qu'elle avait ressentie en découvrant le corps de Ralph s'était dissipée quelque peu lorsqu'elle avait lu son mot. C'était à elle qu'il avait adressé ses dernières paroles avant de monter l'escalier pour mettre fin à ses jours, et aussi tragique que ce soit, elle le voyait à présent comme un honneur et un privilège.

Lorraine prit le journal sous son oreiller et en caressa la couverture en velours bleu. Elle était avec Petula le jour où elle l'avait acheté au marché ; elles avaient toutes les deux piqué un fou rire en voyant ce qui était gravé en lettres d'or sur la couverture : *Five-Year Dairy. 1975-1980*. Ça n'avait pas plu du tout au type négligé aux ongles noirs qui tenait le stand. « Qu'est-ce qu'il y a de si drôle ? »

Lorraine avait réussi à se retenir de rire le temps de le lui expliquer. « Regardez, il y a écrit *dairy* au lieu de *diary*[1]. »

— Et alors ? Vous le voulez ou pas ? »

Une vieille dame qui marchait quasiment pliée en deux s'était faufilée pour regarder le carnet de près et avait dit : « Je vais en prendre un. »

Les deux amies avaient échangé un regard. « Cinq ans ? C'est optimiste, non ? » avait plaisanté Petula.

Lorraine sourit en repensant à ce souvenir. Quelle ironie que ce soit Petula qui n'ait vécu que dix-huit mois de plus avant que sa vie ne soit fauchée de façon aussi tragique ! La vieille dame se portait probablement encore très bien.

Un petit cadenas en cuivre fermait le journal, mais il était si peu solide qu'il suffit d'un coup sec avec un

---

[1]. *Dairy* signifie « laiterie », *diary*, « journal ». *(N.d.T.)*

239

couteau à beurre pour que les pages révèlent les pensées les plus intimes de son amie.

Elle cacha le journal sous les couvertures en voyant sa mère passer la tête dans l'embrasure de la porte. « Bonne nuit, ma chérie ! dit-elle en chantonnant. Trisha n'est toujours pas revenue de l'hôpital. » Elle remonta la manche de sa chemise de nuit et regarda sa montre. « Il est 11 heures passées. Qu'est-ce que tu crois que ça signifie ? »

Lorraine poussa un soupir et remonta le dessus-de-lit en chenille sous son menton. « Je n'en sais rien, mais elle ne peut plus être à l'hôpital. Ils mettent tout le monde dehors à 8 heures. »

Babs tambourina des doigts sur le montant de la porte. « Mmm… C'est bien ce que je pensais. J'espère qu'elle n'a pas eu un abominable accident et qu'elle ne gît pas je ne sais où au fond d'un fossé ! »

Le sourire qui flottait sur ses lèvres n'échappa pas à sa fille. « Maman, tu es atroce ! »

Dès que sa mère fut repartie, Lorraine ouvrit le journal et renifla les pages imprégnées de l'odeur de la maison de Petula – un curieux mélange d'huile de patchouli et de biscuits rassis. Très vite, elle se rendit compte que son amie avait pris l'habitude décevante de consigner les moindres détails de sa vie, si bien qu'elle éprouva un sentiment de culpabilité en trouvant ce qu'elle racontait si ennuyeux. Quand elle en arriva à mars 1975, elle avait de la peine à garder les yeux ouverts, et ce fut seulement la mention de son propre nom qui lui fit retrouver sa vigilance.

Apparemment, toutes deux avaient eu une dispute qui, bien entendu, était entièrement de la faute de Lorraine, et Petula se demandait si ça valait le coup de poursuivre leur amitié.

> *Lorraine est parfois tellement pénible que je ne sais pas pourquoi on se donne la peine de rester amies. Je crois qu'on se voit trop. On est l'une à côté de l'autre dans la salle des dactylos, et ses bavardages incessants qui rivalisent avec le bruit des machines à écrire me rendent cinglée. Mais vu que je progresse en sténo, j'espère que je quitterai bientôt ce trou à rats et qu'on m'attribuera un bureau à moi. Oh, et l'autre jour, elle m'a emprunté mon disque de David Cassidy qu'elle m'a rendu tout rayé et couvert de peluches de tapis !*

Lorraine reposa le journal, puis ferma les yeux et réfléchit à ce qu'elle avait bien pu faire pour s'attirer une telle colère. C'était un peu agaçant que Petula ait eu le dernier mot sans qu'elle ait eu la possibilité de se défendre. Quant au disque de David Cassidy, il était déjà rayé *avant* que Petula ne le lui ait prêté !

Elle reprit le journal en le feuilletant au hasard, soulagée de lire que, en avril, Petula estimait qu'elles étaient de nouveau amies. Il était question de soirées joyeuses au *Taverners*, où Trisha leur filait des verres en douce pendant que Selwyn avait le dos tourné, et aussi de la fois où elles s'étaient fait prendre en train de voler des bonbons en libre-service chez Woolies. Elles avaient couru dans la rue en serrant leur butin, poursuivies par le jeune vendeur boutonneux dans ses nouvelles chaussures à plate-forme. Lorraine sourit en repensant à la scène, mais elle avait le cœur lourd de chagrin de savoir que plus jamais elles ne partageraient ce genre d'escapades. Lire ce qu'avait écrit son amie lui confirmait combien elle lui manquait.

Il était près de minuit lorsqu'elle arriva à octobre 1975. En tournant la page, elle vit que l'entrée du vendredi 24 était écrite en sténo – un méli-mélo de traits, de points et de signes incompréhensibles. Elle regarda plus loin dans le journal, mais c'était la seule page rédigée de cette manière. Le samedi 25, Petula avait repris son écriture habituelle.

> *J'ai décidé d'essayer d'oublier ce qui s'est passé hier. Tout le monde a le droit de faire une erreur dans sa vie. Personne n'est parfait.*

Lorraine contempla ce passage en se demandant ce que son amie avait bien pu faire. Petula avait tenté de la convaincre de venir avec elle aux cours du soir pour apprendre la sténo, mais elle avait estimé que ce serait une perte de temps. Elle était très heureuse d'être dactylo et ne se pensait pas capable de maîtriser ces gribouillis indéchiffrables qu'elle avait à l'instant sous les yeux. Elle était face à un dilemme. De toute évidence, Petula n'avait pas voulu que qui que ce soit lise cette entrée et avait pris pour cela des précautions particulières. Par conséquent, chercher à en découvrir le contenu était hors de question. Ça n'aurait pas été correct par rapport à son amie, et puis ça ne regardait personne d'autre.

Lorraine éteignit la lampe de chevet et se blottit sous les couvertures. Cependant, au bout de quelques secondes, elle ralluma, juste avant que la vision du corps de Ralph se balançant au-dessus d'elle ne revienne la hanter, comme tous les soirs.

« Trisha n'est pas rentrée de la nuit. » Babs cassa deux œufs dans un bol en Pyrex et les battit avec vigueur. « Tu crois qu'on devrait s'inquiéter ? »
Lorraine sourit. « Tu t'inquiètes de quoi : de ne pas la voir rentrer… ou de la voir rentrer ? »
Babs arrêta de fouetter les œufs et enleva son tablier. « Je vais à l'hôpital.
— Là, maintenant ? Il est beaucoup trop tôt, maman… Termine au moins ton petit déjeuner.
— Je n'ai pas faim. Tu n'auras qu'à le manger. »

Babs poussa la porte de la chambre, toujours avec cette appréhension de ce qu'elle allait trouver qui lui faisait retenir sa respiration. Lorsqu'elle vit que l'infirmière était en train de lui faire sa toilette avec une éponge, elle expira lentement et appuya son front contre la porte, envahie de tristesse à l'idée d'entrer dans cette chambre sordide. L'infirmière lui avait enlevé son bas de pyjama et frottait ses parties intimes avec l'énergie qu'on met en général à nettoyer une baignoire. L'accident avait privé Selwyn de tout, y compris de sa dignité.
Elle s'avança en regardant l'infirmière l'essuyer avec ses bras de lanceuse de poids. Il n'y avait dans ses gestes ni tendresse, ni délicatesse, ni amour. « Je vais vous remplacer, si vous voulez bien. »

243

L'infirmière lâcha l'éponge dans la cuvette ; un peu d'eau savonneuse déborda et tomba sur le drap. « C'est bon, j'ai presque terminé, dit-elle en jetant un coup d'œil sur la pendule. Il est trop tôt pour les visites… Qu'est-ce qui vous a fait venir de si bonne heure ?

— La sœur m'a dit que je pouvais venir voir mon mari. Vous voulez bien nous laisser tous les deux, s'il vous plaît ? » Ce fut tout ce que trouva Babs pour se retenir de la flanquer dehors comme un ivrogne qui aurait abusé de l'hospitalité au pub.

L'infirmière ne sembla pas remarquer son agacement. « Si vous y tenez… J'ai fait le bas, vous n'avez plus qu'à faire le haut et la barbe, si vous voulez. Il n'a pas été rasé depuis des jours. Il se laisse aller. » Elle sortit en gloussant de l'inanité de sa remarque, laissant Babs fulminer en silence.

« Selwyn, c'est Babs, dit-elle en s'approchant du lit.
— Je sais, je t'ai entendue.
— Comment te sens-tu ?
— Tu sais très bien que je ne sens rien.
— Ne sois pas désagréable. Tu comprends ce que je veux dire.
— Elle est partie.
— Je sais, je viens de l'envoyer paître !
— Pas l'infirmière, Trisha… Trisha est partie. »

Prenant soudain conscience qu'il était nu, elle rabattit le drap et s'assit près de lui.

« Ah, je me demandais pourquoi elle n'était pas rentrée au pub hier soir. Je suis désolée, Selwyn.
— On ne peut pas vraiment lui en vouloir. C'est vrai, regarde-moi… Je ne suis plus bon à rien ! Peut-être que j'ai été égoïste en lui demandant de rester…

Elle est jeune, et je ne pourrai pas lui faire d'enfant. Il faut qu'elle trouve un homme qui en sera capable. »

Babs lui prit la main ; son alliance en or était la seule chose qui lui restait de son couple. Elle résista à l'envie de l'arracher de son doigt.

Il laissa échapper un petit rire sans joie. « Qui voudrait d'un mari comme moi ?

— Moi, Selwyn. Je le voudrais. C'est ce que j'ai toujours voulu, rien n'a changé. »

Il enchaîna comme s'il n'avait pas entendu un seul mot de ce qu'elle venait de dire. « Je m'accrochais déjà du bout des doigts... et Trisha a marché dessus. »

Elle lui déboutonna sa veste de pyjama et la fit glisser doucement sur ses épaules. Après s'être savonné les mains, elle lui massa le torse, d'abord tout doucement, puis avec plus de fermeté, comme si elle pétrissait de la pâte.

Babs grinça des dents, prenant sur elle pour que sa voix ne trahisse pas son désespoir. « Est-ce que tu sens ce que je fais ? » Sans attendre sa réponse, elle le martela de ses poings pleins de savon pour le faire réagir. Une larme solitaire coula sur son nez où elle resta accrochée en suspens avant qu'elle ne l'essuie, laissant une bulle mousseuse de savon au-dessus de sa lèvre.

Selwyn sourit, mais quand il reprit la parole, ce fut d'une voix éraillée. « Je sais que je ne te mérite pas... » Le regard vitreux, il avala sa salive. « Mais je te remercie. »

En janvier, Lorraine se sentait plus que prête à reprendre le travail. Depuis le départ de Trisha, les choses au pub étaient un peu plus calmes, mais elle en avait assez de servir derrière le bar ou de ranger la cave, voire de nettoyer les toilettes. Récupérer les vieux galets désodorisants au fond des urinoirs dépassant de très loin l'idée qu'elle se faisait du sens du devoir, sa mère avait fini par accepter d'embaucher du personnel de manière à leur alléger la tâche.

Lorsqu'elle partit au bureau, elle marcha sur les trottoirs gelés avec un allant qu'elle n'avait pas eu depuis des semaines. De sa main gantée, elle sortit de sa poche la feuille qu'elle avait détachée du journal de Petula. Contrairement à ce qu'elle s'était promis, sa curiosité l'avait emporté : elle avait décidé d'apporter la page au bureau pour la faire transcrire par Miss Warwick, la vieille secrétaire. Lorraine ne lui avait fourni aucune explication, et aucune ne lui avait été demandée, mais à la fin de la journée, quand elle frappa à la porte de la vieille fille, elle comprit à son air étonné que les gribouillis de Petula en avaient révélé nettement plus qu'aucune d'elles ne l'avait escompté.

« J'ai fait de mon mieux, expliqua Miss Warwick. Dans l'ensemble, les traits étaient justes, bien qu'il y ait deux ou trois mots que je n'ai pas reconnus et quelques autres que j'ai dû deviner. La personne qui a écrit ça l'a fait avec beaucoup de soin, pas à la va-vite.

— Merci pour votre aide. J'apprécie beaucoup, sachez-le. » Lorraine lui tendit la boîte de chocolats Milk Tray qu'elle voulait lui offrir, mais la secrétaire garda l'enveloppe à la main.

« Toutes les voyelles étaient encore notées, vous voyez, les points et les traits. »

Lorraine se contenta de hocher la tête. Elle n'avait que faire d'une leçon de sténo !

Miss Warwick esquissa un petit sourire satisfait. « Vous savez, je peux prendre sous la dictée cent cinquante mots à la minute !

— C'est très impressionnant. Si je peux avoir... » Lorraine tendit la main et Miss Warwick lui remit l'enveloppe.

Le pub ouvrait à 6 heures. Lorraine fut soulagée de voir que les nouveaux employés installaient la salle quand elle revint. Sa mère devait être encore à l'hôpital, elle avait donc un peu de temps pour s'isoler et lire la transcription de Miss Warwick. Elle monta dans sa chambre et referma la porte derrière elle. Le fait que la secrétaire ait mis la feuille dans une enveloppe scellée ne fit qu'ajouter à sa tension au moment où elle en décolla le rabat et en sortit le contenu. Toujours très professionnelle, Miss Warwick avait tapé de façon impeccable ce qu'avait écrit Petula. Elle s'assit pour prendre connaissance de ce que son amie avait voulu que personne ne sache.

> *Ce soir, je suis allée au pub avec Lorraine. La salle était bondée, et Selwyn a décidé qu'on pouvait tous rester après l'heure légale de fermeture. Lorraine m'avait (persuadée ?) de mettre un peu de son ombre à paupières bleue, et elle a fini par me maquiller complètement, avec des faux cils et du rouge à lèvres. Je trouvais que j'avais plutôt l'air d'une (illisible), mais plusieurs types du pub m'ont dit que j'étais super. Je crois bien que ça ne m'était encore jamais arrivé ! Le vieux Cherry B était aussi (illisible) que d'habitude, si bien que, à la fin de la soirée, la tête me tournait un peu. Trisha nous a demandé si on voulait mélanger le Cherry B avec du cidre – elle a dit qu'on appelait ça un « legover*[1] *». Ce qui, en fait, s'est avéré un très mauvais présage. Toujours est-il que Lorraine n'en avait que pour Karl, même si ça saute aux yeux qu'elle ne lui plaît pas. Ça devenait tellement (gênant ?) que j'ai décidé de rentrer. Jerry était là avec sa mère, et comme ils sont partis en même temps que moi, on est rentrés ensemble. En arrivant devant chez eux, Daisy est rentrée et a insisté pour que Jerry me raccompagne jusque chez moi. Ça n'avait pas l'air de l'enchanter du tout.*
>
> *Mon père était déjà couché, la maison était dans le noir, et, pour une raison que je n'ai pas (comprise ?), je lui ai proposé de boire un café. J'avais toujours cru qu'il était un peu guindé, pourtant, c'était facile de parler avec lui. Il m'a tout raconté sur sa petite amie, Lydia, qui est partie vivre en (Australie ?). J'étais tellement désolée pour*

---

1. « Partie de jambes en l'air. » (*N.d.T.*)

lui que, au moment où il s'apprêtait à s'en aller, je l'ai embrassé sur la joue. Je me demande encore ce qui m'a poussée à faire ça, mais, vu qu'il est légèrement plus petit que moi, c'était plus un geste (illisible) qu'autre chose. Alors qu'on était là dans l'entrée, nos visages à quelques centimètres l'un de l'autre, il m'a caressé la joue en me disant que j'étais belle. Ha, ha, ha ! Même s'il avait bu quelques verres de trop, c'était un peu exagéré. (C'est la dernière fois que je me maquille, ça, c'est certain !) Et une seconde plus tard, il m'a embrassée sur la bouche. Moi qui m'attendais à être révulsée, j'ai trouvé la chose en fait très agréable. Mon expérience a beau être assez limitée, je dirais qu'il embrasse bien, même si ça sautait aux yeux qu'il était nerveux. J'étais là collée contre le mur quand j'ai senti sa main se faufiler sous ma jupe. Il a hésité, m'a regardée une seconde comme pour me demander la permission, et, à ma grande surprise, j'ai eu très envie qu'il continue, du coup, je n'ai rien fait pour l'arrêter. Ce serait gênant de raconter ça en détail, mais disons que ça m'a plu, même si ce n'était pas de cette façon que j'avais prévu de perdre ma virginité. Il a quand même un peu gâché les choses quand, à un moment donné, il m'a appelée Lydia.

Lorraine arpenta la pièce de long en large en se passant les mains dans les cheveux. *Oh mon Dieu, oh mon Dieu...* Petula avait couché avec Jerry ! Elles s'étaient promis de tout se raconter, mais son amie lui avait toujours dit qu'elle tenait à se réserver pour le mariage, et voilà que cette traînée avait fait ça debout contre un mur avec un garçon qui n'était même pas son petit copain ! Pas étonnant qu'elle l'ait écrit dans son journal en sténo !

Incapable de se débarrasser de l'impression d'avoir été trahie, Lorraine se laissa tomber sur son lit et fixa le plafond en se demandant comment son amie avait pu laisser arriver une telle chose. Et soudain, prenant conscience de ce que cela signifiait, elle compta les mois sur ses doigts à partir de la date inscrite dans le journal. Lorsqu'elle arriva à juillet, elle avait neuf doigts en l'air. Le père du bébé de Petula était Jerry !

Dès qu'elle revint de l'hôpital, Babs passa derrière le bar. Trisha n'était partie que depuis un peu plus d'une semaine, mais elle avait retrouvé la place qui lui revenait au *Taverners* comme si de rien n'était. Elle avait toujours su que cette fille superficielle lui avait pris Selwyn uniquement parce qu'elle le pouvait. Elle ne l'avait jamais aimé et venait de le démontrer de façon spectaculaire.

Les premiers clients commençaient à s'agglutiner autour du bar, une fumée bleu pâle planant comme de la brume au-dessus de leurs têtes tandis qu'ils sirotaient une pinte bien méritée en sortant du travail. À cette heure de la soirée, la clientèle se composait entièrement d'hommes, qui pour la plupart attendaient que leur femme soit rentrée et leur préparent à dîner. Après avoir bu quelques pintes, certains oubliaient qu'ils avaient un foyer, ce que Babs leur rappelait gentiment, quitte à faire baisser le chiffre d'affaires. Elle venait d'enlever les décorations de Noël et, sans ses ornements de fête, le pub avait quelque chose d'austère.

Lorraine entra par la porte de service et vint tirer sa mère par la manche comme une gamine impatiente. « Ma chérie, tu vois bien que je suis en train de parler avec Ken, ne sois pas impolie… » Babs se retourna vers le client. « Excuse-moi, tu me racontais que ta Sheila s'était prise de passion pour les Tupperware. »

Ken but une gorgée de bière. « Et ça me coûte une fortune ! Franchement, de combien de petites boîtes en plastique a besoin une femme ? Chaque fois que j'ouvre un placard, je me prends une avalanche de ces satanés machins ! »

Babs éclata de rire. « Une autre bière ?

— Ah, si tu me forces la main… Ce soir, elle a encore une de ses réunions, alors je ne suis pas pressé ! »

Elle actionna la pompe. « Tu vois bien, à quelque chose malheur est bon.

— Maman ! insista Lorraine. Il faut que je te parle.

— Qu'est-ce qu'il y a, ma chérie ?

— Non, pas ici. » Elle lui fit signe de la suivre à l'arrière.

« J'ai une salle pleine de clients. Ça va devoir attendre.

— Je sais qui est le père du bébé de Petula », dit Lorraine à peine plus haut qu'un murmure.

Sans sourciller, Babs termina tranquillement de tirer la bière et la donna à Ken en renversant un peu de mousse sur le dos de sa main. Puis elle agrippa sa fille par le bras et l'entraîna à l'arrière.

« J'ai comme le pressentiment que ça ne va pas me plaire. Vas-y. C'est qui ? »

Les mains en cône autour de la bouche, Lorraine chuchota : « Jerry. »

Babs en eut la mâchoire qui lui tomba. « Eh bien, je ne m'attendais pas à ça. Tu parles bien de Jerry Duggan, le fils de Daisy ?

— Oui. Tu comprends ce que ça veut dire ? » Elle attendit que sa mère additionne un et un.

Babs se frotta le visage à deux mains, puis baissa la tête. « Oh, mon Dieu… Ça veut dire que Daisy a mis au monde sa propre petite-fille et qu'elle l'a abandonnée devant la porte d'une inconnue !

— Tu as tout compris, acquiesça Lorraine en pleurant. Il faut qu'on le lui dise.

— Non, pas tout de suite. Il faut d'abord que je réfléchisse, ne fais surtout rien sans me prévenir. Bon, je dois retourner au bar. »

Au moment où Babs sonna l'heure de la fermeture, sa décision était prise. Elle ne pouvait pas garder un tel secret. Daisy était en droit de connaître la vérité. Ce qu'elle en ferait ensuite, ce serait à elle d'en décider, mais pour ce qui la concernait, elle aurait passé le relais et aurait la conscience en paix.

35

Daisy était dans la cuisine avec Mikey qu'elle aidait à apprendre ses tables de multiplication, même si, à la vérité, il était plus doué qu'elle. Ses camarades de classe avaient encore du mal avec les additions et les soustractions, et lui en était déjà à multiplier par douze !

Ces derniers jours, il semblait avoir été admis comme allant de soi qu'elle irait le chercher à l'école et le ferait dîner. Ce qu'Andrea lui donnait à manger n'était pas loin d'être une honte – par exemple, des flocons de pommes de terre sur lesquels elle versait de l'eau bouillante ! Et elle n'avait aucune excuse, car même elle aurait été capable d'éplucher une patate ! La semaine précédente, Daisy avait cru que la jeune femme s'était reprise quand Mikey avait raconté qu'elle lui avait fait un gratin de chou-fleur au fromage, mais il s'était avéré qu'elle avait simplement fait cuire un chou-fleur et mis une tranche de fromage sous plastique dessus avant de passer le tout sous le gril. Pas de viande ni de poisson, rien ! Que le pauvre petit bonhomme n'ait que la peau sur les os n'était guère surprenant ! Daisy s'était donné pour mission de le remplumer.

Mikey parcourut la liste de chiffres avec son doigt. « Moi, ma préférée, c'est la table de neuf. Et toi ? »

C'était un petit garçon curieux à bien des égards. Qui sur cette Terre avait une table de multiplication préférée ? « Je ne sais pas, je n'y ai jamais réfléchi. » Elle déposa le gâteau au chocolat qu'elle venait de faire au milieu de la table. « Tu veux t'occuper du glaçage ?

— Oh oui… S'il te plaît ! » Se levant d'un bond, il prit le bol qui contenait la préparation, tira la langue pour mieux se concentrer et plongea le couteau dans le chocolat avant de l'étaler sur le gâteau. Quelques gouttes coulèrent sur les côtés et sur l'assiette. « Miam, ça a l'air bon… Merci de m'avoir fait ça ! »

Daisy lui passa la main dans les cheveux d'un geste affectueux et lui donna les paillettes de sucre multicolores.

Il les répandit sur le gâteau, puis admira son œuvre. « S'il te plaît, je peux dormir chez toi ce soir ? »

Ce brusque changement de sujet la prit de court. « Mais oui. Ta maman doit encore sortir ?

— Je sais pas, mais j'aime pas mon lit. Il sent mauvais, et puis ça me gratte.

— Ah bon ? » Daisy lui remonta sa manche. Sa peau était constellée de cloques rouges, la peau à vif aux endroits où il les avait grattées. « Oh, ce n'est pas joli du tout… J'ai de la lotion calmante à la calamine dans le placard de la salle de bains. Elle est là depuis que mon Jerry a eu la varicelle, mais je crois qu'elle est encore bonne. » Elle l'embrassa sur le haut du crâne. « Allons en mettre un peu, et ensuite on ira prévenir ta mère que tu dors ici ce soir. »

Andrea ouvrit la porte en petite tenue, son éternelle cigarette au bec, chacune de ses côtes visible sous sa peau diaphane.

Elle ne prit pas la peine de dissimuler sa déception. « Oh, c'est vous… Je pensais que vous le rameniez plus tard. » Le fait de ne pas être habillée ne parut nullement la perturber.

Mikey enlaça le corps osseux de sa mère. « Aujourd'hui, j'ai eu la meilleure note en maths de la classe !

— Ah oui ? T'es un vrai petit bûcheur, hein ? »

Daisy murmura à l'oreille de Mikey : « Je trouve que tu es très intelligent. Monte vite chercher ton pyjama. » Elle se tourna vers Andrea. « Ce soir, il restera chez moi, et il y restera tant que vous n'aurez pas changé son lit. Il dit qu'il sent mauvais, et il est couvert de morsures. Vous avez des punaises, et si vous ne faites pas le nécessaire, je vais prévenir les autorités. »

Andrea lui souffla un nuage de fumée dans la figure en éclatant de rire. « Non, vous n'en ferez rien ! Vous voulez qu'on le mette dans un foyer ? Si ce que j'ai entendu dire sur les foyers pour enfants est vrai, il est mieux ici ! Sa place est avec moi. Je suis sa mère. »

Appeler les services sociaux était la dernière chose qu'avait envie de faire Daisy. Mikey avait besoin qu'on prenne soin de lui pour s'épanouir et exploiter son potentiel exceptionnel, pas qu'on l'expédie dans un foyer où il serait juste un enfant de plus, privé d'attention et de tendresse ! Jamais elle ne laisserait arriver une chose pareille, Andrea le savait.

255

« Alors, changez son lit ! répliqua Daisy, les dents serrées. Son instituteur m'a interpellée l'autre jour à la sortie de l'école pour me dire qu'il s'endormait en classe. »

Andrea la poussa doucement dehors. « C'est qu'il ne devrait pas être enseignant, alors ! »

Elle était en train de couper le gâteau lorsqu'on sonna à la porte. Daisy regarda machinalement la pendule. « Qu'est-ce que ça peut bien être ? Ce n'est pourtant pas le jour où le laitier vient se faire payer. » Elle mit une grosse part de gâteau dans l'assiette de Mikey, puis alla ouvrir.

« Bonsoir, Daisy. Comment allez-vous ? » Babs semblait enjouée, quoique son ton un peu forcé.

Daisy fronça les sourcils en la voyant là avec Lorraine. « Je vais bien, merci. Quelle charmante surprise ! Euh, qu'est-ce qui vous amène ? »

La mère et la fille échangèrent un regard, ni l'une ni l'autre ne sachant quoi dire. Lorraine fut la première à retrouver sa voix. « S'il vous plaît, on peut entrer un instant ?

— Je vous en prie… Allons dans la cuisine. On s'apprêtait à manger un gâteau. Vous en voulez un morceau ? »

Mikey leva les yeux, le tour de la bouche et les doigts maculés de chocolat.

« Vous vous souvenez de Mikey ? »

Babs n'avait pas revu le petit garçon depuis l'accident, mais elle avait pris plusieurs fois de ses nouvelles. « Bien sûr. Comment vas-tu, mon bonhomme ? »

Il haussa les épaules en reprenant une énorme bouchée de gâteau. « Ça va, bredouilla-t-il.

— C'est un petit gars formidable, pas vrai, Mikey ? » Daisy posa la bouilloire sur la plaque chauffante. « Vous prendrez bien une tasse de thé ? » Sans attendre leur réponse, elle ajouta : « Comment va Selwyn ?

— Toujours en réadaptation, mais il pourrait rentrer à la maison d'ici à quelques semaines, répondit Babs. L'autre jour, ils l'ont assis dans un fauteuil, ce qui a été tout un événement. Il a dit qu'il se sentait un peu étourdi après avoir passé autant de mois allongé, mais c'est déjà un début. »

Daisy croisa les bras sous sa poitrine. « Je dois avouer que j'ai trouvé incroyable que Trisha ait filé au moment où Selwyn avait le plus besoin d'elle ! Quand j'ai appris ça, j'en ai eu les jambes coupées ! »

Babs prit sa fille par l'épaule. « Il nous a toutes les deux. On est sa famille. À présent, c'est tout ce dont il a besoin.

— Et il ne pourrait pas être entre de meilleures mains », dit Daisy.

Mikey fit du bruit avec sa paille pour aspirer la dernière goutte de son jus d'orange. « Il a l'air en forme, observa Babs. Comment il se débrouille, *sans son papa* ? demanda-t-elle en mimant les trois derniers mots.

— Il se remet. J'aide un peu Andrea parce qu'elle est très… »

Daisy chercha le terme juste, mais Babs le suggéra à sa place :

« Nulle ?

— Ma foi, on peut le formuler comme ça ! »

257

Mikey se laissa glisser de sa chaise. « S'il te plaît, tante Daisy, je peux aller regarder la télévision ? Comme ça, vous pourrez parler de moi. »

La bouilloire siffla. Daisy la retira de la cuisinière avant que le bruit ne devienne trop strident. « Oui, vas-y, et ne t'inquiète pas, nous ne parlerons pas de toi. »

Dès qu'il fut parti, Babs dit : « Il est loin d'être bête.

— Oh, il est malin comme un singe ! C'est un petit garçon très intelligent.

— Vous savez, le jour de l'accident, j'avais passé un peu de temps avec Karl, et il m'avait raconté que la première chose qu'il comptait faire le lundi matin était d'aller voir son avocat pour demander la garde de son fils. »

Envahie par une soudaine tristesse, Daisy secoua la tête. « Oh, c'est terrible... Le pauvre enfant avait le bonheur à portée de main, et tout a été balayé d'un coup ! » Elle sortit un mouchoir de sa manche et se tamponna les yeux. « Mais je fais de mon mieux avec lui, et, pour être honnête, il me réconforte. C'est bien d'avoir un petit bonhomme à la maison ! Mais vous n'êtes sûrement pas venues pour me parler de Mikey... Je peux vous aider en quelque chose ? »

Lorraine, qui jusque-là avait gardé le silence, se lança : « J'ai appris quelque chose, et ma mère pense que... en réalité, on pense toutes les deux que vous devriez être mise au courant. »

Daisy leva des sourcils intrigués. « Allez-y, je vous écoute. »

Lorraine jeta un regard à sa mère, ne sachant pas trop si elle devait continuer, mais Babs vola à la rescousse. « Eh bien, c'est une longue histoire, mais, pour faire court, ça revient à dire… Euh, vous feriez peut-être mieux de vous asseoir. »

— Merci, je suis très bien debout, rétorqua Daisy en mettant les mains sur les hanches. Si vous me disiez plutôt ce que vous avez à me dire ?

— D'accord, si vous en êtes sûre… Apparemment, Petula a eu une sorte de… appelons ça une aventure avec un garçon et qu'elle est tombée enceinte. Ce n'était pas une liaison à proprement parler, mais elle l'a consignée dans son journal, et il semble que le père… » Babs lui toucha doucement le bras. « Il semble que le père soit votre Jerry. »

Daisy ouvrit la bouche pour dire quelque chose, mais aucun mot n'en sortit. Barbara devait se tromper… Jerry n'était pas du genre à avoir une histoire d'un soir, ça ne pouvait pas être son bébé ! Mais tout en s'efforçant de le nier, la vérité la frappa comme un boulet de canon en pleine poitrine. Elle se rattrapa au bord de la table. Avait-elle réellement abandonné sa chair et son sang, sa seule petite-fille, sur le seuil d'une inconnue ?

Babs lui avança une chaise. « Asseyez-vous, vous êtes sous le choc. Finissons de boire notre thé. » Elle se tourna vers sa fille. « Lorraine, trois sucres pour Daisy. »

Cette dernière posa ses coudes sur la table et se massa les tempes. « Oh, mon Dieu, qu'est-ce que j'ai fait ?

— Où rangez-vous vos sachets de thé ? » demanda Lorraine en ouvrant les placards.

Daisy redressa la tête, mais elle avait visiblement l'esprit ailleurs. « Oh, je n'utilise pas de sachets, ils coûtent trop cher, j'achète du thé en vrac. Il est dans la boîte bleu et blanc là-haut. »

Babs lui frotta le dos. « Qu'est-ce que vous allez faire ?

— Sincèrement, je n'en sais rien… Vous êtes certaine que ce bébé est celui de Jerry ? »

Lorraine posa la théière au milieu de la table et mit le couvre-théière en tricot par-dessus. « Petula l'a noté en sténo dans son journal, alors que tout le reste était écrit normalement, et nulle part elle n'a mentionné qu'elle… qu'elle avait eu une histoire avec un autre garçon. D'ailleurs, les dates coïncident.

— C'est donc certain ?

— Non, mais c'est probable, aussi a-t-on pensé que vous deviez le savoir. »

Plus tard dans la soirée, alors que Mikey était bordé dans son lit, blotti sous sa couverture chauffante, Daisy alla prendre la photo de son fils sur la cheminée. Elle souffla sur la fine couche de poussière qui s'était accumulée tout en se reprochant ce laisser-aller qui lui ressemblait si peu, puis elle passa son doigt sur le visage rayonnant. « Oh, Jerry, mon garçon, qu'est-ce qui t'a pris ? »

36

Pour les sept ans de Mikey, Daisy avait décidé de faire quelque chose de spécial. Ce serait pour lui une nouvelle étape à franchir après le décès de son père. Ils avaient déjà survécu à leur premier Noël en l'absence de Karl et de Jerry, et bien que les fêtes aient été émaillées de quelques incidents, ils les avaient passées ensemble. On était maintenant en juin, et la date anniversaire de l'accident approchait à toute vitesse, ainsi que le premier anniversaire de sa petite-fille.

Depuis que Babs lui avait annoncé que Jerry était le père de l'enfant, elle avait gardé ce secret, redoutant les répercussions et la boîte de Pandore que ça ne manquerait pas d'ouvrir. Bien que traumatisée par cette découverte, Daisy ne doutait pas un instant d'avoir fait ce qu'il fallait. Après tout, le bébé n'aurait probablement pas survécu à l'accident. Néanmoins, elle n'était pas sûre que les autorités verraient les choses du même œil. Toutefois, à l'approche du premier anniversaire de l'enfant, elle ressentait le besoin impérieux d'apaiser sa conscience en vérifiant qu'elle était chez des parents adoptifs aimants.

La première fois qu'elle lui avait proposé d'aller passer un week-end à Blackpool, Mikey avait été contre l'idée et avait dit qu'il ne voulait jamais retourner là-bas. Et bien qu'elle ait compris sa réaction, elle lui avait fait remarquer que puisque c'était là qu'il avait passé sa dernière journée heureuse avec son papa, y retourner pourrait lui apporter un certain réconfort. Au cours des mois suivants, Mikey s'était peu à peu rangé à son avis, si bien que lorsqu'elle avait suggéré qu'ils se rendent là-bas pour son septième anniversaire, il avait accepté avec un enthousiasme qu'elle ne lui avait pas vu depuis longtemps. Andrea s'était montrée ravie d'être débarrassée de lui le temps d'un week-end ; et quand Daisy lui avait rappelé que c'était l'anniversaire de son fils, elle avait haussé les épaules d'un air indifférent en rétorquant : « Ah bon ? »

Les rues de Manchester resplendissaient sous les métrages de banderoles rouges, blanches et bleues déployées entre les réverbères et les drapeaux du Royaume-Uni accrochés sur les façades. La fenêtre d'un bureau arborait une bannière barbouillée à la peinture rouge qui proclamait : « Vive la reine ! »

Mikey passa sa manche sur la vitre du car pour regarder dehors. « Pourquoi il y a des drapeaux partout, tante Daisy ?

— C'est en l'honneur de la reine. On fête son jubilé d'argent, ce qui veut dire qu'elle est notre reine depuis vingt-cinq ans. »

Il mordilla l'ongle de son pouce. « Et il faut faire quoi pour devenir reine ?

— Il faut être la fille d'un roi. » Cette réponse semblant lui convenir, il continua à regarder par la fenêtre.

« Quelque chose ne va pas, Mikey ? »

Il se tourna vers elle en fronçant le nez. « Ce car ne va pas avoir d'accident ?

— Oh, c'est pour ça que tu as cet air inquiet ? Bien sûr que non ! » Elle attrapa son sac sous le siège et en sortit un paquet emballé dans du papier cadeau. « Je comptais te l'offrir en arrivant à Blackpool, mais autant que je te le donne tout de suite. Bon anniversaire, Mikey !

— Merci », murmura-t-il en déchirant le papier. C'était une boîte d'accessoires pour artiste, un beau coffret en acajou rempli de crayons, de pastels et de pinceaux avec multitude de petits tubes de peinture rangés à l'intérieur du couvercle. Les yeux émerveillés, Mikey toucha plusieurs pinceaux, puis en prit un et frotta les poils tout doux sur sa joue.

« Ça te plaît ?

— C'est le plus beau cadeau que j'ai jamais eu ! Je vais te faire un tableau pour que tu le mettes sur ton mur… Merci !

— Je t'en prie, je suis contente que ça te plaise. Je sais que tu es doué pour le dessin et la peinture, mais comme ça, tu le seras encore plus. »

Claremont Villas n'était qu'à une courte distance à pied de l'arrêt du car. Mikey marchait à ses côtés, tenant fièrement sa boîte de peinture, son Galen sous l'autre bras. « Je pourrais faire une peinture de la plage, ou de Galen, ou de la grande tour qui est là-bas. » Daisy sourit de son enthousiasme communicatif, rassurée de voir qu'il semblait avoir oublié ses réticences à retourner à Blackpool.

Arrivés devant la maison d'hôtes, ils s'arrêtèrent un instant et Daisy respira un grand coup afin de se calmer. Elle jeta un regard vers l'abribus où elle s'était réfugiée un an auparavant en priant le ciel que quelqu'un ouvre la porte et trouve le bébé.

« Nous y voilà ! dit-elle en prenant un ton enjoué. C'est ici qu'on va dormir. » Elle poussa le portail et Mikey la suivit dans l'allée. Daisy posa les yeux sur l'endroit où elle avait laissé le bébé, ayant encore du mal à croire qu'elle ait pu faire une telle chose. Le perron avait été reverni et un panier de pétunias violets était accroché au-dessus.

La porte s'ouvrit sur la propriétaire qui leur sourit à tous les deux. « Bonjour, bienvenue à Claremont Villas ! Vous devez être madame Duggan ? » Elle se pencha et tendit sa main au petit garçon. « Et toi, qui es-tu ?

— Mikey, répondit-il en brandissant son cadeau. Regardez ce que tante Daisy m'a offert pour mon anniversaire ! C'est aujourd'hui. »

Daisy observa la femme. Bien qu'elle ne l'ait qu'entrevue l'année précédente, elle était pratiquement certaine que c'était elle qui avait recueilli sa petite-fille. Mrs Roberts avait l'air si gentille et si franche, si maternelle même, qu'elle eut soudain envie de lui avouer que c'était elle qui avait laissé le bébé devant sa porte. Elle mourait d'envie de savoir où elle l'avait emmenée, néanmoins elle se dit qu'elle devait procéder avec précaution. Puisqu'elle avait attendu un an, quelques heures de plus ne lui feraient pas de mal !

Après avoir déballé leurs affaires, Daisy et Mikey sortirent se promener sur le front de mer. La canicule de l'an passé n'était plus qu'un lointain souvenir, et bien que le ciel soit dégagé, ils luttèrent contre le vent du large qui leur cinglait le visage. Brusquement, Mikey s'arrêta pour lui montrer quelque chose. « Regarde, c'est le pub où on a mangé du poulet. »

Daisy jeta un regard vers le *Ferryman*, où elle avait mis au monde sa petite-fille sur le sol des toilettes. Les murs passés à la chaux s'écaillaient, et un groupe de motards rassemblés devant l'entrée faisaient rugir leurs machines. Même à cette distance, elle sentit des relents de graisse rance s'échapper de la cuisine. Elle mit sa main devant son nez et fit demi-tour en tirant Mikey par le bras. « Viens, mon chéri, on va retourner déjeuner à la pension. »

Dans la salle à manger de Claremont Villas se trouvaient quatre tables séparées, décorées d'une nappe en dentelle et de freesias en plastique dans un vase. Les couverts au manche en os étincelaient, et bien que les motifs de la moquette soient usés par endroits, on avait passé l'aspirateur récemment, ce qui confirma à Daisy que Mary était aussi méticuleuse qu'elle question ménage. La salle commença à se remplir ; Daisy salua aimablement les clients à mesure qu'ils arrivaient. Mary leur apporta l'entrée et déposa une coupe en verre devant eux. « Cocktail de crevettes. J'espère que vous aimez !

— C'est parfait. Ça a l'air délicieux », dit Daisy en hochant la tête. Elle prit le quartier de citron et le pressa sur les crevettes.

Mary repartit alors qu'ils attaquaient leur repas. Daisy avait réfléchi depuis des jours à la façon dont elle aborderait la question du bébé, et elle ne savait toujours pas comment elle allait s'y prendre. Elle avait répété d'innombrables fois dans sa tête comment amorcer la conversation, mais ça lui paraissait à chaque fois ridicule. *Je me demandais, vous vous souvenez d'un bébé qu'on a abandonné devant votre porte ?* C'était absurde ! Comment pouvait-on oublier une telle chose ? *Vous vous rappelez ce bébé que vous avez trouvé l'année dernière ? Vous pourriez me dire ce que vous en avez fait ?* Daisy secoua la tête et s'essuya le coin de la bouche avec sa serviette.

« Tu as aimé les crevettes, Mikey ? » Étant donné qu'il avait tout englouti, la question n'était que de pure forme.

« J'ai adoré ! Mais c'était quoi la poussière rouge dessus ?

— Du paprika ! répondit Daisy en riant. J'imagine que ta maman n'en utilise pas souvent. »

Mary revint débarrasser, les joues rougies par la chaleur de la cuisine. Arrivée sur le seuil, elle sembla changer d'avis et repartit pour revenir quelques secondes plus tard en tenant un bébé sur sa hanche. « Excusez-moi, mais j'ai entendu qu'elle pleurait. En ce moment, elle fait ses dents. » Les joues du bébé étaient rouge écarlate et luisantes de larmes. Mary la fit sautiller sur sa hanche tout en embrassant ses joues humides. Un petit sourire plissa le visage de l'enfant aux yeux écarquillés. Elle lui prit la main et l'agita vers Daisy. « Dis bonjour ! » Le bébé se retourna et se blottit dans son cou. « Elle est timide ! » expliqua-t-elle en riant.

Daisy la regarda une seconde, bouche bée. « C'est… c'est votre bébé ?

— Oui, c'est ma fille. » Elle leva de nouveau la main de l'enfant. « Allez, Beth, dis bonjour ! »

37

Daisy regarda le bébé aux yeux bleus, qui riait alors que Mary lui chatouillait la plante du pied. Il ne pouvait pas s'agir de la même enfant. Ce devait être une coïncidence. Daisy mit quelques secondes à retrouver sa voix. « Elle est magnifique ! Quel âge a-t-elle ? » La petite entoura le cou de sa mère de ses bras potelés.

« Elle aura un an le mois prochain. »

Sentant les poils se dresser sur sa nuque, Daisy attrapa son verre et se calma en buvant une gorgée d'eau. Il suffisait de poser encore une question. « Le mois prochain ? C'est formidable ! Quel jour ? »

Mary fut distraite par Beth qui recracha un long filet de bave par terre. « Oh, mon Dieu… Je vais chercher un torchon. » Elle tendit le bébé à Daisy. « Ça ne vous dérange pas de la prendre ? »

Daisy installa la petite sur son genou. Elle chercha à voir si elle avait une ressemblance avec son fils et ne tarda pas à la trouver. Les yeux. Le bébé avait les mêmes yeux bleu-vert qu'avait eus son fils à la naissance, mais pas seulement. Il y avait quelque chose dans leur forme, la façon dont les sourcils dessinaient un arc parfait. Elle souleva doucement la frange de la petite fille pour examiner la racine des cheveux. Un épi, exactement comme Jerry. Le bébé qu'elle tenait dans les bras était bien celui de son fils. Cette enfant était sa petite-fille.

Mary revint et entreprit de frotter la tache sur la moquette. Daisy s'adressa à son dos courbé. « Quel jour avez-vous dit qu'était son anniversaire ? »

Mary se redressa en se tenant les reins. « Pardon ? Ah, oui, c'est le vingt-quatre. »

Daisy sentit la bile lui monter dans la gorge. La main devant la bouche, elle s'efforça de rester sereine alors que la vérité devenait de plus en plus évidente. Mary avait gardé le bébé qu'elle élevait comme s'il était le sien. Daisy n'avait pas envisagé ce scénario et ne savait pas du tout comment elle allait y faire face. Sa première réaction fut d'éprouver du ressentiment. Mary élevait sa petite-fille comme si elle était sa chair et son sang, alors que Daisy aurait pu la prendre chez elle si elle avait su qu'elle était la fille de Jerry. Lorsque Mary reprit l'enfant et que celle-ci lui fit un sourire rayonnant, une petite pointe de jalousie la piqua au cœur. Mais la jeune femme était à l'évidence si folle de la petite qu'il n'y avait pas de doute que cette dernière était dans une santé florissante.

« Elle a vos yeux », observa Daisy.

Mary réagit au quart de tour. « Oui, je crois que oui. » Elle caressa les cheveux blonds de l'enfant et la chatouilla sous le menton. La petite gloussa, son sourire tout en gencives exprimant son ravissement. « Allez, viens, c'est l'heure de te donner ton bain ! » Elle se tourna vers Daisy. « Si vous voulez bien m'excuser, Ruth va vous servir la suite. »

La jeune serveuse apporta le plat principal, une tourte au poulet accompagnée de purée. Plusieurs petits pois roulèrent sur la table et atterrirent sur les genoux de Daisy. « Oups… Pardon ! » s'excusa Ruth en jetant un regard anxieux vers la cuisine.

Daisy récupéra les petits pois avec sa cuiller à dessert. « Ce n'est pas grave… Il n'y a pas de mal. »

Mikey avait déjà attaqué son assiette d'un air vorace, mais Daisy, elle, n'avait plus le moindre appétit ; elle avait l'impression d'avoir avalé un ballon gonflé d'air.

Le petit garçon le remarqua immédiatement. « Tu n'as pas faim, tante Daisy ?

— Eh bien, l'entrée était très copieuse… Je n'aurais pas dû manger autant de ce délicieux pain complet. » En le voyant enfourner une énorme cuillerée de purée dans sa bouche, elle éclata de rire. « Je me demande où tu mets tout ça ! »

Après le dîner, Daisy emmena Mikey à Pleasure Beach. Le petit garçon était tout excité d'être encore debout à une heure aussi tardive, mais elle pensait qu'il avait droit à une faveur spéciale pour son anniversaire. Ils se promenèrent en se tenant par la main, serpentant entre les manèges, les néons qui clignotaient et la musique qui se déversait à tue-tête dans les haut-parleurs. Des foules de gens se bousculaient pour monter sur les autotamponneuses.

« Qui voudrait faire un tour dans des voitures qui se rentrent dedans ? s'exclama Mikey d'un air contrarié. Ce n'est pas amusant du tout ! »

D'accord avec lui, Daisy l'entraîna plus loin. « Viens, on va aller dans un endroit plus calme. Que dirais-tu d'un jeu d'anneaux ou d'une pêche au canard ? »

Ils tournèrent dans une allée où ils se retrouvèrent face à un stand entouré de dizaines de singes en peluche, tous accrochés de façon grotesque par le cou.

« Regarde ! s'écria Mikey. C'est là que mon papa a gagné Galen pour moi !

— Mais oui… » Daisy l'éloigna de ce spectacle et l'emmena vers une arcade. « Si on essayait ce jeu où il faut faire tomber des pièces ? » Elle ouvrit son porte-monnaie et lui donna une poignée de pièces jaunes en se demandant si elle avait bien fait d'avoir ramené l'enfant à Blackpool aussi tôt. Il semblait y avoir des souvenirs de Karl partout.

Un peu plus tard, une fois Mikey mis au lit, Daisy s'installa au salon pour boire un porto à la limonade. Elle se retourna en entendant la porte racler sur la moquette. « Vous permettez que je me joigne à vous ? demanda Mary. J'ai l'habitude de boire un petit verre avant d'aller me coucher.

— Mais oui, je vous en prie », répondit Daisy en l'invitant à s'asseoir face à elle. Vous êtes ici chez vous ! »

Mary se servit un sherry et se laissa tomber dans le fauteuil. « Oh, c'est bon de ne plus être debout ! » Elle envoya promener ses pantoufles et replia ses jambes sous elle. « Ces derniers temps, Beth se réveille toutes les nuits à cause de ses dents. Et je peux vous dire que ça vous pompe toute votre énergie ! » Elle renversa la tête en arrière et ferma les yeux.

Daisy en profita pour l'observer. Elle se dit qu'elle devait avoir au moins dix ans de moins qu'elle, en tout cas pas plus de trente-cinq ans. C'était assurément une jolie femme, avec une peau sans défaut et des traits finement dessinés. Ses cheveux bouclaient de façon naturelle, à part une mèche rebelle qui lui tombait au milieu du front et qu'elle avait la manie de repousser d'un geste. En regardant ses mains, elle en conclut qu'elle était quelqu'un à qui le dur labeur ne faisait pas peur.

Elle montra la photo de mariage qui trônait au milieu de la cheminée. « Où est votre mari, madame Roberts ? » À peine eut-elle posé la question qu'elle regretta d'avoir pris un ton inquisiteur qui aurait pu passer pour de l'indiscrétion.

Mary ouvrit les yeux et répondit d'une voix neutre. « Thomas a été tué dans un accident à la mine, il y a deux ans. Je suis veuve.

— Oh, mon Dieu, c'est affreux. Je suis désolée. » Daisy réfléchit tout en tripotant les boutons de son gilet. Elle craignait de bouleverser Mary si elle l'interrogeait plus avant sur son mari défunt, mais il fallait au plus vite combler ce silence pesant. Elle se tourna vers la fenêtre. « Euh... Vous lavez vos rideaux tous les combien ? »

Mary soupira. « Vous tenez vraiment à le savoir, ou bien vous vous demandez qui est le père de Beth ? »

Daisy se sentit rougir. « Ma foi, ça ne me regarde pas, répondit-elle, bien que rien ne soit plus éloigné de la vérité.

« C'est bon, madame Duggan… Je n'en ai plus honte. » Après s'être éclairci la gorge, Mary redressa le menton et parla avec un air de défi. « Beth a été conçue au cours d'une aventure d'une nuit qui n'était pas une bonne idée, mais que je ne regrette pas du tout. Comment le pourrais-je ? Vous avez vu comme elle est adorable… Beth est tout ce que j'ai au monde. » Elle but une gorgée de sherry. « On se débrouille bien, toutes les deux, et je ne regrette pour rien au monde ce qui est arrivé ! »

Daisy demeura stupéfaite devant sa facilité à mentir. La jeune femme avait dû se répéter cette histoire de si nombreuses fois qu'elle avait fini par y croire. « Oui, je suis d'accord. Elle est adorable, c'est certain. »

Mary baissa les yeux et parla si bas que Daisy eut de la peine à distinguer ce qu'elle dit. « Il m'a fallu du temps, beaucoup de temps avant d'accepter le fait que Thomas était mort. Il est resté piégé au fond de la mine, qu'ils ont ensuite fermée en laissant les corps en bas. Vous imaginez quelque chose de plus horrible ? » Elle leva les yeux sur la photo de son mari. « Je me rends compte maintenant que je me berçais d'illusions, mais, sans un corps à enterrer, je n'arrivais pas à croire qu'il ne reviendrait plus. Le chagrin me consumait, et c'est seulement lorsque Beth est arrivée que j'ai compris qu'il me restait une raison de continuer à vivre. » Elle tira sur sa mèche d'un air absent. « Thomas me manque tous les jours, encore aujourd'hui, et j'ai beau savoir que jamais je n'aimerai un autre homme comme je l'ai aimé, Beth rend la douleur plus supportable. » Elle haussa les épaules. « D'une certaine manière, on pourrait dire qu'elle m'a sauvée… Je suis à nouveau heureuse, ce que je pensais désormais impossible. »

Bien qu'elle sache qu'elle mentait, Daisy éprouva un mélange inattendu de tristesse et de pitié en écoutant son histoire. Elle observa la jeune femme en cherchant des signes qui auraient pu révéler sa duplicité, mais son visage était un masque de sérénité qui ne trahissait rien. Ne sachant quoi dire, Daisy tambourina du bout des doigts sur le bras du fauteuil en se contentant de hocher la tête.

Mary termina son verre et se leva. « Une fois par mois.

— Pardon ? demanda Daisy sans comprendre.

— Vous m'avez demandé tous les combien je lavais les rideaux. Et la réponse est : une fois par mois. Bonne nuit, madame Duggan ! »

Cette nuit-là, Daisy ne dormit que par intermittence, se retournant si souvent qu'elle se retrouva entortillée dans les draps en synthétique qui faisaient des étincelles au contact de sa chemise de nuit. Mikey dormait à poings fermés dans le lit voisin ; apparemment, l'air marin l'avait assommé. Elle sourit tendrement en regardant sa petite silhouette endormie, un bras avachi sur Galen. Il était tout à fait possible d'aimer un enfant qui n'était pas à soi. Mary avait donné un merveilleux foyer à Beth, pour qui elle était visiblement une mère attentive et aimante. Arracher l'enfant à tout ça aurait été cruel pour les deux.

Elle se leva et s'approcha de la fenêtre. Lorsqu'elle écarta les rideaux pour contempler la baie, elle vit le clair de lune scintiller sur la surface agitée de la mer sombre. Un bruit sourd la fit se retourner. Galen venait de tomber par terre. Mikey remua en cherchant sa peluche à tâtons. Daisy la ramassa et la lui remit au creux du coude.

Elle ignorait combien de temps elle était restée devant la fenêtre, mais au moment où elle retourna se coucher, ses pieds sentant le froid qui montait du plancher, sa décision était prise. La première fois qu'elle avait tenu sa petite-fille dans ses bras, elle n'était qu'une pauvre petite chose que sa mère avait été dans l'incapacité d'aimer. Son avenir avait semblé des plus sombres, mais grâce aux soins que lui avait consacrés Mary, elle s'était épanouie, et sa vie était désormais pleine de promesses. La jeune femme s'était révélée davantage qu'un substitut adéquat à la mère biologique de Beth, et elle avait l'intention de récompenser cette dévotion de la seule manière qu'elle pouvait. Elle allait offrir à Mary la paix de l'esprit qu'elle méritait.

38

Mars 2016

Michael replia la coupure de journal et la posa sur le comptoir en granit. La plupart du temps, il parvenait à laisser les événements de cette abominable journée enfouis suffisamment pour ne pas en souffrir. Quarante années avaient passé, mais s'il s'autorisait à ruminer sur cette funeste journée, il revivait dans tout son être la terreur qu'avait ressentie le petit garçon de six ans qu'il était alors. Au moment où les pompiers avaient extrait son père de l'épave, il se revoyait assis au bord de la route, une couverture rugueuse sur les épaules, tremblant de tout son corps tandis que Babs le serrait contre elle de son bras valide. Et quand il avait été emmené sur une civière, elle lui avait enfoui la tête contre sa poitrine pour qu'il ne voie rien. Il se souvenait qu'elle lui avait fait des petits baisers sur le haut du crâne en le berçant doucement.

La voix de Beth le ramena au présent. « Michael, je suis désolée, dit-elle en se frottant le bras. Je sais que ça doit te rappeler des souvenirs pénibles.

— Ça remonte à tellement longtemps… Ma famille maintenant, c'est toi, toi et Jake. »

En entendant son nom, celui-ci leva les yeux de son livre. « Papa, tu vas revenir me lire l'histoire ?

— Dans une minute, fiston. » Il se tourna vers sa femme. « Tu n'avais pas parlé d'une lettre ?

— Elle est dans l'enveloppe, répondit Beth en tirant un tabouret de sous le bar. Je crois que tu ferais mieux de t'asseoir. »

Michael s'installa sur le tabouret et commença à lire.

« *Chère Madame Roberts,*

Je vous écris pour vous remercier du séjour charmant que nous avons fait à Claremont Villas. Blackpool a toujours été un endroit très cher à mes yeux, car c'est là que Jim, mon défunt mari, et moi avons passé notre lune de miel. Cependant, ce ne sont pas seulement ces merveilleux souvenirs qui m'ont ramenée là ce week-end. Il y a bientôt un an, j'ai fait une chose dont je n'ai pas été fière sur le moment, mais que j'ai fini par accepter. Votre fille est vraiment adorable, il est évident qu'elle apprécie l'amour et l'affection que vous lui donnez, et je pense que vous méritez de vivre dans une certaine tranquillité d'esprit. J'imagine que, aujourd'hui encore, vous êtes prise d'appréhension chaque fois qu'on frappe à votre porte, néanmoins laissez-moi vous assurer que la mère de Beth ne reviendra jamais la réclamer. Elle a été tuée ce même jour dans un accident de la route. Je vous joins l'article de journal avec ma lettre. Ce jour-là, c'est moi qui ai déposé Beth devant votre porte. Si je ne l'avais pas fait, sans doute aurait-elle péri dans les bras de sa mère.

La jeune fille qui a accouché ne savait même pas qu'elle était enceinte et était terrifiée à l'idée que son père l'apprenne. Je pense qu'aucune de nous n'a beaucoup réfléchi quand nous avons décidé de laisser le bébé quelque part où on aurait la certitude que quelqu'un le trouverait et s'en occuperait.

Je pense aussi que, ce jour-là, nous avons enfreint la loi, vous comme moi, et qu'aller en informer les autorités au bout de quasiment un an n'apporterait rien de positif. J'espère que vous trouverez la paix en sachant que vous pouvez élever Beth comme si elle était votre fille sans craindre que quelqu'un vienne vous la reprendre.

Sincères salutations,

Daisy Duggan

Dès que Michael eut terminé, Beth relut encore une fois la lettre dont elle connaissait déjà chaque mot par cœur. « Tu te rends compte ? Toute ma vie, j'ai cru que l'identité de mon père était un grand secret, et pendant tout ce temps, ma mère gardait pour elle le plus grand secret de tous ! Du reste, elle n'était même pas ma mère. Comment a-t-elle pu me faire une chose pareille ?

— Je n'arrive pas à croire que tante Daisy ait joué un rôle là-dedans...

— Oh, mais je vais lui dire deux mots quand elle sera revenue, tu peux me croire !

— Papa, tu viens ?

— Excuse-moi, Jake, on peut finir l'histoire une autre fois ? Pour l'instant, allume la télé. »

Jake regarda son père comme s'il n'en croyait pas sa chance. En général, on lui demandait plutôt d'éteindre la télévision.

Beth prit la main de son mari et la porta à ses lèvres. « Tu étais dans ce minibus, Michael. Qui était ma mère ? »

Il se gratta la tête. « Diable, ça remonte à quarante ans… Et je n'avais que six ans…

— Ce n'est quand même pas le genre de chose qu'on oublie ! »

Il la dévisagea. « Pour tout t'avouer, j'essaie de ne pas trop y penser. »

Beth prit un ton plus doux. « Tu as raison, excuse-moi. J'en parlerai à Daisy. » Elle soupira en gonflant les joues et relut la lettre une énième fois avant d'aller téléphoner.

« Non, je suis désolé, s'excusa Michael. Tu as le droit de savoir. » Il reposa le combiné qu'elle venait de décrocher et jeta un coup d'œil sur la pendule. « Mais, s'il te plaît, pas maintenant. Le téléphone n'est pas le meilleur moyen pour quelque chose d'aussi important. Daisy sera bientôt rentrée, ça peut bien attendre jusque-là… » Il se pinça l'arête du nez en plissant les yeux. « La lettre dit que ta mère a été tuée sur le trajet du retour. Or, une seule jeune fille est morte dans l'accident. Elle s'appelait… euh… Petula, je crois. Je ne connaissais pas vraiment les autres passagers, c'étaient des clients du pub que fréquentait mon père. Et je n'étais pas censé faire partie du voyage, sauf qu'Andrea m'a fourgué dans les pattes de mon père à la dernière minute. Quoi qu'il en soit, j'ignorais totalement que cette Petula avait accouché d'un bébé. Je ne vois même pas à quel moment ça aurait pu se passer… » Il se tapota le menton de l'index et fronça les sourcils. « À moins que… à moins que ça ne se soit passé au pub, à la fin de la journée. Je me rappelle que Petula s'est sentie mal et qu'elle a dû s'allonger dans le minibus pendant qu'on terminait de manger. C'est sans doute arrivé à ce moment-là.

— La pauvre… Je ne comprends pas pourquoi elle était si angoissée que son père l'apprenne. Quel âge avait-elle ?

— Je ne sais pas trop. Moi, je la trouvais vieille, mais, une fois encore, je n'avais que six ans ! Tout le monde me paraissait vieux.

— Quelle terrible décision à prendre pour une jeune fille… Et si elle n'était pas morte, j'aurais su qui était mon père. Et peut-être qu'elle aurait été compatible avec Jake. »

Beth jeta un regard vers son fils assis en tailleur devant la télévision, le pouce dans la bouche. « Il faut qu'on se concentre sur pourquoi c'est important de le savoir… Ce n'est pas de la curiosité morbide, c'est une question de vie ou de mort – la vie ou la mort de *notre fils* ! » Elle prit un bloc et un crayon dans le tiroir de la cuisine. « Bon, réfléchis bien, Michael… Petula avait-elle des frères ou des sœurs ?

— Non, je suis quasiment sûr qu'elle n'en avait pas. Quatre ans plus tard, j'ai appris que son père s'était suicidé. Ils vivaient tous les deux, et il ne voyait pas comment continuer tout seul. »

Beth garda son crayon en l'air. « Toute cette histoire est dramatique ! Donc, voilà encore une piste qui se referme. » Elle mâchouilla le bout du crayon. « Qui d'autre était au courant au sujet du bébé ? » Elle appuya le crayon contre sa poitrine. « Qui savait pour moi ? »

Michael reprit la lettre. « Je pense que quelqu'un d'autre savait quelque chose. » Il retourna la lettre pour la montrer à Beth. « Regarde, Daisy dit : *Je pense qu'aucune de nous n'a beaucoup réfléchi quand nous avons décidé de laisser le bébé quelque part où on aurait la certitude que quelqu'un le trouverait et s'en occuperait.* Elle a écrit "aucune de nous", ce qui signifie qu'il y avait plusieurs personnes. Si Daisy avait fait référence à elle et à Petula, elle aurait dit "ni elle ni moi".

— Mais si Daisy avait su qui était mon père, elle l'aurait écrit dans la lettre ! Or, elle n'en parle pas du tout !

— Vu qu'elle ne connaissait pas très bien Petula, il est peu probable que celle-ci lui ait fait des confidences. En revanche, il y a quelqu'un qui saurait peut-être... Sa meilleure amie, Lorraine, était aussi dans le minibus. Je crois que ce serait une bonne idée de commencer par là. »

Beth, la lettre de Daisy à la main, regardait par la fenêtre. « Je me demande pourquoi elle n'a pas voulu me garder.

— Qui ?

— Petula, ma vraie mère. Je sais bien que Daisy dit qu'elle était terrifiée à l'idée de décevoir son père, mais abandonner son bébé comme ça... »

Michael la prit dans ses bras. « Mary était ta vraie mère, tu n'aurais pas pu en avoir de meilleure... » Il l'embrassa sur la joue et lui ramena les cheveux derrière l'oreille. « D'ailleurs, réfléchis, si Petula t'avait ramenée, tu aurais été dans ce minibus. »

Beth frissonna. « Seigneur, tu as raison, je n'avais pas pensé à ça ! »

En entendant leur fils éclater de rire, ils se retournèrent tous les deux. Il était plié en deux devant son dessin animé préféré, les joues rosies par la chaleur du feu.

Michael la rassura d'un sourire. « Tu vas voir, on va faire ce qu'il faut pour qu'il aille mieux. »

Une demi-heure plus tard, Michael s'appuya au dossier de la chaise de son bureau pendant que Beth lui massait les épaules. Une rapide recherche sur Internet n'avait permis de trouver aucune Lorraine Pryce susceptible de correspondre. Elle devait à présent avoir une cinquantaine d'années, était probablement mariée et, à moins de connaître son nom d'épouse, il serait impossible de la localiser.

« Il n'y a qu'une seule solution, déclara-t-il en soupirant. Je dois retourner là-bas.

— Où ça ? »

Il lui embrassa le bout des doigts. « Là où tout a commencé. »

39

En quarante ans, les rues où il avait grandi avaient à peine changé. Les pavés avaient laissé place à du bitume, mais les maisons en brique rouge étaient toujours là.

Michael s'arrêta devant son ancienne maison dans Bagot Street et sourit en voyant que les nouveaux propriétaires avaient repeint l'affreux jaune moutarde d'un bleu pâle plus élégant. Il n'avait aucune envie d'aller sonner pour leur demander de jeter un coup d'œil à l'intérieur. Cette maison ne lui rappelait pas de très heureux souvenirs, d'ailleurs, il ne savait même pas vraiment ce qui l'avait poussé à revenir ici. La fissure dans le trottoir dans laquelle il avait fait rouler ses billes pendant de longues heures avait depuis longtemps été colmatée. Il avait passé une grande partie de son enfance à s'adonner à ce genre de plaisirs simples, et il se demanda comment feraient les enfants d'aujourd'hui sans tous ces gadgets électroniques qui les distrayaient et les reliaient à leurs amis. Il ne pouvait s'empêcher de penser qu'en ne jouant pas dans la rue avec leurs copains comme il l'avait fait, il leur manquait cette camaraderie incomparable. La marelle pour les filles, casser des marrons pour les garçons.

Il se tourna vers la vieille maison où avait habité Kevin. Celui-ci avait toujours le meilleur marron – un roc invincible dont il avait découvert des années plus tard qu'il avait été cuit au four et recouvert d'une couche de vernis à ongles transparent ! Il rit en y repensant. Pas étonnant qu'il n'ait jamais réussi à battre Kevin et qu'il ait eu des bleus sur les doigts pendant tout l'automne ! Les enfants d'aujourd'hui ne savaient pas ce qu'ils perdaient.

Le vent de mars lui cinglant les joues, il remonta le col de son manteau en accélérant le pas et s'éloigna de la rue où il avait grandi sans jeter un regard en arrière. Il n'y reviendrait pas. Il lui fallut seulement cinq minutes pour aller jusqu'à l'ancienne maison de Daisy dans Lilac Avenue, dont il gardait des souvenirs nettement plus tendres. Il se demanda, et ce n'était pas la première fois, ce qu'il serait devenu si elle ne l'avait pas pris sous son aile et n'avait pas façonné sa vie. Dès son septième anniversaire, quand elle lui avait offert la boîte de peinture, elle avait exercé sur lui une réelle influence. Grâce à ses encouragements et à ses éloges constants, elle l'avait persuadé qu'il pourrait devenir architecte – et elle avait eu raison ! Comme toujours. Sans elle, il n'aurait pas fait une brillante carrière, n'aurait pas possédé sa propre agence. Et il n'aurait jamais rencontré Beth.

Après ce premier séjour, ils étaient retournés à Claremont Villas à Blackpool tous les ans le week-end de son anniversaire, et il avait joué avec la petite Beth sur la plage. Au début, il l'avait trouvée pénible ; de six ans sa cadette, elle n'était pas drôle du tout. Mais, au fil des années, tous deux avaient grandi, la différence d'âge n'avait plus eu d'importance, et ils avaient fini par se rendre compte que leur amitié s'était transformée en autre chose. Daisy et Mary étaient devenues proches, si bien qu'ils formaient comme une petite famille.

Michael s'étonna encore une fois que Daisy et Mary aient été de connivence pour garder secrète l'identité de la mère biologique de Beth. Il regarda la date sur sa montre. Daisy serait de retour avant la fin du mois, et elle allait devoir leur donner quelques explications.

En fin d'après-midi, il arriva au *Taverners*. Il fut content de voir que le pub avait fait l'objet d'une transformation considérable depuis les années 1970 ; comme il avait un petit creux, peut-être y aurait-il quelque chose de correct à manger. Le porche en céramique verte et blanche semblable à celle que l'on trouvait dans des toilettes publiques avait été remplacé par un portique en bois avec une porte en verre sur laquelle le nom du pub était gravé en lettres tout en volutes. Un projecteur fit scintiller le carrelage noir moucheté d'argent lorsqu'il saisit la poignée en cuivre et poussa la porte. La clientèle du samedi après-midi avait déjà attaqué avec plaisir les délices gastronomiques, servis sur des ardoises en guise d'assiettes. L'endroit n'avait plus rien à voir avec l'époque où Selwyn proposait un sandwich au fromage rabougri sur du pain blanc, décoré d'une tomate trop mûre si vous aviez de la chance. La salle du bar était entièrement ouverte, la petite pièce à l'écart appartenant à un temps révolu.

Une jeune fille en uniforme noir lui sourit. « Qu'est-ce que je vous sers ?

— Une pinte de Boddies, s'il vous plaît.

— Tout de suite ! » Elle actionna la pompe. De la mousse tourbillonna dans le verre et dégoulina sur les bords. « Autre chose ? »

Michael regarda le tableau noir au-dessus de la barmaid et sourit malgré lui. S'il y avait une chose qu'il détestait, c'était cette façon prétentieuse qu'avaient certains restaurants de décrire les plats sur la carte ! Pourquoi ne pouvaient-ils pas dire « jus » ou « sauce » au lieu de « réduction » ? Dans les années 1970, il se rappelait que son père portait un médaillon autour du cou. Aujourd'hui, apparemment, un médaillon était un morceau de porc. Quant aux goujonnettes de cabillaud, pourquoi on ne les appelait plus des *fish fingers* demeurait pour lui un mystère. Là-dessus, Beth n'était évidemment pas d'accord avec lui. Son métier de styliste culinaire consistait à présenter les plats de la façon la plus appétissante possible, ce qui, de son point de vue, valait aussi pour la description qu'on en donnait.

Il fut tenté par le cabillaud cuit à la bière et ses pommes de terre taillées à la main et frites deux fois. « C'est quoi, le caviar de Manchester ? » demanda-t-il en montrant le tableau.

La barmaid lui répondit en fronçant les sourcils comme s'il était un parfait demeuré. « Une écrasée de petits pois.

— Bien sûr, suis-je bête… Alors je vais prendre la tourte de viande à la bière. »

Elle enregistra la commande sur l'écran. « Vous voulez quoi avec, des frites ou de la salade ? »

À ce stade, il aurait en principe regardé sa femme et opté à contrecœur pour la salade. Mais puisqu'elle n'était pas là… « Des frites, s'il vous plaît. »

Il emporta sa bière à une table libre dans un coin. Une autre serveuse surgit aussitôt avec un briquet et alluma une bougie. Puis elle sortit de la poche de son tablier un set de couverts enroulé dans une serviette. « Une seule personne, c'est ça ?

— Oui, il n'y a que moi. » Il ne se rappelait plus à quand remontait la dernière fois où il avait mangé tout seul dans un pub, ni celle où ils avaient mangé à l'extérieur en famille. Leur vie tournant exclusivement autour de l'hôpital, les plaisirs simples comme ceux-là n'étaient qu'un lointain souvenir. Tout à coup, il se sentit coupable et superficiel de s'accorder ce moment alors que Beth était à la maison avec leur pauvre garçon. Il aurait dû se contenter d'entrer demander ce qu'il voulait savoir, puis continuer à chercher des renseignements.

Impatient que son plat arrive, il fixa la porte battante qui donnait sur la cuisine. Il reposa sa bière qu'il avait à moitié bue et retourna au bar. La barmaid était en train de servir un autre client. « Excusez-moi, est-ce que le patron est là ?

— Vous voulez dire le gérant, Barry ?

— Euh, oui… ça fera l'affaire.

— Il est derrière en train de ranger des tonneaux. Je vous l'enverrai dès qu'il aura fini. »

Michael regagna sa place et arracha les morceaux de cire qui coulaient le long de la bougie. Quand sa commande arriva, il dut reconnaître que le plat avait belle allure. La croûte de quatre centimètres toute gonflée était d'un joli brun doré, et les frites présentées en quinconce de façon stylée. Dès qu'il commença à manger, un homme apparut devant sa table. « Tout va bien ? Ça vous plaît ? »

Encore une chose qu'il détestait ! Les employés vous posaient ces questions alors qu'ils voyaient bien que vous veniez tout juste de mettre la fourchette dans votre bouche !

Il acquiesça et s'essuya les lèvres avec sa serviette, puis avala en vitesse et but une goutte de bière. « Oui, c'est très bon, merci.

— Alex, là derrière le bar, m'a dit que vous vouliez me parler.

— Ah, vous devez être Barry… Je suis à la recherche de la famille Pryce. Selwyn était le patron de ce pub il y a une quarantaine d'années, et j'espérais que quelqu'un se souviendrait de lui et de sa famille. Cette adresse est la dernière que je leur connais. »

Barry se gratta le menton. « Selwyn Pryce ? Vous dites qu'il était le patron ? »

Michael confirma d'un signe de tête et mordit dans une frite.

« Quarante ans, ça fait un bail… Je n'étais même pas né !

— Je sais, et je réalise qu'il n'y a qu'une chance infime que quelqu'un s'en souvienne, mais je n'ai pas d'autre solution, alors, même si c'est peu probable…

— Attendez une minute. On a organisé une fête pour les soixante ans d'une dame qui avait tenu ce pub autrefois. »

Le cœur de Michael s'accéléra, mais il refusa de trop vite se réjouir.

Barry appela la fille derrière le bar. « Alex, à quelle heure arrive Doreen ?

— Elle ne sera pas là avant demain, répondit-elle en continuant à enrouler des couverts dans des serviettes.

— Doreen prépare tous nos desserts, expliqua Barry. Elle travaille ici depuis des lustres. Si vous voulez, je peux l'appeler. »

Michael se leva et lui serra la main. « Je vous en serai très reconnaissant, merci. »

Rien n'était gagné, toutefois. Michael ressortit du pub en tenant un bout de papier sur lequel figuraient le nom et l'adresse de quelqu'un qui connaissait la famille Pryce, et qui pourrait éventuellement lui indiquer les coordonnées de Lorraine.

Dans le bus, les fumées de diesel lui donnèrent légèrement mal au cœur. Il regretta de ne pas avoir pris sa voiture, quand bien même les tarifs de stationnement étaient exorbitants, et les places très rares le samedi après-midi. Les rues mouillées brillaient sous les lumières. Un groupe de filles recula d'un air affolé quand le bus roula dans une grande flaque en les éclaboussant de la tête aux pieds. Alors que le bus continuait à cahoter dans les rues bordées d'arbres des faubourgs de la ville, Michael tripota le papier qu'il tenait à la main en réfléchissant à ce qu'il allait dire.

La demeure victorienne à deux étages paraissait bien entretenue, la pelouse était impeccablement tondue, et les parterres superbes. Comme toutes les maisons dans ce quartier, le seul point noir était la quantité de poubelles que chacune devait avoir : marron, grise, verte et bleue, chacune marquée cruellement d'un chiffre à la peinture blanche.

Chez eux, tous les jeudis matin, c'était la panique quand ils essayaient de se rappeler quelle poubelle il fallait sortir ce jour-là. Beth appelait ça la « panique poubelle ». Michael avait encore un sourire aux lèvres quand la porte s'ouvrit sur une femme blonde assez saisissante d'une soixantaine d'années, qui le regarda du haut des marches.

« Vous ne voulez pas me vendre quelque chose, j'espère ! lança-t-elle en s'apprêtant à refermer la porte.

— Non, non, pas du tout. » Il sortit le papier de sa poche. « Je cherche Patricia Atkins.

— C'est moi, dit-elle en fronçant les yeux. Qui la demande ? »

Il lui tendit la main. « Je m'appelle Michael McKinnon. Je me demandais si vous auriez quelques minutes à m'accorder. »

Elle ignora sa main. « De quoi s'agit-il ? » Elle avait une voix rauque de fumeuse.

Voyant qu'elle n'était pas d'humeur à faire la conversation, il décida d'aller droit au but. « Connaîtriez-vous une certaine Lorraine Pryce ? »

La femme se troubla une seconde, et elle se rattrapa au montant de la porte. À mesure que le silence se prolongeait, Michael eut peur d'être dans une impasse. Se sentant mal à l'aise de s'imposer, il s'apprêtait à s'excuser et à s'en aller lorsqu'elle reprit la parole. « Bien sûr, je la connais ! Lorraine Pryce a été ma belle-fille. »

40

Michael suivit Trisha dans la cuisine, où elle l'invita à s'asseoir devant une immense table en pin. « Vous voulez boire quelque chose ?

— Non, merci, je viens de boire une bière au *Taverners*.

— C'est Barry qui vous a donné mon adresse ?

— Oui. Enfin, il a appelé une employée qui travaille au pub depuis longtemps et qui a pu...

— Ça vous dérange si je fume ? le coupa-t-elle en sortant une cigarette de son paquet.

— Je vous en prie, vous êtes chez vous. »

Dès qu'elle l'eut allumée, il la vit se détendre et éprouva une sorte de compassion face à sa dépendance évidente au tabac.

Elle remarqua qu'il l'observait et s'excusa d'un sourire. « Une sale habitude, je sais ! » Puis elle haussa les épaules en tirant une longue bouffée. « Alors, que voulez-vous savoir au sujet de Lorraine ? »

Michael s'agita sur sa chaise. « Écoutez, il vaudrait mieux que je commence par le début. Vous ne vous souvenez pas de moi ?

— Non... Pourquoi, je devrais ?

— Ça remonte à très longtemps, mais je suis sûr que vous n'avez pas oublié cet accident en minibus. »

Piquée de curiosité, Trisha fit tomber la cendre au bout de sa cigarette. « Comment êtes-vous au courant ?

— J'étais dans le minibus moi aussi. » Il laissa sa phrase faire son effet tandis qu'elle cherchait à se rappeler où elle avait pu le voir.

« Michael McKinnon, vous avez dit ? » Et en quelques secondes, elle comprit. « Seigneur, vous n'êtes pas le petit Mikey, le fils de Karl ?

— Si. »

Elle s'adossa à sa chaise et le regarda par-dessus la table. « Mon Dieu… Je me suis souvent demandé ce que vous étiez devenu. » Elle se pencha et lui prit la main. « Comment allez-vous ? »

Résumer ces dernières quarante années n'était pas facile. « Pas mal. Je suis marié, et j'ai un petit garçon, Jake. Il a cinq ans. » Il n'avait pas envie de s'étendre sur sa situation devant une quasi-inconnue. Il voulait juste qu'elle lui donne le renseignement, après quoi il s'en irait.

« Je suis heureuse pour vous, sincèrement… Perdre votre père de cette façon a été si tragique. »

Sa sollicitude apparente le toucha. Bien qu'impatient de partir, il se dit qu'il devait lui demander comment elle allait. « Et vous ?

— Eh bien, comme vous l'avez sans doute appris, j'ai quitté Selwyn quelques mois après l'accident. » Elle le dit d'un ton si neutre qu'il pensa qu'elle avait renoncé depuis longtemps à éprouver des remords d'avoir pris une telle décision. « Dans l'état où il était, je ne l'aurais pas supporté, il était bien mieux avec Barbara. Et ensuite, j'ai épousé Lenny quand il est sorti de prison. Je lui avais toujours promis que je l'attendrais, mais je ne me doutais pas que ça prendrait vingt ans ! » Elle rit d'un rire rauque qui se transforma en une violente quinte de toux. Les yeux humides de larmes, elle se tapa sur la poitrine et attrapa son paquet de cigarettes. « Mon Dieu, il faut vraiment que j'arrête ! »

Michael attendit qu'elle se soit ressaisie. « Quoi qu'il en soit, Barry au pub m'a dit que vous sauriez peut-être où je pourrais trouver Lorraine. Vous le savez ? »

Trisha enchaîna comme si elle n'avait pas entendu sa question. « Je ne suis plus allée au *Taverners* pendant des années, et je n'y aurais sûrement pas mis les pieds pendant que Selwyn et Barbara y étaient encore, mais quand ils sont partis et que les patrons suivants ont tout refait, j'ai recommencé à y retourner de temps en temps. Ça appartient maintenant à une chaîne, Barry est le manager. J'ai fêté mes soixante ans là-bas il y a quelques années. » Elle jeta un regard à Michael pour vérifier qu'il l'écoutait toujours. « C'est devenu un endroit très chic. »

Michael hocha la tête et se pencha en avant. « Et Lorraine, vous savez où elle est ?

— Comme vous pouvez l'imaginer, nous ne sommes pas très proches ! Mais, oui, il se trouve que je sais où on peut la joindre. » Elle alla farfouiller dans un tiroir d'où elle sortit un répertoire téléphonique en plastique. Elle fit glisser le curseur sur le F et appuya sur le bouton pour ouvrir le répertoire. « Voilà, Lorraine Fenton. »

Michael se dévissa le cou pour regarder ce qui était écrit. « C'est formidable ! Vous avez son numéro de téléphone ?

— Son numéro ? Grands dieux, non ! Elle vit en Amérique. Et même si nous avions quelque chose à nous dire, je n'aurais pas les moyens de l'appeler. » Elle haussa les épaules. « Mais je continue à lui envoyer une carte à Noël. »

La déception de Michael n'échappa pas à Trisha.

« Je vois bien que ce n'est pas la réponse que vous espériez, mais les renseignements vous indiqueront son numéro. Pourquoi voulez-vous la contacter ?

— Oh, c'est une très longue histoire, et je vous ai déjà pris beaucoup trop de temps. Je vais noter son adresse, si vous permettez. » Il sortit un stylo. « Vous auriez un bout de papier ?

— Sa mère a sûrement son numéro. »

Michael leva les yeux, une lueur d'espoir faisant battre son cœur plus vite. « Sa mère ?

— Vous devez vous souvenir de Barbara… Babs, comme tout le monde l'appelait.

— Bien sûr ! Vous voulez dire qu'elle est toujours…

— En vie ? Oh oui, elle est dans une maison pour les vieux à Didsbury. » Elle déplaça le curseur sur la lettre P, et le fidèle répertoire s'ouvrit sur l'adresse de Barbara Pryce.

Lorsqu'il repartit de chez Trisha, la pluie s'était transformée en neige fondue. Il sortit son portable pour appeler un taxi qui le déposa un quart d'heure plus tard devant le PineWood Residential Home. Il siffla entre ses dents d'un air admiratif. C'était une demeure imposante avec une allée de graviers qui menait au perron et une immense fenêtre en saillie de chaque côté. La porte en verre fumé s'ouvrit automatiquement pour le laisser entrer à la réception. Un lustre était suspendu au plafond en forme de dôme. Il sentit ses pieds s'enfoncer dans l'épaisse moquette vert pâle. Il avait vu des hôtels cinq étoiles moins luxueux que ça !

La réceptionniste à la mise impeccable portait un uniforme bleu marine et un foulard en soie rose noué autour du cou. La façon qu'elle eut de l'accueillir lui fit penser à une hôtesse de l'air. « Bonsoir, je peux vous renseigner ? » Il était persuadé que les muscles de son visage devaient lui faire mal à force de sourire.

Il se racla la gorge. « Oui, je souhaiterais parler à une de vos résidentes, Barbara Pryce.

— Elle vous attend ?

— Euh… non, mais je ne la retiendrai pas longtemps. »

La réceptionniste lui décocha un grand sourire. « S'il y a une chose dont nos résidents ne manquent pas, c'est bien de temps ! » Elle lui tendit un stylo et poussa vers lui le registre des visiteurs. « Si vous voulez bien signer ici, je vais demander à quelqu'un d'aller la chercher. »

Babs était assise toute seule dans la salle commune, un journal plié sur les genoux, les yeux clos et les mains croisées. Michael s'approcha et s'accroupit près d'elle. Ne voulant pas la réveiller en sursaut, il lui prit la main et caressa doucement sa peau parcheminée. Elle ne réagit pas. Il en profita pour l'observer. Ses traits, toujours ravissants, n'avaient pas été trop abîmés par le passage des ans, bien que ses cheveux bruns soient devenus blancs et qu'il devine le rose de son crâne sous les boucles. Il se rappelait que son père avait été très épris de Babs, et qu'ils avaient passé un moment merveilleux à la foire, jusqu'au moment où il s'était perdu et où elle l'avait retrouvé. C'était également elle qui s'était occupée de lui tout de suite après l'accident. Ressentant un soudain élan d'affection pour la vieille femme, il eut envie de lui dire à quel point il lui en avait été reconnaissant.

Il se redressa et entendit ses genoux craquer. Babs papillonna des yeux et le dévisagea d'un air confus.

« Pardon de vous avoir réveillée, Babs, dit-il dans un murmure. Je suis Michael McKinnon. Mikey… vous vous rappelez ? »

Elle voulut dire quelque chose, mais sa bouche s'ouvrit et se ferma plusieurs fois dans le vide avant que les mots ne parviennent à en sortir. « Mikey ? »

Il s'accroupit à nouveau pour qu'elle le voie mieux. « Vous vous souvenez de moi ? » Des effluves de muguet flottèrent entre eux deux.

Un léger sourire étira ses lèvres, et elle lui caressa la joue. « Comme si j'avais pu t'oublier ! » Elle posa ses deux mains sur les bras du fauteuil pour se lever.

« Oh, non, je vous en prie, restez assise. »

Elle le repoussa et se redressa de toute sa taille. « Je ne suis pas vieille et décrépite au point de ne pas pouvoir me lever pour saluer mes invités ! »

Michael se sentit touché et se le reprocha intérieurement. « Je suis désolé. » Un peu gêné, il se pencha et la serra dans ses bras. « Ça me fait plaisir de vous revoir. »

Elle lui indiqua un fauteuil. « Approche-le, tu veux, nous pourrons bavarder correctement. »

Son visage assoupi quelques instants plus tôt s'était animé. Michael se dit qu'il avait bien fait de faire le voyage, même si ça ne donnait rien au bout du compte.

« Euh… Alors, comment allez-vous ? » commença-t-il.

Babs attendit quelques secondes avant de répondre, un sourire aux lèvres. « Oh, petit Mikey… Tu n'es pas venu ici après tant d'années pour me demander comment je vais ! »

L'étincelle qui brillait dans son œil lui fit comprendre qu'elle plaisantait et n'avait rien perdu de sa vivacité. « Vous m'avez eu », admit-il.

Babs lui tapota le genou, comme s'il était encore le petit garçon qu'elle avait vu quarante ans auparavant. « Qu'est-ce que je peux faire pour toi, Mikey ? »

Une vie entière s'était écoulée depuis que quelqu'un l'avait appelé ainsi, en dehors de tante Daisy. Il pensa à son fils, qui, à la vérité, quittait rarement ses pensées. Le petit Jake, si fragile et en même temps si débordant de vie ! Une vie qui s'éteindrait sans l'aide d'une machine. Les gens avaient toujours dit de Michael qu'il était courageux, cependant, ce n'était rien comparé à ce que son fils devait endurer jour après jour. Car la vraie définition du courage, c'était ça. Il écarta un peu son col pour avoir moins chaud, la boule d'émotion qui lui serrait la gorge le rendant quasiment incapable d'articuler un mot. Des larmes noyèrent ses yeux, menaçant de jaillir d'un seul coup. « J'ai besoin de votre aide, Babs. »

Elle attrapa un mouchoir dans une boîte posée sur la table et le lui tendit. Rien qu'en le voyant, les larmes coulèrent sur ses joues. Il les essuya d'un air gêné. « Désolé, dit-il en reniflant. Parfois, c'est difficile de se contenir. »

Ici, il se sentait à l'abri. Le fauteuil en cuir à oreilles le protégeait comme un cocon, et personne n'exigeait rien de lui. Il reprit sa respiration. « Je ne sais pas trop par où commencer, aussi, soyez patiente avec moi. Je déteste parler du passé, surtout quand il a été aussi traumatisant, mais vous vous souvenez de l'accident ? »

Babs haussa les sourcils d'un air incrédule.

« Pardonnez-moi, oui, bien sûr que vous vous en souvenez. Comment oublier cette soirée ? Nos vies ont basculé à tout jamais et… » Il se rendit compte qu'il divaguait et faillit se flanquer un coup de pied en repensant à ce qui était arrivé à Selwyn. C'était un peu tard, mais il demanda : « Où est Selwyn ? Je veux dire, est-ce qu'il est encore… avec nous ? » Il se tassa sur lui-même en prenant conscience de son épouvantable maladresse, et regretta que Beth ne soit pas avec lui pour le faire sortir de son trou.

Babs secoua la tête. « Selwyn est mort en 2000, d'une pneumonie. Il avait soixante-neuf ans. Pendant vingt-quatre ans, il a vécu avec ses blessures, et pas un seul jour il ne s'est apitoyé sur lui-même. C'était vraiment un homme incroyable ! J'ai eu de la chance d'être mariée avec lui.

— Il a surtout eu de la chance de vous avoir. »

Elle balaya sa remarque d'un geste. « C'est l'amour, Mikey. C'est ce que fait l'amour. »

L'expérience tournait à l'humiliation. « Et votre fille, Lorraine ? »

Aussitôt, le visage de Babs s'illumina. « Elle vit aux États-Unis, en Californie. Elle a épousé un chirurgien, mais ils sont maintenant à la retraite. Ils ont une belle vie. » Elle promena son regard sur la grande salle élégante. « À ton avis, qui paye pour tout ça ?

— C'est très gentil », dit Michael, en se demandant comment ramener la conversation sur l'accident. Il entendait des bruits de couverts dans la cuisine, et une odeur de poulet rôti flottait dans la salle. « Vous allez bientôt dîner, je ferais mieux de me dépêcher. » La curiosité qu'il perçut sur son visage l'encouragea à continuer. « Ça va vous paraître un peu fou, mais saviez-vous que, ce jour-là, Petula avait accouché d'un bébé ? »

Voilà, il l'avait dit ; il ne pourrait plus revenir en arrière. Le regard de Babs se voila, et elle sembla choisir ses mots avec soin. « À vrai dire, oui, j'ai même aidé à l'accouchement. » Elle redressa la tête. « Je n'ai pas honte de ce que nous avons fait, si c'est ce que tu crois. On a fait ce qu'il fallait. Si Petula l'avait ramenée, la petite aurait été tuée.

— Oui, je comprends. Mais vous ne vous êtes jamais demandé ce qu'était devenu le bébé ?

— Pas depuis longtemps, mais j'ai beaucoup pensé à elle, surtout la première année.

— Daisy était là également, n'est-ce pas ?

— Jamais je n'aurais pu faire ça sans elle ! Elle a été merveilleuse et adorable avec Petula. C'est elle qui a emmené le bébé et l'a laissé là où quelqu'un le trouverait.

— La maison d'hôtes de Claremont Villas. »

Babs fronça les sourcils. « Oui, ce nom me dit quelque chose. Je n'ai pas accompagné Daisy. J'étais bien trop occupée à nettoyer les dégâts et à m'occuper de Petula !

— Apparemment, Daisy a été prise d'une envie irrésistible de découvrir ce qu'il était advenu du bébé.

L'année suivante, elle m'a emmené à Blackpool, et la petite était toujours là. Mary Roberts l'avait prénommée Beth et l'élevait comme si elle était sa propre fille. »

Babs resta une seconde bouche bée. « Daisy ne m'a jamais dit qu'elle y était retournée, mais j'imagine que c'est normal. Et la petite allait bien ?

— Merveilleusement bien. C'est pour cette raison que Daisy n'a rien fait de plus. Après ça, on est retournés à Blackpool chaque année. Beth et moi sommes maintenant mariés. »

Il recula dans son fauteuil et attendit de voir sa réaction. Le cerveau de la vieille dame avait beau être toujours aussi vif, ça devait l'intriguer. Babs avança les lèvres pour poser une question, puis sembla changer d'avis. Elle secoua rapidement la tête comme pour y voir plus clair, puis posa ses index sur ses tempes et ferma les yeux.

« Pourquoi es-tu venu me raconter tout ça ? » finit-elle par demander.

Michael lui parla tranquillement de Jake et de leur besoin urgent de trouver un donneur compatible. « Notre dernier espoir était de retrouver le père de Beth, mais Mary ne lui a jamais rien dit à son sujet. On sait à présent pourquoi : elle-même n'en savait rien. Mary a fait une attaque avant que l'état de Jake ne se détériore, si bien qu'elle n'a jamais su à quel point c'était important pour nous. » Doucement, il lui prit la main, comme s'il pouvait lui arracher le renseignement. « Est-ce que Petula a dit à Lorraine qui était le père du bébé ? »

Babs prit un mouchoir et se moucha discrètement. « Je suis sincèrement désolée pour ton fils, Michael.

J'imagine que ce doit être très dur pour vous tous. Petula n'a pas dit qui était le père, mais nous l'avons appris quelques mois plus tard en lisant son journal intime. »

Il se redressa vivement au bord du fauteuil. « C'est vrai ? Vous avez un nom ? »

Elle répondit comme si ça allait de soi, et qu'il était même stupide de le demander. « Mais, c'est Jerry, bien sûr… Jerry Duggan. »

Michael s'affaissa de nouveau en comprenant ce que ça signifiait. « Vous voulez dire… le fils de Daisy ?

— Exactement. Mais je suis étonnée que tu ne sois pas déjà au… »

Il se leva en lui coupant la parole et se mit à tourner en rond en se passant la main dans les cheveux.

« Si je comprends bien, Daisy est la grand-mère de Beth ?

— Oui, mais… »

Michael regarda sa montre en calculant en vitesse le décalage horaire. Il fallait qu'il appelle Daisy sur-le-champ. « C'est une nouvelle incroyable… Quand je vais lui annoncer ça ! »

Babs s'extirpa de son fauteuil et posa sa main sur son bras. « Mais elle le sait déjà, mon petit. Elle l'a toujours su. »

41

Dans la rue, Michael sortit son portable. Dès que l'écran s'alluma, il râla en voyant le symbole en haut à gauche qui indiquait un appel manqué. Puis il consulta le journal des appels et se rendit compte qu'il en avait eu six autres au total ; quatre venant de chez lui, deux du portable de Beth.

La peur lui tordit le ventre tel un pudding indigeste tandis qu'il tapotait l'écran. Il tomba directement sur la messagerie de Beth. Les paumes moites, et les doigts aussi empotés que des saucisses, il déroula sa liste de contacts pour appeler un taxi. Il se força à penser que tout allait bien – Beth devait être impatiente de savoir s'il avait appris quelque chose, oui, ça ne pouvait être que ça. Le harceler pour savoir au lieu d'attendre qu'il l'appelle, c'était bien son style !

Il était dans le taxi qui le ramenait chez lui lorsque, enfin, elle décrocha. En entendant sa voix cassée et lasse, il comprit que ses premières craintes avaient été fondées. Après une brève conversation tendue, il raccrocha et se pencha pour s'adresser au chauffeur. « Changement de programme, monsieur… On va à l'hôpital de Manchester, s'il vous plaît. Et le plus vite possible ! »

Michael se précipita dans l'hôpital, les pans de son imperméable flottant au vent comme dans une série médicale. Il passa sa main dans ses cheveux trempés en se dirigeant vers la réception. « Mon fils a été transporté ici il y a une heure… Jake McKinnon. »

L'infirmière tapa sur son clavier et passa en revue une liste de noms. « Il a été emmené aux urgences. Je vais demander à quelqu'un de vous accompagner. » Pour une femme qui faisait face à ce genre de situation tous les jours, elle avait un air très sombre. Il lui sut gré de ne pas traiter son fils comme un patient ordinaire.

« Merci », réussit-il à articuler.

Il aperçut Beth avant qu'elle ne l'ait vu. Elle était devant la chambre de Jake et regardait à travers la vitre qu'elle caressait d'une main, tenant Galen dans l'autre. Michael accéléra le pas et l'interpella. Elle se retourna, s'avança vers lui et s'effondra dans ses bras comme une marionnette à laquelle on aurait coupé les fils, ses sanglots étouffés par le col de son imper.

« Je suis venu dès que j'ai pu. Comment va-t-il ? » Tout doucement, il l'écarta pour regarder son fils derrière la vitre, comme un animal au zoo. Étendu sur le lit, Jake disparaissait presque entièrement sous un méli-mélo de fils. Plusieurs machines émettaient des bips et des lumières, et trois infirmières s'activaient à régler divers boutons tout en vérifiant des chiffres.

« Pour l'instant, son état est stable, mais ils ont envoyé chercher le docteur Appleby », répondit Beth. Elle lui montra le singe en peluche en esquissant un sourire. « Il a réclamé ça. »

Michael le prit et renifla la tête du jouet qu'il avait préféré lorsqu'il était enfant. Il regarda une infirmière caresser tendrement le front de Jake avant de lui prendre le pouls. « Raconte-moi ce qui s'est passé.

— Tout est de ma faute…

— Allons, arrête de te faire tout le temps des reproches ! » dit-il en la serrant plus fort.

Qu'il la rassure sembla lui redonner confiance. « Il était en haut, en train de jouer avec ses Lego dans sa chambre. Je sais qu'il aime bien jouer devant la cheminée, mais je voulais passer l'aspirateur et remettre un peu d'ordre dans le salon. Il y a un temps fou que je ne me suis pas sentie capable de faire du ménage, mais j'avais vu que la moquette était pleine de céréales et de biscuits à moitié grignotés. La poussière sur la cheminée était épaisse d'un bon centimètre, et j'ai été prise d'une pulsion de tout nettoyer ! Jake n'a pas protesté quand je lui ai dit qu'il fallait qu'on emporte ses Lego dans sa chambre ; il m'a même aidé à tous les remettre dans la boîte… » Elle sourit. « Il est tellement adorable !

— Tu n'as pas besoin de me le rappeler. Vas-y, continue.

— Dès qu'il est monté, il a renversé sa boîte par terre et a continué à construire des choses. Je lui ai dit que j'allais lui apporter du lait chaud dans quelques minutes. Puis j'ai entendu sonner et je suis descendue avant même qu'il m'ait répondu. » Elle frissonna et sa voix se cassa. « C'était la voisine, Elaine, qui voulait savoir comment allait Jake, alors je lui ai proposé d'entrer prendre une tasse de thé… » Elle le regarda pour qu'il lui confirme qu'elle avait bien fait. « Qu'est-ce que j'aurais pu faire d'autre ?

— Rien, c'était poli de ta part. Et ensuite ?

— Michael, je te jure qu'il n'est pas resté seul plus de dix minutes ! Mais, quand je lui ai monté son lait, je l'ai trouvé étendu là par terre sur le dos, les yeux à moitié fermés, et complètement immobile… » Elle laissa échapper un gros sanglot. « J'ai cru qu'il était mort… Je suis désolée, c'est entièrement de ma faute ! »

Il la serra plus fort contre lui. Sa réponse fut ferme et empathique. « Beth, ce n'est pas de ta faute. Je ne sais pas combien de fois je vais devoir te répéter d'arrêter de faire des reproches pour tout ce qui arrive ! »

Il baissa les yeux sur le singe tout mité. La fourrure était usée, il lui manquait un œil, mais il avait encore un sourire rassurant. Michael caressa la tête de la peluche en pensant à son père. Galen représentait son unique lien avec lui, un souvenir poignant de la dernière journée tragique qu'il avait vécue.

« Mon père était déterminé à gagner ce singe pour moi à la foire. J'étais perturbé parce que je m'étais perdu et que j'avais cru que je ne le reverrais plus. Jamais je n'oublierai le soulagement qu'a exprimé son visage quand Babs m'a ramené à lui. Il m'a serré si fort que j'avais de la peine à respirer, et il m'a tenu comme ça pendant une éternité sans rien dire. Je crois qu'il était trop bouleversé et qu'il ne voulait pas que je le voie pleurer. » Il se tourna vers Jake, étendu immobile sur le lit. « Je sais maintenant ce qu'il a ressenti. Il a cru avoir perdu son fils et il était terrifié.

— Il te manque toujours, n'est-ce pas ?

— Il est mort quand j'avais six ans. Quarante ans, c'est long… Mais oui, je regrette de ne pas l'avoir eu plus longtemps. »

Tous les deux se retournèrent en entendant arriver le docteur Appleby. « Bonsoir, Beth, Michael. » Il se dispensa de plus amples mondanités et les informa de l'état de leur fils. « Je crains que les analyses ne confirment que Jake a perdu quatre-vingt-dix pour cent de la fonction de ses reins, ce qui signifie qu'il a atteint le stade final de l'insuffisance rénale. » Il attendit qu'ils aient enregistré cette information. « Je sais que ça paraît terrible, mais soyez certains qu'il peut continuer à vivre avec la dialyse, qui effectuera correctement le travail des reins à sa place. Nous allons le garder ici environ deux jours pour observer comment son état évolue. Et ensuite, il n'y a aucune raison pour qu'il ne puisse pas rentrer chez lui continuer sa dialyse la nuit en attendant qu'on trouve un donneur compatible.

— Combien de temps ça prendra, docteur ? » demanda Beth.

Le médecin haussa les sourcils. « Pour trouver un donneur ? Je vais être franc avec vous, ça peut prendre des années, tout comme nous pouvons avoir la chance d'en trouver un la semaine prochaine. C'est une véritable loterie. »

Michael prit sa femme par le bras et montra la vitre. « Quand pourra-t-on aller le voir ? »

Le médecin esquissa un sourire. « Je vais en toucher un mot à l'infirmière, on va voir ce qu'on peut faire. » Il tapota Beth sur l'épaule. « Ne vous laissez pas trop impressionner par toutes ces machines ; elles ne servent qu'à le surveiller, et les signes sont plutôt encourageants. »

Beth prit la main de son fils, rassurée de sentir sa chaleur. Il avait les yeux fermés et paraissait paisible malgré l'entrelacs de fils qui entourait son petit corps frêle. « Tu savais que seulement un tiers de la population est inscrite sur la liste des donneurs d'organes ?

— Ce n'est pas une chose à laquelle les gens pensent avant d'être directement concernés, rétorqua Michael. Regarde, nous-mêmes nous ne l'étions pas avant que tout ça arrive.

— Le pire, c'est que je sais que je serai folle de joie le jour où on trouvera un donneur, mais qu'il faudra d'abord pour ça que quelqu'un meure. Comment peut-on se réjouir alors qu'une autre famille vient de perdre une personne qu'elle aimait ?

— C'est difficile, reconnut Michael. Mais peut-être que c'est un réconfort pour les proches de savoir que la personne qu'ils aimaient vivra au travers de quelqu'un d'autre… » Il haussa les épaules. « Peut-être que c'est comme s'ils n'étaient pas morts pour rien.

— Oui, peut-être. » Elle se tourna vers lui. « Tu ne m'as pas dit ce qu'avaient donné tes recherches. Rien de neuf, j'imagine ? » Elle perçut le battement quasi imperceptible de sa paupière. « Michael ?

— Pas ici, sortons. »

Beth embrassa tendrement son fils sur le front, glissa Galen sous le drap à côté de lui et suivit son mari dans le couloir.

« Allons prendre un café », proposa-t-il.

Elle le retint par le bras. « Non, dis-moi maintenant, qu'est-ce que tu as appris ? »

Il jeta un regard furtif de part et d'autre du couloir comme s'il s'apprêtait à révéler une information classée top secret. « J'ai en effet appris quelque chose. »

Beth sentit ses genoux faiblir. « Je t'écoute.

— J'ai découvert qui était ton père. Mais je te préviens, ça ne va pas te plaire.

— Michael, pour l'amour du ciel, dis-le-moi, vas-y ! »

Il la prit par les coudes alors qu'elle le regardait d'un air impatient. « C'est le fils de Daisy, Jerry. »

Beth mit plusieurs secondes à retrouver sa voix. « Quoi ? Non, ce n'est pas possible ! Daisy aurait dit quelque chose...

— Je sais, c'est incroyable qu'elle ait gardé ce secret pendant autant d'années. Daisy est ta grand-mère. »

Tout en réalisant ce qu'il venait de dire, Beth repensa au rôle que Daisy avait joué dans leur vie. Elle avait pris Michael sous sa protection quand il avait six ans, elle les avait présentés l'un à l'autre, et, pendant toutes ces années, elle avait gardé le secret de Mary. Ils l'aimaient tous les deux comme si elle était de leur famille, et il s'avérait qu'elle l'était pour de vrai ! « Mais pourquoi n'a-t-elle rien dit ? Je ne comprends pas...

— Elle est partie depuis trois mois. N'oublie pas qu'elle ignore que l'état de Jake a empiré. Elle a dû faire une sorte de promesse à ta mère... lui donner sa parole qu'elle ne divulguerait pas qui étaient tes parents.

— Je vais l'appeler tout de suite », décida Beth en plongeant la main dans son sac.

Michael lui prit doucement son téléphone. « S'il te plaît, je sais que tu as reçu un choc, mais ce n'est pas le moment de foncer bille en tête… Elle sera rentrée après-demain. On lui parlera à ce moment-là et on verra bien ce qu'elle a à dire.

— Mais…

— Tu as entendu ce qu'a dit le docteur Appleby, lui rappela-t-il en lui mettant un doigt sur les lèvres. L'état de Jake est stable, la machine fait ce qu'elle a à faire, il est hors de danger. Depuis le temps qu'on attend, on peut bien patienter deux jours de plus ! »

42

« Je vous sers un autre verre de champagne, madame Duggan ? »

Daisy leva les yeux vers l'hôtesse qui lui souriait, émerveillée de voir que son maquillage était encore impeccable après plusieurs heures de vol. Elle lui tendit son verre. Le billet en classe affaires coûtait une fortune, alors autant en profiter ! « Oui, volontiers, merci. » L'hôtesse remplit la flûte avec habileté, puis posa la même question au passager du rang suivant.

Après trois mois d'absence, il lui tardait de retrouver sa maison de Lilac Avenue. Le pire de l'hiver étant passé, elle se réjouissait des journées de printemps à venir, qu'elle avait l'intention de consacrer à rempoter les plantes dans son jardin. Elle appuya sur le bouton pour basculer son siège en position horizontale, comme chez le dentiste. Elle étira ses muscles endoloris en se demandant jusqu'à quand ses vieux os lui permettraient de faire un voyage aussi pénible.

Une fois son champagne terminé, elle prit la trousse mise à la disposition des passagers dans la poche devant elle. Après s'être passé de la crème hydratante sur le visage, elle mit le masque sur ses yeux. Si elle parvenait à dormir pendant les dernières heures du vol, elle se sentirait plus fraîche à l'arrivée. Mikey l'attendrait à l'aéroport, et il lui tardait de le revoir. Il était pour elle comme un fils et lui avait terriblement manqué. Sa vie n'avait pas si mal tourné, et elle savait y être en grande partie pour quelque chose. Cependant, pour dire la vérité, il l'avait sauvée elle aussi, lui avait donné une raison de se lever le matin, de faire la cuisine pour quelqu'un, de tricoter et de donner de l'affection, ce dont elle lui serait éternellement reconnaissante. À présent, il était marié, avait une famille à lui, et, là encore, elle avait joué un rôle. À quatre-vingt-cinq ans, elle se doutait qu'elle ne serait plus là encore très longtemps, néanmoins, elle mourrait en sachant que le petit garçon effrayé qui avait perdu son père adoré et que sa mère avait négligé s'en était plutôt bien sorti.

Elle pensa au petit Jake, qui, par bien des côtés, ressemblait à son père : calme, contemplatif et très courageux. Sa courte vie avait été ponctuée d'allers-retours à l'hôpital, et il faisait preuve d'une résilience remarquable pour un enfant aussi jeune. Et puis, il y avait Beth. Daisy avait été l'architecte de sa vie à elle aussi, même si celle-ci l'ignorait. Avoir été absente quand Mary était morte l'attristait, car elle savait combien Beth avait été proche de sa mère. Elle avait voulu revenir dès qu'elle avait appris la nouvelle, mais Mikey l'avait convaincue de rester et de profiter du reste de ses vacances. Il avait eu raison : elle aurait tout le temps de rendre hommage à Mary à son retour. S'il y avait une personne qui aurait compris cela, c'était bien Mary ! Daisy n'avait aucun doute d'avoir fait ce qu'il fallait toutes ces années auparavant, le jour où elle avait déposé le petit paquet fragile enroulé dans une serviette devant sa porte.

Daisy sentit l'avion vibrer lorsqu'il amorça sa descente à travers l'épaisse couche de nuages. Elle bâilla très fort pour se déboucher les oreilles au moment où l'hôtesse l'invita gentiment à redresser son siège. Elle commença à rassembler ses affaires dans son sac et remit ses pieds gonflés dans ses chaussures. Elle posa l'ours en peluche qu'elle avait acheté pour Jake à l'aéroport par-dessus et se prépara à vivre les dernières minutes du voyage.

L'avion rebondit au milieu des nuages, les vents violents le malmenant de droite et de gauche. Les paumes moites d'angoisse, Daisy ferma les yeux en sentant sortir le train d'atterrissage. Ce ne fut que lorsqu'elle entendit le bruit rassurant confirmant que l'avion s'était posé sans dommage qu'elle respira à fond et regarda à travers le hublot. Le ciel était gris, bien qu'un timide soleil tente vaillamment de percer entre les nuages. Et bien qu'il ne pleuve pas, l'air du petit matin était chargé d'une sorte de bruine. Elle sourit. Elle était bel et bien de retour en Angleterre !

Michael et Beth attendaient dans le hall des arrivées, le silence qui s'était installé entre eux trahissant leur nervosité et leur appréhension. Il regarda de nouveau le tableau d'affichage en cherchant le numéro de vol de Daisy. « Ça y est, il a atterri, annonça-t-il en montrant le panneau. Elle ne va plus tarder.

— Je vais rappeler Elaine pour savoir comment va Jake. »

Michael la dévisagea sans piper mot.

« Je suis désolée, tu as raison… Je l'ai appelée il y a seulement dix minutes. »

Étant donné que Jake était sorti de l'hôpital la veille, Beth avait eu un mal fou à le laisser. Mais elle était en même temps très impatiente de voir Daisy. Leur fils était désormais stabilisé et ferait sa dialyse le soir à la maison. Ils s'efforçaient tous de se montrer positifs et de continuer leur vie du mieux qu'ils le pouvaient. Ils n'avaient pas d'autre choix. Elaine s'était vu donner le numéro de portable de Beth, celui de Michael, ainsi que le numéro direct du service 36 à l'hôpital et le numéro du docteur Appleby. Un petit sac de voyage attendait dans l'entrée, prêt pour le jour béni où un appel les informerait qu'avait été trouvé un donneur.

Ce fut Michael qui la repéra le premier quand elle franchit la double porte, poussant un chariot chargé de valises en essayant tant bien que mal de le faire rouler droit. Bien qu'elle ait l'air fatiguée, elle était rayonnante de santé, et ses cheveux argentés contrastaient avec sa peau bronzée. Dès qu'elle les aperçut, elle leur fit un sourire éclatant et un grand signe du bras, de sorte que le chariot vira brusquement vers la gauche en heurtant le pied d'un passager mécontent. « Excusez-moi », marmonna Daisy.

Michael vint l'aider et la serra affectueusement dans ses bras en l'embrassant sur la joue. Beth resta en retrait, pas tout à fait certaine d'être capable de maîtriser la situation. Michael lui avait interdit de tout déballer d'un coup selon son mode habituel.

« Comment ça va, tante Daisy ? Tu as l'air en pleine forme ! »

— Oh, j'ai passé un moment merveilleux, c'est vrai ! Mais c'est bon d'être de retour. Rien ne vaut d'être chez soi, tu sais… » Elle aperçut Beth. « Comme c'est gentil à toi d'être venue ! » Elle prit le visage de la jeune femme entre ses mains. « Tu as l'air fatiguée, et tu as maigri… Perdre ta maman a dû t'éprouver. » Elle jeta un regard autour d'elle. « Où est Jake ? »

Le hall des arrivées de l'aéroport de Manchester n'était pas l'endroit qui convenait pour révéler des secrets gardés une vie entière. Michael l'entraîna vers la sortie. « Il va bien, il est à la maison avec Elaine. Il a fait plusieurs séjours à l'hôpital pendant ton absence, mais maintenant, ça va mieux. »

Daisy se figea sur place. « À l'hôpital ? Mikey, pourquoi ne m'as-tu pas prévenue ? »

— Il va bien, tante Daisy. Écoute, on va te ramener chez toi, on mettra la bouilloire à chauffer et on pourra discuter en buvant une bonne tasse de thé. »

Quand Michael prit les commandes du chariot, Daisy passa son bras sous celui de Beth. « J'ai été désolée d'apprendre pour ta mère.

— Oh, vraiment ? Quel… »

Michael la foudroya du regard pour la rappeler à l'ordre. Il avait raison. Ça attendrait.

L'odeur de la maison de Lilac Avenue ramenait toujours Michael à son enfance. La cire que Daisy utilisait pour entretenir le buffet en acajou était incrustée dans le bois, comme dans tous les tissus de la maison. « Je t'ai allumé le chauffage, annonça-t-il lorsqu'elle mit sa clé dans la serrure.

— C'est gentil à toi, Mikey chéri.

— Et j'ai aussi laissé du pain et du lait. »

Daisy lui passa la main dans les cheveux. « Tu es toujours un bon garçon ! » Elle se tourna vers Beth. « C'est un bon garçon, n'est-ce pas ? Surtout, garde-le bien ! »

Cette dernière sourit, un sourire si réservé qu'il n'atteignit pas ses yeux.

Daisy fronça les sourcils. « Tu ne dis rien, Beth... Qu'est-ce qui ne va pas ? demanda-t-elle en la prenant par le bras. C'est à cause de Jake ? Il y a quelque chose que vous ne me dites pas... Mikey, qu'est-ce qui se passe ?

— Si on s'installait au salon ? proposa Michael. On te racontera.

— D'accord, dit-elle, l'air inquiet. Est-ce que je peux aller d'abord faire un brin de toilette ? J'ai envie de... »

N'en pouvant plus, Beth intervint avec plus de dureté qu'elle ne l'aurait voulu. « Bon sang, Daisy, est-ce que tu veux bien aller t'asseoir ? On doit te parler de quelque chose. »

La vieille dame pâlit sous son hâle. « Je savais bien que quelque chose n'allait pas, je le sentais là au fond de moi. Qu'est-il arrivé ? »

Michael lui fit signe d'avancer. « Dans le salon, tante Daisy... S'il te plaît. »

Elle se laissa tomber au milieu du canapé trois places. Michael resta debout devant la cheminée, tout comme Beth qui croisa les bras en la regardant fixement.

« J'ai l'impression d'être au tribunal ! s'exclama Daisy en essayant de rire, mais elle ne réussit qu'à émettre un gloussement nerveux.

— On sait tout », déclara Beth d'une voix neutre.

Daisy s'agita au bord du canapé. Elle avait toujours redouté que ce jour arrive, mais elle avait espéré être celle qui le déciderait. C'était un secret qu'elle avait eu l'intention d'emporter avec elle dans sa tombe, mais, apparemment, les événements l'avaient rattrapée. Elle respira à fond et se prépara à affronter le feu roulant de leurs questions.

43

Le silence qui s'abattit sembla durer une éternité. Michael fut le premier à le briser. Il s'efforça de parler sans colère ; après tout, Daisy avait toujours agi dans le meilleur intérêt de Beth et de Mary. « Ça te rappelle quelque chose ? » Il brandit une enveloppe qu'il sortit de la poche de sa veste.

Daisy la prit et reconnut sa propre écriture. « C'est la lettre que j'ai écrite à Mary, dit-elle tout bas. Où l'as-tu trouvée ?

— Chez maman, répondit Beth. Enfin, quand je dis "maman"…

— Ne parle pas comme ça, rétorqua Daisy d'un air las. Mary était ta mère, rien n'a changé…

— Sauf qu'elle ne l'était pas vraiment !

— Elle l'était de toutes les façons qui comptent, dit Daisy en lui prenant la main. Écoute, je sais que ce doit être un choc terrible pour toi, mais Mary n'aurait pas pu t'aimer davantage si elle t'avait mise elle-même au monde. À l'époque, je n'avais aucun moyen de le savoir, pourtant, le jour où je t'ai laissée devant chez elle, je n'aurais pu choisir une personne plus aimante et plus tendre pour t'élever. » Elle lui frotta le dos.

« Bien sûr, j'ignorais alors qu'elle n'allait pas t'amener aux autorités, mais – le ciel soit loué ! – elle ne l'a pas fait. C'est seulement un an plus tard que j'ai découvert qu'elle t'avait gardée, et vous étiez si heureuses toutes les deux que je n'ai pas eu le cœur de tout gâcher. Cette décision a été la plus difficile que j'ai eue à prendre de ma vie... Dans toutes les fibres de mon être, je voulais te prendre dans mes bras et t'emmener chez moi, seulement, il était trop tard. Ça aurait été cruel... Je ne pouvais pas faire ça à Mary. Ni à toi. »

Beth, l'air nullement convaincue, dégagea sa main. « Et pourrais-tu nous expliquer pourquoi tu es retournée à Blackpool afin de savoir ce que j'étais devenue ? » Elle avait conscience de parler comme un avocat particulièrement agressif.

« Eh bien, je... j'étais curieuse de savoir. Je veux dire...

— Ça n'avait aucun rapport avec le fait que je suis ta petite-fille ? »

Daisy la dévisagea un instant, puis lança un regard à Michael. Le visage impassible, ses joues se crispaient à mesure qu'il serrait et desserrait la mâchoire. Elle avait envie de le voir lui faire son sourire rassurant, mais il garda le silence. Elle poursuivit : « Au moment où j'ai appris que Jerry était ton père, tu étais installée avec Mary. Que pouvais-je faire ? Ce n'est pas comme si j'avais pu veiller sur toi... Je suis restée en contact avec toi, mais je n'ai jamais dit à Mary qui j'étais. Je ne voulais pas qu'elle vive dans la peur qu'on puisse venir te reprendre. On a fini par devenir très amies, comme tu le sais, mais, crois-moi, si j'avais su quand tu es née que tu étais ma petite-fille, il va de soi que je t'aurais prise chez moi ! »

Beth regarda ses mains noueuses, les doigts enflés et déformés par l'arthrite, les veines bleutées saillant sur la peau parcheminée. Qu'elle les croise fermement ne suffisait pas à cacher qu'elles tremblaient. D'un seul coup, elle eut honte d'infliger une telle détresse à la vieille dame. Elle se laissa tomber près d'elle sur le canapé. « Je suis désolée d'être si dure avec toi. C'est juste que… il y a quelque chose qu'on ne t'a pas encore dit. » Elle regarda Michael, qui l'encouragea d'un signe de tête. « Pendant que tu étais partie, l'état de Jake a empiré. »

Daisy voulut réagir, mais Beth l'en dissuada d'un geste. « On ne te l'a pas dit parce que tu n'aurais rien pu faire, et on se doutait que tu t'empresserais de revenir. » Daisy voulut dire quelque chose, mais Beth l'interrompit. « S'il te plaît, laisse-moi terminer. Les reins de Jake ne fonctionnent plus. Il a besoin d'une greffe. »

Daisy porta la main à sa poitrine. « Oh non, pauvre petit… c'est une très mauvaise nouvelle ! » Elle agita sa main devant son visage. « Tu as raison, vous auriez dû me prévenir. Je serais rentrée immédiatement ! »

Beth esquissa un petit sourire. « Il a commencé la dialyse, ce qui va lui permettre de… de tenir, mais il est sur une liste d'attente pour qu'on lui transplante un rein. »

Michael les rejoignit sur le canapé. « Beth et moi avons fait des tests, mais aucun de nous deux n'est compatible, raison pour laquelle on a essayé de chercher d'autres parents. Mais, comme tu le sais, notre famille est assez réduite, aussi ça ne s'annonce pas très bien. C'est pour cette raison que retrouver le père de Beth était si important. Il représente notre dernier espoir. »

Daisy se releva tant bien que mal du canapé.

« Où vas-tu, tante Daisy ? »

Elle se retourna et le regarda fixement. « Où veux-tu que j'aille ? Je vais téléphoner. »

Daisy composa le numéro et s'éclaircit la gorge. La sonnerie lui parut assourdie et lointaine, mais, après une série de cliquetis, elle fut mise en relation avec la voix familière à l'autre bout du monde.

« Allô, c'est Daisy.

— Oh, vous êtes arrivée ! Avez-vous fait bon voyage ?

— Oui, merci.

— Quel temps fait-il en Angleterre ? Pas trop froid, j'espère ?

— Est-ce qu'il est là ? demanda Daisy sans répondre à sa question.

— Pardon ? Oh, oui, bien sûr. Je vais vous le chercher. »

Elle l'entendit poser l'appareil sur la grande table en verre fumé où elle avait pris ses repas pendant ces trois derniers mois. Puis la voix désincarnée de sa belle-fille lui parvint, résonnant sur les murs carrelés de la cuisine.

« Jerry, ta mère est au téléphone ! »

44

Jerry reposa le combiné mural sur la fourche et appuya son front contre le gigantesque réfrigérateur en acier brossé dont la fraîcheur lui fit du bien. Il effaça la marque de gras qu'avait laissée sa peau avec sa manche, prit un verre sur l'évier et le plaça sous le distributeur d'eau. Sa main trembla lorsqu'il le porta à ses lèvres pour rincer sa bouche toute sèche. Derrière la fenêtre, il regarda sa femme dans le patio qui nettoyait la grille du barbecue. Il sortit une bouteille de vin rosé glacé du réfrigérateur, puis attrapa deux verres sur le buffet et alla la rejoindre.

« Lydia chérie, tu veux bien laisser ça une minute et venir t'asseoir ? »

Elle le regarda d'un air surpris. « Ça ne me prendra qu'une minute. Je préfère terminer pendant que l'eau est encore chaude… » Elle plongea l'éponge dans la cuvette d'eau mousseuse et continua à frotter la grille.

Après trente-cinq ans de mariage, il la connaissait suffisamment pour savoir qu'il serait vain d'insister. Il allait devoir attendre qu'elle ait fini pour qu'elle lui accorde sa pleine attention.

L'été à Melbourne laissait place doucement à l'automne, et quelque chose dans l'air du soir annonçait que les températures ne tarderaient plus à fraîchir. Jerry alla s'asseoir sur la balancelle et but une gorgée de vin, puis il renversa la tête en arrière en se laissant bercer par le mouvement apaisant de va-et-vient. Les yeux fermés, il attendit que les nouvelles que venait de lui transmettre sa mère pénètrent les recoins obscurs de sa mémoire. Il ne pensait plus à l'accident depuis de longues années, car, dès qu'il le faisait, le sentiment de culpabilité qui l'envahissait était trop pénible à supporter. Ce jour-là, il avait laissé tomber tout le monde, ce que plusieurs personnes avaient payé de leur vie. Il savait très bien ce qu'on pensait de lui à l'époque : un garçon bizarre qui n'avait pas de véritables amis et se livrait à des passe-temps étranges, comme repérer les avions ou sonner les cloches à l'église. Lydia était la seule à le comprendre réellement et à l'aimer tel qu'il était. S'il l'avait suivie en Australie dès le début, cet abominable accident n'aurait jamais eu lieu.

Il repensa à Petula et sentit ses joues s'empourprer de honte. Sa mère devait croire que sa petite-fille avait été conçue dans un acte de tendresse et d'amour, et non pas dans un élan désespéré de frustration qui avait culminé lors de cette aventure fatale dans l'entrée de la maison de Petula. Après, pendant des mois, il s'était appliqué à l'éviter tellement il était mortifié par son comportement affligeant. Et peu importait qu'elle ait été consentante ; il aurait dû se maîtriser. Au lieu de quoi, il avait laissé ses sentiments pour Lydia obscurcir sa vision des choses, si bien qu'il avait été incapable de réfléchir correctement.

Il rouvrit les yeux en sentant sa femme s'asseoir à côté de lui. Un peu de vin se renversa sur sa main. « Tu veux que je te resserve ? » demanda-t-elle.

Il lui tendit son verre. « Merci, ma chérie.

— Ta mère est bien rentrée ? » Elle enleva ses gants jaunes en caoutchouc et les jeta par terre. « Je dois t'avouer que je l'ai trouvée un peu distante au téléphone… Mais peut-être qu'elle était fatiguée. »

Jerry fit tourner le pied de son verre entre ses doigts en se demandant par où commencer. Lydia aurait fait une mère extraordinaire, mais à chaque fois qu'elle avait fait une fausse couche, la douleur s'était intensifiée. La déception écrasante et l'anéantissement étaient devenus plus lourds à supporter, de sorte que lorsque la septième tentative de mener une grossesse à terme avait échoué, elle avait fini par accepter qu'elle ne connaîtrait jamais le bonheur d'avoir des enfants. Et à présent, Jerry s'apprêtait à annoncer à la personne qu'il aimait le plus au monde qu'il était père.

Lydia lui tapota la cuisse. « Tu es bien silencieux… Quelque chose ne va pas ? »

Sa femme avait toujours été d'une perspicacité agaçante, cependant, il savait qu'elle ne méritait rien d'autre que la vérité, aussi douloureux que ce puisse être pour lui de l'énoncer et pour elle de l'entendre. Heureusement qu'ils étaient assis côte à côte et qu'il n'était pas obligé de la regarder dans les yeux ! Il prit la parole en fixant un point droit devant lui.

« Lydia, j'ai quelque chose à te dire. » Il reprit sa respiration. « Tu en connais déjà une partie, celle sur l'accident et tout ça.

— Quel accident ? De quoi parles-tu ?

— De l'accident que j'ai eu juste avant de venir te rejoindre en Australie.

— Doux Jésus, pourquoi reparler de ça ? Ça remonte à quoi… pas loin de quarante ans ?

— C'est exact. Ça fera quarante ans en juillet. »
Jerry regarda son visage dépourvu de tout maquillage avec quelques rides autour des yeux et de la bouche. Elle avait toujours rechigné à mettre de la crème solaire, et bien que ses cheveux soient parsemés de quelques fils argentés, elle paraissait facilement dix ans de moins que ses cinquante-huit ans. Plus jeune, elle n'avait jamais été jolie selon les critères conventionnels, mais elle était devenue une belle femme dans sa maturité, et sa silhouette – dégingandée et androgyne à l'adolescence – avait conservé une minceur enviable.

« Il faut que je te parle de ce qui s'est passé ce jour-là. Tu pourras ensuite me poser toutes les questions que tu voudras. Je te promets d'y répondre sincèrement.

— Tu m'inquiètes… Pourquoi fais-tu autant de mystères ? »

Il se leva et se planta face à elle, comme s'il était sur une scène et qu'elle était son public. Il allait devoir donner la performance de sa vie. Il lui parla tout en tenant délicatement son verre, content d'avoir quelque chose à quoi se raccrocher.

« Ce jour-là, ce n'est pas moi qui étais censé conduire, mais comme le type à qui Selwyn avait demandé de nous emmener était malade, il a fallu un volontaire. Personne n'en a cru ses oreilles quand je me suis proposé, parce que personne n'imaginait que je pouvais avoir mon permis. Quoi qu'il en soit, je nous ai tous emmenés là-bas sans problème, et on a passé une journée plutôt agréable. On s'est retrouvés dans un pub avant de repartir. Bien entendu, ils avaient tous picolé, mais moi je n'avais bu qu'une seule pinte. J'étais parfaitement en état de conduire. »

Lydia le fixa intensément et s'installa dans une position plus confortable en repliant ses jambes sous elle. « Continue, je t'écoute.

— On a donc pris l'autoroute, et tout le monde était de bonne humeur, chantait et tout ça. Au bout d'un moment, j'ai eu besoin de faire un arrêt aux toilettes. Vu que tout le monde était impatient de rentrer, les autres ont râlé quand je me suis arrêté dans une station-service, mais je n'en pouvais plus. Sans doute à cause de la pinte que j'avais bue au dîner.

— Par conséquent, c'est toi qui conduisais quand vous êtes partis de… comment s'appelle cet endroit, déjà… Blackpool ? »

Jerry confirma d'un signe de tête. « Les autres ont attendu dans le minivan. Dans les toilettes, il y avait deux types, et vu que leur dégaine ne me plaisait pas trop, j'ai décidé d'utiliser une cabine au lieu de l'urinoir. Ils avaient des airs de gros durs, des skinheads avec des tatouages et tout ça. Dès que je suis ressorti, ils ont commencé à se payer ma tête, à me demander ce que j'avais qu'eux n'avaient pas et pour quelle raison je n'avais pas pissé dans l'urinoir. » Il laissa échapper un petit rire. « Tu te souviens comme j'attirais ce genre de gars comme un aimant, à l'époque ? Je ne leur ai pas prêté attention, mais ils m'ont poussé contre le mur et m'ont agrippé par le col. Un geste complètement gratuit de leur part, mais ils voyaient bien que j'étais une cible facile. Et brusquement, l'un d'eux m'a arraché mes lunettes et les a écrasées sous son pied avant de se barrer en rigolant.

— Mon pauvre… Qu'est-ce que tu as fait ?

— Sans mes lunettes, tu le sais, je suis aveugle. Il était impossible que je conduise le reste du trajet. En retournant au minivan, j'ai raconté que j'avais fait tomber mes lunettes et que je n'y voyais pas assez pour conduire. Je ne pouvais pas leur dire ce qui s'était passé… Je me sentais tellement bête !

— Tu aurais dû le dire à Daisy, elle aurait réglé le problème. »

Jerry éclata de rire. « Elle l'aurait fait, tu as sans doute raison ! » Il baissa la voix. « Toujours est-il que le père de Michael, Karl, a proposé de prendre le volant. On n'était plus très loin de chez nous et, comme il n'avait pas trop bu, j'ai pensé que ça irait. Il a donc pris le volant, et je suis monté à l'arrière avec ma mère et les autres. C'est peu de temps après qu'on a eu l'accident. »

Il vit Lydia rentrer les épaules malgré elle. « Ça a dû être affreux. »

Jerry regarda l'eau de la baie qui scintillait sous le soleil couchant par-delà la clôture. « Oui, mais c'était de ma faute. Si j'avais repoussé ces abrutis, ils n'auraient pas cassé mes lunettes, et c'est moi qui aurais conduit, pas Karl. C'est moi qui aurais dû mourir. Michael a perdu son père à cause de moi. Tu imagines, voir ton père tué sous tes yeux ? »

Lydia se leva de la balancelle pour venir l'enlacer. « Ne parle pas comme ça, Jerry… Ce n'est évidemment pas de ta faute. »

Elle lui caressa la joue et lui planta un baiser sur les lèvres. Sa voix était lasse, mais remplie d'inquiétude. « Pourquoi est-ce que tu me reparles de cette histoire ?

— Dans l'accident, deux autres personnes sont mortes en plus de Karl. Harry, un vieil homme adorable avec qui ma mère et moi avions passé la journée, et une jeune fille qui s'appelait Petula, qui a été éjectée à travers le pare-brise.

— Oui, je me souviens que tu me l'as dit. Quelle horreur... La pauvre... »

Jerry lui prit les mains et les serra dans les siennes. « Si je te raconte tout ça, c'est parce que Daisy vient de me dire que Petula était enceinte.

— Oh non, alors... son bébé est mort lui aussi ! De combien de mois était-elle enceinte ?

— Elle était à terme. Juste avant qu'on reparte, elle a accouché d'une petite fille. » Il secoua la tête en imaginant comment avait dû se dérouler la scène, affichant son dégoût sur son visage plissé. « Dans les toilettes du pub, à même le sol. »

Il vit le regard de sa femme se troubler, ses pupilles danser dans tous les sens en essayant de se concentrer.

« Lydia... je suis le père de cette enfant. » Il lui embrassa les mains. « J'ai une fille. Elle s'appelle Beth. » Soulagé d'avoir réussi à le formuler, il soupira, puis ajouta avec plus d'emphase : « Beth est ma fille. »

Sans un mot, Lydia se dégagea et s'éloigna vers la clôture pour regarder la mer. Il la laissa seule un instant avec ses pensées, puis, n'y tenant plus, il s'approcha par-derrière et la prit doucement par les épaules. Toujours sans prononcer un mot, elle laissa aller sa tête contre son torse – un geste minuscule, mais qui lui faisait savoir qu'elle comprenait. S'armant de courage, il lâcha alors la dernière bombe.

« Il faut que je rentre en Angleterre. Et j'ai vraiment besoin que tu viennes avec moi. »

45

Lorsque Daisy revint dans le salon, Michael et Beth discutaient à voix basse, blottis l'un contre l'autre. Aussitôt, ils cessèrent de parler.

« C'est réglé, déclara-t-elle. Jerry sera là dans quelques jours, tout dépendra du vol qu'il trouvera.

— Comment a-t-il pris la nouvelle ? interrogea Beth. Le fait d'apprendre qu'il a une fille.

— C'est difficile à dire… Je ne pensais pas que j'aurais à lui parler de ça au téléphone. En fait, je ne pensais pas que j'aurais à lui en parler du tout !

— Tu ne crois pas qu'il a le droit de savoir qu'il a une fille ? » s'enquit Michael.

Daisy ignora son ton accusateur et passa immédiatement en mode défensif. Des années d'émotions refoulées menaçaient de se déverser en un torrent d'autojustifications. Elle prit sur elle pour garder son calme en s'efforçant d'expliquer ce qu'elle avait fait.

« Tu ne connaissais pas mon Jerry, à l'époque. Il a eu le cœur brisé quand Lydia est partie en Australie avec sa famille. Je savais qu'il ne trouverait jamais une autre fille qui l'aimerait comme elle, et sur ce point, au moins, je ne me suis pas trompée ! Je savais bien que c'était à cause de moi qu'il n'était pas parti la rejoindre. Il ne voulait pas me laisser toute seule, il était très gentil. Il avait été sérieusement blessé dans l'accident, il est même resté dans le coma plusieurs jours, mais il s'est remis, et quand il a eu repris suffisamment de forces, j'ai insisté pour qu'il aille voir Lydia en Australie. Il avait besoin de changer d'air ; après l'accident, il était très déprimé, ce qui ne lui ressemblait pas du tout. Depuis deux ans que Lydia était partie, ils étaient restés en contact. Elle lui écrivait toutes les semaines. Elle était vraiment amoureuse de lui. » Daisy secoua la tête. « Il avait tenté de reprendre le cours de sa vie, il venait même d'avoir une promotion chez William & Glyn's, mais il n'avait pas de vrais amis… et encore moins de petite amie. Il se sentait très seul, et écrasé de culpabilité que Karl ait dû prendre le volant à sa place. »

En entendant évoquer son père, Michael baissa les yeux.

« Si bien que, avec ma bénédiction, il s'est envolé pour l'Australie, reprit Daisy. Et il s'est épanoui. Lydia, fidèle à sa parole, n'avait jamais cessé de l'aimer. Il a décroché un poste haut placé dans une banque et a fait de sa vie là-bas une réussite. Vous avez vu les photos de leur maison à Melbourne… Jamais il n'aurait vécu tout cela s'il était resté à Manchester ! Ils touchent une belle retraite et n'ont aucun problème d'argent ni ne manquent de rien. Chaque année, il m'offre mon billet d'avion. Tous les deux sont très généreux, vraiment. » Elle se tut un instant. « Mais je vais trop vite… Mikey, pourrais-tu aller me chercher un verre d'eau, s'il te plaît ? Je meurs de soif. »

Daisy l'entendit faire couler l'eau du robinet à fond dans la cuisine pour qu'elle soit bien fraîche. Elle se tourna vers Beth. « Je ne t'ai pas abandonnée. Et je suis désolée que Jake aille si mal, mais je vais arranger ça, tu vas voir. »

Michael lui apporta le verre d'eau. Elle en but une longue goulée. « C'est à peu près un an après ta naissance que j'ai appris que Jerry était ton père. Inutile de te dire que ç'a été pour moi un vrai choc ! Je ne savais même pas qu'il avait eu une liaison avec cette Petula… Et au moment où je l'ai appris, il avait déjà décidé de rester en Australie ; son travail marchait bien, il était fiancé à Lydia, le jeune garçon mal dans sa peau et inadapté socialement – moi qui suis sa mère, je peux le dire ! – était devenu un homme plein de confiance en lui à qui l'avenir souriait. Si je lui avais dit qu'il avait un bébé, le risque était qu'il revienne immédiatement en Angleterre, en laissant Lydia et toutes ses perspectives de bonheur derrière lui. Comment aurais-je pu lui faire ça ? »

Daisy chercha dans leur regard la confirmation qu'elle avait pris la bonne décision. Beth réagit la première. « Mais tu ne crois pas que ça aurait dû être à lui d'en décider ?

— C'est facile à dire maintenant, mais imagine les conséquences que ça aurait eu pour toi et Mary ! Elle aurait été anéantie… Sans compter qu'il aurait fallu avoir le cœur insensible pour t'arracher à elle alors que vous aviez tissé un lien depuis près d'un an !

— Il n'empêche que, pendant toutes ces années, tu m'as privée de la possibilité de connaître mon père.

— Je sais, je me suis retrouvée face à un dilemme. J'ai fait ce que j'ai cru le mieux... Tu ne dis rien, Mikey. Qu'est-ce que tu penses de tout ça ?

— Pour être franc, j'ai des problèmes plus urgents auxquels penser, tante Daisy, répondit-il, chacun de ses mots trahissant sa lassitude. Mon fils est gravement malade, et tout ce qui m'intéresse est de lui trouver un donneur, qu'il aille mieux et qu'il reprenne le cours de sa vie. Il a cinq ans et n'a pas encore eu la chance de vivre vraiment. Tout le reste appartient au passé, on ne peut pas revenir en arrière, aussi ça ne sert à rien de ressasser. » Il sortit un mouchoir et s'épongea le front. « Tu as parlé de Jake à Jerry ?

— Oui, c'est pour ça qu'il va venir. Il veut rencontrer sa fille et son petit-fils. Tâche de comprendre que ça a été un choc pour lui aussi. Et bien qu'il n'ait rien à se reprocher dans cette histoire, il n'a pas hésité une seconde quand je lui ai parlé de la maladie de Jake. Il veut faire les tests. » Daisy s'autorisa un timide sourire, puis elle leva les yeux au plafond pour retenir ses larmes. « J'espère que vous trouverez un jour dans votre cœur le moyen de me pardonner. »

Michael la prit dans ses bras. Il n'en fallut pas plus pour la rassurer.

46

« Tu penses que je devrais mettre quoi ? » Beth brandit une tenue devant le miroir ; un monceau de vêtements était déjà entassé sur le lit. « Je n'arrive pas à décider s'il vaut mieux que je sois élégante ou décontractée… C'est vrai, on ne voit jamais ça dans les magazines, on trouve des suggestions pour aller à un mariage, au bureau ou à un dîner, mais jamais aucun conseil sur comment s'habiller à l'occasion d'une première rencontre avec son père ! » Elle se tourna vers son mari, qui était allongé sur le lit, les bras croisés derrière la tête, et la regardait tranquillement d'un air amusé. « Qu'est-ce que tu en penses ? » Elle lui montra un tailleur-pantalon gris qu'elle n'avait pas porté depuis des mois.

« Un peu trop sérieux. Et en plus, tu dois nager dedans. »

Beth mit le pantalon devant elle. « Mmm… Tu as sans doute raison. » Elle avait passé la majeure partie de sa vie d'adulte à faire des régimes pour tenter de perdre les deux kilos qu'elle avait en trop. Atkins, Dukan, soupe au chou, elle avait tout essayé, cependant rien ne valait la méthode « S'angoisser pour son enfant malade », qu'elle ne recommandait à personne. « Bon, je vais mettre un jean… et ce pull en cachemire.

— Ce sera parfait. De toute façon, quoi que tu mettes, Jerry va t'adorer !

— Espérons-le ! Jake dort toujours ?

— Oui, je viens d'aller le voir. La machine en a encore pour une heure. Ce serait bien s'il dormait jusque-là. »

Beth regarda sa montre. « Ça va, on a tout le temps qu'il faut pour vérifier le liquide de dialyse, lui prendre sa température et l'habiller avant de devoir partir. J'ai dit à Elaine que je l'appellerai quand on serait prêts.

— Je me demande ce qu'on ferait sans elle…

— C'est une bonne voisine, c'est sûr, et elle est merveilleuse avec Jake. D'ailleurs, il l'aime beaucoup. »

Elle se brossa les cheveux et les rassembla en queue-de-cheval. Les tirer en arrière soulignait ses hautes pommettes et la faisait paraître plus maigre, toutefois, avec une couche de mascara et un peu de gloss sur les lèvres, elle aurait l'air présentable.

En bas dans la cuisine, Michael mit du pain à griller dans le toaster. « Une tranche ou deux ? »

Beth savait qu'elle devrait se forcer à prendre un petit déjeuner, seulement la simple idée de mettre quelque chose dans sa bouche lui levait le cœur. Une colonie de papillons avait élu domicile dans son estomac en ne laissant de place à rien d'autre. « Euh… une seule, s'il te plaît. »

Elle regarda la photo de Jerry que lui avait donnée Daisy. « Tu te souviens de lui ?

— De Jerry ? Non, pas vraiment. Quand j'étais gosse, je jouais dans sa chambre. Daisy avait gardé tous ses vieux jouets. Je me rappelle qu'il y avait un coffret d'accessoires de géométrie avec lequel je dessinais des tas de trucs ! » Il alluma la bouilloire en souriant à ce souvenir. « Et aussi un globe terrestre qui s'éclairait. J'adorais regarder où se trouvait l'Australie... Je n'arrivais pas à croire qu'il vive de l'autre côté de la planète !

— Il a l'air d'un brave type, non ? » Beth passa son pouce sur la photo. « Je me demande quel genre de père il aurait été... Je n'imagine même pas à quoi ça ressemble d'avoir un papa. »

Le toaster cracha trois tranches de pain que Michael tartina de beurre. « Tout ce que je peux dire, c'est que mon père était la personne qui comptait le plus dans ma vie. En fait, je l'idolâtrais ! Je me rappelle encore du moment où on m'a annoncé qu'il était mort. Ça remonte à longtemps, mais jamais je n'oublierai que j'étais dans ce lit d'hôpital et que je voulais qu'il franchisse la porte en me disant qu'ils s'étaient trompés. Je n'arrivais pas à croire que je ne le reverrais jamais.

— Ce doit être encore pire pour toi... Tu savais ce que tu venais de perdre. Moi, je n'ai jamais eu de père, ça ne m'a pas manqué. »

Il lui tendit une tartine. « Regardons devant nous, Beth. Ce qui compte, c'est l'avenir, pas le passé. »

Les vingt minutes de trajet jusqu'à l'aéroport lui parurent interminables. Assise à l'arrière, Daisy vit la piste apparaître derrière la vitre, les lumières miroitant sur la surface trempée de pluie. Beth s'efforça d'avaler sa salive mais sa bouche était sèche.

Elle le reconnut à la seconde où elle le vit franchir la double porte dans le hall des arrivées. En plus de la photo que lui avait donnée Daisy, elle en avait vu de nombreuses autres et aurait pu le repérer au milieu d'une foule. Ses cheveux bruns encore fournis n'avaient que quelques fils gris, mais les lunettes à monture noire qu'il avait sur la photo trônant dans la cuisine de Daisy avaient été remplacées par un modèle plus moderne sans monture. Une barbe naissante assombrissait son visage, et il avait l'air épuisé. Près de lui se tenait Lydia, d'une élégance surprenante, un pashmina rose pâle jeté sur les épaules. Lorsqu'il les aperçut derrière la barrière, Jerry agita la main en pressant le pas.

Daisy s'avança à sa rencontre. « Bienvenue à la maison, mon fils ! »

Au moment où il embrassait sa mère, Beth croisa son regard par-dessus l'épaule de celle-ci. Il lui sourit et repoussa doucement Daisy. « Tu dois être Beth, dit-il en lui tendant la main. Jerry Duggan, je suis ravi de te rencontrer. » Bien qu'il n'ait pas complètement perdu son accent de Manchester, ses voyelles étaient tout ce qu'il y a d'australien.

Elle lui serra la main et lui sourit à son tour. « Je suis ravie moi aussi… Jerry. » Elle s'était demandé si elle devrait l'appeler « papa », mais, le moment venu, elle se rendit compte qu'elle n'avait jamais appelé personne ainsi et le mot resta coincé au fond de sa gorge.

Michael s'avança la main tendue. « Jerry, c'est bon de te voir enfin ! Merci beaucoup d'être venu.

— Il n'y a pas de quoi, rien ne m'aurait empêché de faire ce voyage. Je vous présente ma femme, Lydia. »

Le retour en voiture fut un peu tendu, aucun d'eux ne voulant aborder le sujet de Jake, ni la raison pour laquelle Jerry et Lydia avaient parcouru plus de seize mille kilomètres pour venir les voir. Ils parlèrent vaguement du voyage et de la météo. Lorsqu'ils arrivèrent devant chez Daisy, il tardait à Beth de sortir de la voiture.

« Qui a envie d'un bon thé ? demanda Daisy en mettant de l'eau dans la bouilloire. Ne le prends pas mal, ajouta-t-elle à l'intention de sa belle-fille, mais rien ne vaut d'être chez soi quand on veut une bonne tasse de thé !

— Je ne le prends pas mal du tout ! s'esclaffa Lydia. D'autant plus que je suis d'accord avec toi... Je pense que c'est surtout une question d'eau. »

Entassés dans le petit salon, une tasse de thé à la main, ils restèrent là en silence. Comme toujours, ce fut Daisy qui eut le courage de briser la glace, de sa manière farouche et directe. « Dis-moi, Jerry, tu as discuté avec Lydia de cette histoire de don de rein ?

— Naturellement, et elle est tout à fait d'accord. Nous ferons ce qui sera nécessaire. »

Sentant sa gorge se nouer, Beth tripota son collier. « Jerry, nous ne pourrons jamais te remercier assez de... d'avoir envisagé ça. C'est une chose tellement énorme ! Nous t'en sommes très reconnaissants.

— C'est le minimum que je puisse faire. Puisque j'ai été absent pendant toutes ces années, faire quelque chose pour aider Jake sera pour moi un privilège. » Il prit la main de Lydia. « Il est notre petit-fils, après tout.

— Les remerciements ne semblent pas appropriés, dit Michael, mais, comme le dit Beth, nous te sommes reconnaissants d'avoir accepté de passer les tests. On a rendez-vous après-demain avec le docteur Appleby – c'est le néphrologue qui suit Jake. On a pensé qu'on allait te laisser le temps de te remettre du décalage horaire.

— Quand est-ce que je vais voir Jake ? demanda Jerry. J'aimerais bien rencontrer ce petit bonhomme. »

Beth sourit à son mari. « On espérait que tu dirais ça. Venez dîner demain soir, vers 5 heures. Jake se couche à 7 heures, ça vous laissera un peu de temps avec lui. »

Elle remarqua que Daisy baissait les yeux en tirant un fil sur son gilet. « Qu'est-ce qu'il y a, Daisy ? »

La vieille dame soupira. « Oh, rien. Mais je suis triste que ce soit des circonstances aussi terribles qui nous aient tous réunis… Et je regrette d'avoir dû attendre une vie entière pour te dire la vérité au sujet de ton père.

— Ça va… Je sais que tu pensais à Mary, et je comprends tes raisons, inutile de t'inquiéter. Tout ce qui compte maintenant, c'est Jake. » Elle passa son bras sous celui de sa grand-mère et posa la tête sur son épaule, trouvant une sorte de réconfort dans l'odeur de sa poudre de riz. C'était la vérité : Daisy ne l'avait pas abandonnée, elle avait été une présence réconfortante depuis qu'elle était bébé, et Beth savait qu'elle devait se départir de tout ressentiment.

« Merci, ma chérie. C'est très important pour moi. Je voudrais que tu apprennes à connaître Jerry et Lydia. Tu as besoin de passer du temps avec eux, alors, ne t'en fais pas pour moi. Je ne viendrai pas dîner demain soir. »

Beth voulut protester, mais Daisy l'arrêta. « J'insiste ! Tu n'as pas besoin de m'avoir dans les jambes. »

Jake était agenouillé devant la table basse, un crayon à la main, la langue tirée sur le côté pour se concentrer. « Qui vient me voir, maman ? »

Beth arrêta d'éplucher les carottes. « Je te l'ai dit, ton papy. Mon papa.

— Je croyais que t'avais pas de papa, dit-il en relevant la tête. Pourquoi je l'ai jamais vu ?

— Parce qu'il vit en Australie, à l'autre bout du monde.

— Et comment Nana l'a connu, alors ? »

Beth ne s'était pas préparée à des questions aussi pénétrantes. Son fils était loin d'être un idiot…

« C'est un peu compliqué… Nana était ma mère adoptive, tu comprends. Ma mère biologique est morte dans un accident juste après ma naissance.

— Oh, c'est vrai… C'est triste. » Il posa son crayon rouge pour en prendre un jaune. « Je peux avoir un bout de carotte, maman ? »

Beth ouvrit la porte du four et arrosa la pièce de bœuf. Elle avait demandé à Daisy quel était le plat préféré de Jerry quand il était jeune, et la réponse était un rôti avec toutes les garnitures, surtout les Yorkshire puddings. Malheureusement, le Yorkshire

337

pudding était la seule chose pour laquelle elle n'était pas douée. Quelle que soit la recette qu'elle utilisait – celle de Delia ou de Nigella –, le résultat ressemblait systématiquement à un disque de pâte tout plat et pas cuit au milieu. Elle appela son mari, qui était affalé au coin du feu en train de lire son journal. « Michael, tu as ouvert le vin rouge ? Il faut qu'il ait le temps de respirer.

— Oui, chérie, je l'ai fait la première fois que tu me l'as demandé.

— Et tu as mis une carafe d'eau sur la table ?

— C'est fait également », répondit-il sans lever le nez de son journal.

Beth aperçut son reflet sur la vitre. « Regarde un peu dans quel état je suis… J'ai la peau qui brille et je suis toute rouge ! » Elle enleva en vitesse son tablier. « Je monte me poudrer le nez. »

Michael reposa son journal. « Tu m'as l'air très bien comme ça, Beth.

— Permets-moi d'aller en juger par moi-même… Et guette la sonnette ! »

Lorsqu'elle redescendit, elle avait l'air plus frais, mais pas plus détendu. Elle brandit la brosse à cheveux devant son fils. « Viens, on va coiffer un peu cette tignasse !

— Oh, t'es obligée ? » Jake jeta un regard à son père en quête de soutien.

« À ta place, je ne discuterais pas, fiston ! Tu sais bien qu'elle finira par gagner. »

Beth lui brossa les cheveux en formant une raie et en ramenant sa frange sur le côté. « Voilà qui est mieux ! Tu ne le trouves pas élégant, Michael ? »

La sonnette retentit avant qu'il ait pu répondre. Beth se leva d'un bond. « Oh, mon Dieu, ils sont là ! Je vais ouvrir ?

— Eh bien, l'un de nous devrait y aller… » Il sourit et l'embrassa sur la joue. « Calme-toi, Beth, tu es très nerveuse.

— Je sais, je n'y peux rien…, murmura-t-elle. Je voudrais tellement que Jake lui plaise… Et s'il ne lui plaît pas ? Il pourrait changer d'avis.

— Allons, c'est ridicule… Regarde-le ! »

Ils se tournèrent tous les deux vers leur fils de nouveau plongé dans son coloriage. Il s'était passé la main dans les cheveux qui étaient aussi ébouriffés que d'habitude.

« C'est vrai ! s'exclama Beth en riant. Comment pourrait-on ne pas l'adorer ? »

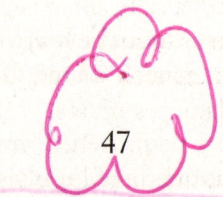

47

Ils étaient cinq dans le petit espace de l'entrée. Jake s'agrippa aux jambes de sa mère et jeta un coup d'œil, son pouce dans la bouche. Beth l'écarta. « Jerry, je te présente Jake. » Elle lui lissa les cheveux. « Dis bonjour, Jake ! »

Il ôta son pouce de sa bouche. Un filet de bave dégoulina sur son menton. « Bonjour… » Et aussitôt, il fila dans la cuisine.

« Je suis désolée, s'excusa Beth. Il est timide…

— Pas de problème ! s'esclaffa Jerry. Je suis sûr que j'étais comme lui à son âge.

— Lydia, je peux prendre ton manteau ? » proposa Michael. Il l'aida à l'enlever et l'accrocha sur la rambarde de l'escalier. « Passons dans la cuisine, s'il vous plaît. »

Lydia promena son regard sur l'immense pièce composée de la cuisine d'un côté et, de l'autre, d'un espace salon confortable avec de grands canapés et une cheminée qui donnait sur un jardin clos. « Quelle pièce ravissante !

— Elle nous plaît bien, dit Beth. On vit quasiment ici. Je peux m'occuper de la cuisine et Jake est suffisamment près pour que je puisse garder un œil sur lui. Mais ce soir, comme c'est une occasion spéciale, nous dînerons dans la salle à manger. » Elle se tourna vers Michael. « Tu as branché le radiateur ? »

Il leva les yeux au ciel. « Oui, Beth, je l'ai branché… » Il tapa dans ses mains. « Bon, qui veut un verre ? »

Jerry lui tendit une bouteille de vin.

« Oh, ce n'était pas la peine, mais, merci beaucoup ! Ce sera parfait avec le rosbif.

— Formidable, c'est mon plat préféré ! »

Jake s'approcha, une feuille de papier plaquée contre lui. « J'ai fait un dessin pour toi, papy. »

Jerry se baissa pour le regarder. « C'est toi et moi ? »

L'enfant acquiesça et retourna se réfugier derrière les jambes de sa mère.

« Eh bien, je dois dire que je n'ai jamais vu un aussi bon dessin ! dit Jerry en passant ses doigts dessus. Tu es très doué. Merci ! Je vais le garder précieusement. »

Il le passa à Lydia, un grand sourire éclairant son visage, puis il toucha le bras de Beth. « J'ai apparemment raté des quantités de choses…

— Ça vaut pour nous deux.

— Nous avons beaucoup de temps à rattraper, confirma Michael en terminant de remplir les verres de Prosecco. Nous devrions porter un toast. » Il distribua les verres et leva le sien. « À la famille !

— À la famille ! » répétèrent-ils tous en chœur.

S'ensuivit un silence assourdissant.

« Je peux en avoir un, s'il te plaît ? demanda Jake.

— Certainement pas ! répondit Beth. Tu peux avoir un verre de jus d'orange, juste un petit. On doit surveiller la quantité de liquides qu'il absorbe », précisa-t-elle à Jerry.

Celui-ci se racla la gorge, plus par nervosité que par nécessité. « Oui, je comprends…

— C'est un magnifique petit garçon, observa Lydia. Vous devez être très fiers de lui !

— Oh, ça, on l'est ! acquiesça Michael. Il doit endurer pas mal d'épreuves, mais il a tout le temps le sourire. À vrai dire, il m'impressionne.

— Si on allait s'asseoir au salon ? » Beth les entraîna vers la porte, Jake tenant son verre de jus d'orange à deux mains.

« J'ai le droit de l'emporter dans la belle pièce, maman ? demanda-t-il avec de grands yeux étonnés.

— Oui, exceptionnellement, mais prends garde à ne pas le renverser ! »

« Qu'est-ce que vous faites exactement, Beth ? demanda Lydia lorsqu'ils s'installèrent autour de la table.

— Comme travail ? Je suis styliste culinaire, ce qui veut dire en gros que je fais en sorte que les plats soient jolis sur les photos. Je suis free-lance, je travaille pour toutes sortes de publications, mais surtout des magazines, et j'ai écrit plusieurs livres de recettes.

— C'est intéressant.

— Ça l'est parfois. En tout cas, ça me plaît ! »

Un peu éméchée par le vin rouge, elle se sentait plus détendue et savoura la soirée. Jake bavardait, sa timidité initiale complètement oubliée. Il se tourna vers Lydia qui était assise à sa gauche et lui chuchota à l'oreille : « Alors, maintenant, c'est toi ma Nana ? »

Lydia regarda Beth et haussa les sourcils avant de répondre. Beth confirma d'un léger hochement de tête.

« Ma foi, oui, je suppose que oui.

— Oh, c'est bien, parce que, tu sais, j'avais une Nana, mais elle est morte.

— Oui, on m'a raconté. J'en suis désolée. Mais je ne voudrais pas prendre sa place, dit Lydia en lui tapotant la main. Pourquoi tu ne m'appellerais pas plutôt Grandma ? » Elle jeta un regard à Michael. « Ça ne vous dérangerait pas ? Comment appelle-t-il votre mère ? »

Michael haussa les épaules. « On ne la voit pas beaucoup. C'est une longue histoire. Elle n'a jamais été une mère fabuleuse et elle est une grand-mère encore pire. Ne vous inquiétez pas pour ça.

— Je l'aime pas, déclara Jake. Elle n'a pas de dents et sa bouche sent mauvais.

— Oh, c'est très dommage…, dit Lydia, prise au dépourvu.

— Elle est alcoolique, expliqua Michael. C'est du reste un miracle qu'elle soit encore là… » Il termina son verre et regarda son fils passer son doigt dans son bol pour lécher les dernières traces de crème et de meringue. « Mais bon, personne n'a jamais dit que la vie était juste ! »

Beth posa sa main sur la cuisse de son mari en dessous de la table. « Daisy joue pour Jake le rôle de grand-mère, tout comme elle a été une mère de substitution pour Michael.

— Elle t'aime comme un fils, dit Jerry. Je peux m'en porter garant ! »

Beth se leva et ramassa les bols. « C'est l'heure pour Jake de prendre son bain. On boira le café dans le salon après. »

Le petit garçon se laissa glisser de sa chaise. « Est-ce que ce soir Grandma peut me lire mon histoire ? »

Lydia pencha la tête en lui souriant tendrement. « Je le ferai avec grand plaisir, Jake ! Merci ! »

Une fois son fils blotti sous sa couette décorée de Minions, sa peau sentant bon le bain moussant et le talc pour bébé, le visage encore luisant d'avoir séjourné dans l'eau chaude, Beth appela Jerry et Lydia pour qu'ils montent.

« Oh, tu as une chambre spéciale ! observa cette dernière. Avec toutes ces peluches sur ton lit, je suis étonnée que tu aies encore de la place… »

Jake lui lança son Galen. « C'est lui mon préféré. Il était à mon papa quand il était petit. »

Lydia attrapa le singe mité et le serra contre elle. « Je le trouve vraiment superbe ! »

Jerry montra la machine installée près du lit. « C'est… c'est le…

— La machine à dialyse, oui, dit Beth. On va d'abord lui lire son histoire, et ensuite on la branchera.

— Rester branché à une machine toute la nuit… ça doit être dur », murmura Jerry.

Jake attrapa un livre sur l'étagère au-dessus de son lit. « *Le Club des cinq en vacances*. On en est au chapitre cinq.

— Il adore cette série, observa Beth. Je craignais qu'il ne soit un peu jeune, mais il ne s'en lasse pas ! Tu as fini *La locomotive du Club des Cinq* ? » Elle entendit Michael en bas remplir le lave-vaisselle. « Lire les histoires, c'est le rayon de son père, aussi te fait-il là un très grand honneur !

— Si Jake est d'accord, j'aimerais rester moi aussi, dit Jerry.

— Super ! s'exclama l'enfant. Comme ça, vous pourrez lire tous les deux un chapitre ! »

Beth alla rejoindre Michael dans la cuisine. Il était en train de gratter les assiettes et de les passer sous le robinet avant de les mettre dans le lave-vaisselle. « Comment ça va, d'après toi ? demanda-t-elle.

— Ils ont l'air adorables. Je comprends pourquoi Daisy tenait tant à ce que Jerry reste avec Lydia ! Elle est charmante.

— Jake a l'air de les apprécier. » Elle remplit la bouilloire, puis sortit des tasses et des soucoupes. « Tu crois qu'on peut espérer qu'il sera compatible ? »

Michael soupira, si fort qu'une serviette en papier voltigea par terre et s'agrippa au bord de l'évier. « Pour tout te dire, s'il ne l'est pas, je préfère ne pas penser à la suite. » Il se tourna vers sa femme, la tension perceptible dans son regard.

« Oh, Michael, viens ici… » Elle agrippa ses larges épaules et le serra de toutes ses forces. « N'oublie pas que celle qui s'inquiète, c'est moi ! Toi, tu es celui qui reste fort. »

Ils étaient encore dans les bras l'un de l'autre quand Lydia revint dans la cuisine.

« Nous avons fini de lire l'histoire, et Jake dit qu'il est prêt pour son tuyau.

— Merci, Lydia », dit Beth.

Michael commença à essuyer les verres avec un torchon. « Dis-lui que je viendrai dans quelques minutes.

— D'accord. » Elle monta les marches deux par deux et brancha son fils à la machine qui le maintenait en vie.

Lydia prit le torchon des mains de Michael. « Si tu me laissais finir ça ? » Elle lui montra le tabouret devant le comptoir. « Perche-toi là-dessus... Tu as l'air défait. »

Il la regarda avec gratitude ; un petit soupir s'échappa de ses lèvres. « Beth me croit fort, mais elle est beaucoup plus pragmatique que moi. Pour ce qui est de s'occuper de la dialyse de Jake ou ce genre de choses, je suis nul. Pour être honnête, ça me donne la nausée, alors que, elle, elle se débrouille vraiment bien. On dirait une infirmière.

— Tu veux dire une maman ! rétorqua Lydia en souriant.

— C'est vrai, Beth est une mère formidable. J'ai toujours su qu'elle le serait. On a mis du temps avant d'avoir Jake et, quand il est né, elle était folle de joie. On était tous les deux aux anges. Mais ça n'a pas duré. Au bout de quelques semaines, on s'est aperçus que ses reins ne fonctionnaient pas correctement. On avait toujours espéré ne pas en arriver à ce stade, mais une transplantation est à présent son dernier espoir. »

Lydia posa le verre qu'elle venait d'essuyer sur le comptoir. « Jerry fera tout ce qu'il pourra, je te le promets.

— C'est une chose si énorme de demander ça à quelqu'un... Encore plus à quelqu'un qu'on connaît à peine !

— Il est de la famille, et il voudrait compenser toutes ces années perdues. Imagine, apprendre que tu as une fille presque quarante ans après sa naissance ! Ça lui a fait un choc. Il en a d'abord voulu à Daisy de lui avoir caché la vérité, même si, maintenant, il comprend ses raisons.

— Je n'ai jamais réussi à en vouloir à Daisy très longtemps. Après la mort de mon père, sans elle, j'aurais eu une enfance assez abominable ! »

Lydia reposa le torchon et s'installa sur un tabouret à côté de lui. « Jerry et moi avons demandé à Daisy de venir vivre avec nous en Australie je ne sais combien de fois. Sais-tu pourquoi elle a toujours refusé ? »

Michael ne réfléchit qu'une seconde. Il connaissait la réponse. « Tu vas me dire que c'est à cause de moi, non ? »

Lydia acquiesça. « Elle savait que Jerry était heureux avec moi, que je prendrai soin de lui aussi bien qu'elle. La dernière chose qu'elle lui a dite avant qu'il prenne l'avion pour venir me rejoindre a été : "Dis à Lydia d'aérer tes tricots de corps." Il n'y a vraiment qu'elle pour penser à ça ! Et tu sais quoi ? Je continue à le faire encore aujourd'hui ! »

— Je ne savais pas qu'on portait encore des tricots de corps, s'étonna Michael. Surtout dans des pays où il fait chaud comme en Australie. »

Lydia eut un petit rire moqueur. « Oui, sauf que là, on parle de Jerry Duggan ! »

347

Les mains dans le dos, Jerry resta sur le seuil de la chambre en regardant Beth remplir la machine de liquide de dialyse. Elle opéra avec les gestes précis et experts d'un médecin pendant que Jake, allongé sur son lit, soulevait le haut de son pyjama au-dessus du cathéter. La procédure avait l'air parfaitement rodée bien qu'il sache que l'enfant n'avait commencé ce traitement que depuis peu.

« Ce liquide va passer à travers le cathéter et dans le ventre de Jake, où il restera pendant plusieurs heures. C'est ce qu'on appelle l'étape de stase. Et ensuite, la machine évacuera le liquide avec toutes les toxines qui encombrent son organisme et le remplacera par du liquide propre. »

Jerry grimaça.

« Ne t'inquiète pas, Grandpa, ça fait pas mal ! le rassura le petit garçon.

— Plusieurs échanges de liquide ont lieu au cours de la nuit. La paroi abdominale sert de filtre et effectue le travail à la place de ses reins.

— Ce qu'ils font de nos jours est incroyable ! commenta Jerry. Je suppose que c'est sans danger ? »

Beth jeta un regard à son fils. « Oh, oui, complètement ! On doit juste faire attention aux infections, n'est-ce pas, mon chéri ?

— Il faut pas que j'y touche, dit l'enfant en montrant l'extrémité du cathéter bleu foncé qui sortait de son ventre.

— Et on prend toujours bien soin de se laver les mains. »

Beth brancha les tubes au cathéter ; un pour le liquide de dialyse, un pour les déchets à évacuer. « Voilà, c'est bon. » Elle lui fit un baiser sur le ventre, puis rabattit son haut de pyjama. « Papa va monter dans une minute.

— D'accord. » L'enfant se blottit sous la couette et installa Galen à côté de lui en veillant à ce qu'il ait bien la tête sur l'oreiller.

« Bonne nuit, Jake ! J'ai été ravi de faire ta connaissance. » Jerry lui tendit la main comme s'il mettait fin à une réunion d'affaires. Contrairement à Lydia, il ne se sentait pas très à l'aise avec les enfants. Jake sortit ses bras de sous la couette et les écarta tout grand. Quand Jerry se pencha, le petit garçon l'attrapa par le cou en le serrant de façon maladroite.

Jerry sortit de la chambre alors que Beth éteignait la lumière. Dans la pièce soudain plongée dans l'obscurité, seule une petite lampe brillait, d'un éclat doux et rassurant.

« C'est un petit bonhomme formidable, murmura-t-il lorsqu'elle le rejoignit sur le palier. J'espère sincèrement que je vais pouvoir l'aider. »

48

« Docteur Appleby, voici mon père, Jerry Duggan. »

Voici mon père. Prononcer ces mots lui parut bizarre. Bizarre, mais merveilleux.

« Heureux de vous rencontrer, monsieur Duggan… Merci d'être venu. Je vous en prie, asseyez-vous. »

Beth, Michael et Jerry prirent place, le médecin s'installa derrière son bureau et alla droit au but. « Faire don d'un organe est le plus grand cadeau qu'on puisse faire à un être humain, un acte réellement altruiste et désintéressé. Et je suis sûr que Beth et Michael vous sont reconnaissants de l'avoir envisagé.

— Je ne l'envisage pas seulement, je vais le faire !

— J'apprécie votre engagement, cependant, il y a un long processus à suivre avant de décider quoi que ce soit. Comme je vous l'expliquais, faire don d'un de vos reins permettra à Jake de vivre la vie active normale dont il a été privé jusqu'à présent, tout en prolongeant son espérance de vie. Néanmoins, c'est une décision qui ne se prend pas à la légère. Et je sais qu'il y a beaucoup d'émotion, mais vous devez à vous-même et à votre famille de considérer l'impact que ce don aura sur votre propre existence. »

Beth lança un regard en coin à Jerry tout en souhaitant que le docteur Appleby arrête de semer le doute dans son esprit.

« Au risque de vous paraître désinvolte, docteur, j'ai deux reins, mais je n'ai qu'un seul petit-fils.

— C'est en effet le cas, cependant je ne ferais pas mon travail si je ne vous informais pas de tous les risques. Vous subirez bien entendu un examen médical complet dans les jours qui viennent si les analyses de sang nous confirment que votre groupe sanguin est compatible avec celui de Jake.

— C'est là que Michael et moi avons échoué, au premier examen », précisa Beth.

Le médecin tapota son stylo sur son bloc. « Beth, ne le voyez pas en termes d'échec. Je reconnais que ce n'est pas de chance qu'aucun de vous deux ne soit compatible, mais essayez de ne pas le prendre comme une faute de votre part. »

Il se racla la gorge et poursuivit sur un ton à la fois ferme et rassurant. « Je vais tâcher de vous résumer les choses simplement, monsieur Duggan. Avant tout, il faut que votre groupe sanguin soit compatible avec celui de Jake. Si c'est le cas, nous pourrons procéder à un examen de groupage tissulaire, et enfin, à un test comparatif, mais j'y reviendrai plus tard. Jake est du groupe O, ce qui signifie qu'il ne peut recevoir que d'un donneur également du groupe O. »

Jerry se pencha et joua un petit air avec ses doigts sur le bureau avec enthousiasme. « Je sais que je suis du groupe O, le groupe donneur universel, je crois, dit-il en souriant à Beth et à Michael. J'ai déjà donné mon sang, aussi je connais mon groupe sanguin.

— Si l'analyse le confirme, nous pourrons passer à l'étape suivante. Votre sang sera compatible avec celui de Jake. »

Beth retrouva un peu le moral.

« Quand le saura-t-on avec certitude ? » interrogea Michael.

Le médecin jeta un regard vers la pendule sur le mur. « Comme j'ai demandé qu'on traite le dossier en priorité, j'espère avoir les résultats vers 5 heures. Je vous appellerai chez vous dès que je les aurai reçus. »

Beth se tourna vers son mari d'un air rayonnant. « C'est une bonne nouvelle, non ?

— C'est une raison d'être optimiste, c'est vrai, dit-il en lui prenant la main. Mais ne nous emballons pas. Comme l'a rappelé le docteur Appleby, c'est un long processus. »

Le médecin s'adressa de nouveau à Jerry. « Vous êtes en bonne santé, et, autant que vous le sachiez, vos deux reins fonctionnent normalement ?

— Absolument, je n'ai aucun problème. Mais est-ce que mon âge a une importance ? J'ai soixante et un ans.

— Du moment que vous êtes en bonne santé, l'âge ne constitue pas un obstacle. La semaine dernière, nous avons prélevé un rein sur un homme de soixante-dix ans, et lui et la receveuse, sa femme, se portent à merveille.

— C'est fantastique ! s'exclama Jerry. Et très encourageant.

— Oui, un don vivant est toujours préférable à un prélèvement sur un cadavre, et ce pour plusieurs raisons. Premièrement, le rein est prélevé dans des conditions optimales ; en d'autres termes, l'opération est planifiée, elle n'a pas lieu en urgence, de sorte que le rein peut être transplanté sur le receveur sans délai. Deuxièmement, on n'est pas obligé d'être aussi rigoureux en ce qui concerne le groupe tissulaire. Une transplantation à partir d'un donneur vivant mal assorti vaut toujours mieux qu'un rein bien assorti venant d'un cadavre, vu que le rein aura subi moins de dégâts.

— Il doit quand même exister des risques pour le donneur. Vous pourriez préciser lesquels ? » demanda Michael.

Beth lui lança un regard noir. La dernière chose dont ils avaient besoin, c'était que Jerry change d'avis !

« Eh bien, comme dans toute opération, il y a des risques, mais ils sont minimes. Je vous expliquerai cela plus en détail à notre prochaine consultation. » Le médecin se leva, indiquant que le rendez-vous était terminé. « Je vais devoir en rester là pour aujourd'hui, si vous permettez... Mais merci à vous tous d'être venus. Je vous téléphonerai dans l'après-midi pour vous communiquer le résultat des analyses sanguines, et nous verrons à partir de là. »

Lorsqu'ils rentrèrent, Jake était blotti sous une couverture sur le canapé avec Lydia. L'intégralité de sa collection de peluches était alignée devant la cheminée, un papier et un crayon posés devant chacune d'elles. « On a joué à l'école », expliqua Lydia.

Beth regarda le tableau noir qu'elle avait manifestement descendu de la chambre de Jake. Plusieurs mots étaient écrits dessus : CHAT, CHIEN et JRAF.

« Jake, c'est quoi "Jraf" ?

— Mais maman, tu sais bien, c'est l'animal qui a un très long cou ! »

Lydia se retint de rire. « Je n'ai pas eu le cœur de le corriger, d'autant plus que, pour être honnête, je n'étais pas sûre de l'orthographe. Ça prend un *r* et deux *f*, ou bien l'inverse ?

— Un seul *r* et un seul *f*. En tout cas, Lydia, merci de l'avoir gardé. Tout s'est bien passé ?

— À la perfection. Nous avons passé un agréable moment, n'est-ce pas, Jake ?

— Grandma, je pourrai venir chez toi un jour ?

— Ça alors ! s'exclama Michael. À ton âge, je n'étais pas allé plus loin que Butlin's dans le pays de Minehead. »

Lydia éclata de rire. « Eh bien, notre maison est très, très loin, mais tu pourras venir dès que tu iras mieux, cela va de soi. »

Jake prit son cahier de coloriage et coloria le soleil. « Elle est où ta maison ? »

Jerry s'accroupit près de son petit-fils. « La distance entre Melbourne et Manchester est de 16 982 kilomètres.

— Je te fais confiance pour le savoir à la virgule près ! observa Lydia en levant les yeux au ciel.

— Ouah ! s'émerveilla le petit garçon. Ça doit être aussi loin que la Lune !

— Pas tout à fait, rectifia Jerry. La Lune est à 383 000 kilomètres de la Terre. »

Jake écarquilla de grands yeux éblouis. « Aussi loin que le ciel !

— En réalité, le ciel n'est pas vraiment…

— Jerry, ça suffit ! le coupa Lydia.

— Je voulais juste éduquer ce garçon. »

Beth s'interposa entre eux et ramassa les jouets en peluche. « Allez, on va ranger tout ça et on s'occupera ensuite du dîner.

— Je propose qu'on commande un repas à l'extérieur, dit Jerry. C'est moi qui invite ! Chinois ou indien ?

— Merci, c'est très gentil. Mais ce sera chinois. Jake ne digère pas bien les épices, en revanche, il raffole du riz cantonais.

— Alors, c'est décidé. Vous avez un menu à portée de main ? »

Le repas ayant été commandé pour 6 heures, Beth regarda les aiguilles de la grosse pendule sur la cheminée avancer avec une lenteur angoissante. Elle n'arrêtait pas de jeter des coups d'œil dans l'entrée, voulant à tout prix que le téléphone sonne, tout en sachant qu'elle redouterait d'aller répondre. Jerry et Lydia jouaient aux dominos avec Jake, Michael lisait le journal, cependant, elle voyait bien au tressautement nerveux de sa jambe gauche qu'il n'était pas vraiment à ce qu'il lisait. Son front plissé lui confirma qu'il était aussi anxieux qu'elle.

« Je mets la bouilloire à chauffer ? » demanda-t-elle en se levant d'un bond. Il fallait qu'elle bouge, qu'elle fasse n'importe quoi pour faire passer les minutes un peu plus vite.

Lorsque l'appel arriva enfin, elle prit conscience que ses jambes tremblantes n'allaient pas coopérer.

« Oh, tu veux bien y aller, Michael ? » Le temps qu'elle termine sa phrase, il était déjà dans l'entrée.

Tout doucement, Beth avança dans le couloir pour voir la tête qu'il faisait, mais il lui tournait le dos, et elle n'entendit que la moitié de la conversation. « Ah, oui, je comprends… Ce qui veut dire ? Je vois, je vois… »

Elle vint se planter devant lui en lui lançant un regard qui suppliait : *Dis-moi, dis-moi…*

Après avoir pris congé pendant une éternité, Michael raccrocha et leva les deux pouces en l'air, un grand sourire étirant ses traits rongés par l'inquiétude. Puis, quand il ouvrit tout grand les bras, Beth se jeta contre lui. Il caressa sa longue queue-de-cheval tout en l'embrassant sur la tête. « Le groupe O a été confirmé. Le sang est compatible. On peut passer à l'étape suivante ! »

49

Elle se retournait dans le lit depuis une heure, remettait son oreiller du côté frais, le tapait du poing pour le regonfler, ses jambes s'emmêlant dans la housse de couette, mais elle n'arrivait toujours pas à trouver le sommeil. Elle ne savait pas ce qui était le pire : essayer de rester éveillé quand on était exténué et qu'on tombait de sommeil, ou bien être étendue là, les yeux fermés, en souhaitant sombrer dans l'oubli.

En allant jeter un coup d'œil sur son fils, Beth vit que sa jambe gauche était sortie du lit. Son pied nu était glacé. Elle le réchauffa entre ses mains quelques secondes avant de le remettre sous la couette. L'enfant ne se réveilla pas, se contenta de bouger et de rouler sur le côté. La machine fonctionnerait pendant encore deux heures, et c'était toujours mieux qu'il dorme jusqu'à la fin du cycle. Elle descendit au rez-de-chaussée et prépara la cafetière, sa main tremblant si fort qu'elle cogna le doseur sur le bord du pot en verre. Un peu de café se renversa sur la surface blanche. Elle jura entre ses dents et alla chercher du papier absorbant.

Plus de deux semaines s'étaient écoulées depuis que Jerry et Lydia étaient arrivés d'Australie, et ils allaient enfin savoir si la transplantation pourrait avoir lieu. Jerry avait subi une batterie d'examens épuisants depuis quinze jours, et tout reposait maintenant sur le dernier test de compatibilité. Les interrogatoires, les questions interminables sur son état de santé, l'analyse psychologique, les analyses d'urine, les rayons X, il avait tout supporté avec bonne humeur et une patience admirable. Il était de toute façon convaincu qu'il serait compatible et n'envisageait pas d'autre possibilité.

Et au milieu de tout ça, il s'était régalé à jouer son nouveau rôle de grand-père. Le petit Jake n'en ayant jamais eu, l'idée qu'il s'en faisait sortait tout droit des histoires qu'il avait vues à la télévision ou dans des livres. Mais Jerry ne ressemblait en rien à ces portraits stéréotypés. Il ne restait pas assis toute la journée à bourrer sa pipe de tabac et à distribuer des caramels. Depuis le peu de temps qu'il était là, il avait emmené Jake à l'observatoire de Jodrell Bank et au musée des Sciences, avait éveillé chez lui un esprit curieux bien loin des Lego et des petites voitures. Jake était désormais capable de nommer toutes les planètes dans le bon ordre, et Jerry l'avait embarqué dans le projet de fabriquer un système solaire en papier mâché. Chaque fois que Beth les voyait ensemble, elle se rendait compte du père formidable dont elle avait été privée. Elle redoutait déjà le jour où ils repartiraient en Australie, même s'ils laisseraient derrière eux le plus beau cadeau qu'un être humain puisse offrir à un autre.

Beth versa de l'eau sur les grains de café et inspira l'odeur puissante qui s'en dégagea tandis qu'un panache de vapeur lui emplissait les narines. Ils devaient se rendre à l'hôpital à 10 heures, soit dans quatre heures, et il fallait qu'elle trouve un moyen de passer le temps. En apercevant un rond de crasse à la base du robinet, elle commença à le gratter avec son ongle. Étant donné qu'il avait dû mettre des années à se former, elle fut surprise et un peu honteuse de ne pas l'avoir remarqué plus tôt. Elle sursauta en entendant vibrer son portable et se précipita sur le comptoir. *Tu es réveillée ? Je n'arrive pas à dormir. Jx.*

Aussitôt, elle lui renvoya un texto. Quitte à se tourmenter, autant le faire ensemble…

Michael était encore au lit lorsque Jerry frappa à la porte. « Bonjour, ma chérie. » Ses lunettes se couvrirent de buée quand Beth le fit entrer dans la chaleur de la cuisine.

Elle lui servit du café, et ils s'assirent côte à côte dans les fauteuils qui donnaient sur le jardin.

« Il fait un froid mordant, observa Jerry.

— Tu ne crois pas qu'on pourrait se dispenser de ce genre de banalités ? rétorqua-t-elle en resserrant la ceinture de sa robe de chambre. J'ai l'impression que nous n'avons jamais eu une véritable conversation… en dehors de cette histoire de rein. Je voudrais avoir une discussion normale. En savoir plus sur toi.

— D'accord. Que veux-tu savoir exactement ?

— Eh bien… » Prise de court, Beth réfléchit à la façon dont elle allait le formuler. « Ma mère, comment était-elle ? »

Visiblement, il ne s'attendait pas à cette question. « Oh, Petula ? Voyons voir… » Il se gratta le menton en regardant au loin vers la pelouse. « Pour commencer, tu ne lui ressembles pas du tout. Elle était plutôt… disons, charpentée. Un peu garçon manqué.

— Tu l'aimais ?

— Je ne vais pas te mentir, répondit-il en secouant la tête. Je n'étais pas amoureux d'elle. J'ai honte d'avouer que je ne la connaissais pas bien du tout. Alors, je ne vais pas enjoliver, tu mérites de connaître la vérité. Je ne dis pas que je n'ai pas été chamboulé quand elle est morte dans cet accident, mais pas plus que je ne l'aurais été si ça avait été l'autre fille, Lorraine, ou Trisha. »

Beth replia ses jambes sur le fauteuil, s'installant pour un bon moment. En tout cas, ça lui évitait de penser à Jake. « Alors, comment se fait-il que tu l'aies mise enceinte ?

— Tu n'y vas pas par quatre chemins, dis-moi !

— Non, répliqua-t-elle en souriant. J'appelle un chat un chat. »

Jerry se passa la main sur le front. « Ça remonte à quarante ans, Beth... Depuis, je n'ai pas souvent repensé à elle. N'oublie pas que j'ignorais qu'elle était enceinte. C'était une fille assez renfermée, pas comme Lorraine, qui était plus extravertie. Lorraine ne m'aurait pas accordé un regard, c'est certain ! s'exclama-t-il en riant. Toujours est-il que Lorraine nous a présentés et qu'on se voyait au pub de temps en temps. Toutes les deux trouvaient que j'étais bizarre, et, d'une certaine manière, je suppose que je l'étais. J'avais du mal à m'adapter. »

Beth lui tapota le genou en souriant. « Si nous étions tous pareils, le monde serait d'un ennui affreux ! »

Il hocha la tête. « Un soir, après être restés enfermés au pub...

— Enfermés ? Comme quand on boit après l'heure légale de fermeture ?

— Ma foi, je ne le dirais pas comme ça. À cette époque, on prenait les dernières commandes à 10 heures, et on avait encore une demi-heure pour boire. Mais quelquefois, Selwyn, le patron, fermait les rideaux et baissait les lumières en nous laissant rester un petit moment. Ce soir-là, je suis parti avec Daisy et Petula, et une fois devant chez nous, ma mère m'a suggéré de raccompagner Petula chez elle. Autant te dire que j'étais furieux ! Ma seule envie était d'aller me coucher, mais elle a insisté, et ensuite, Petula m'a proposé de boire un café. Je ne suis pas très fier de moi, mais on a fait ça dans l'entrée, dit-il à peine plus haut qu'un murmure. Je n'avais pas les idées claires… Lydia me manquait tellement que je me suis laissé aller. »

Beth pensa à son enfant qui dormait à l'étage, relié à une machine – une routine exténuante qui définissait sa vie et leur vie à tous. « Je suis très contente que tu l'aies fait, Jerry. »

Il porta la main à la poche de sa veste. « Tu voudrais voir une photo d'elle ?

— Tu en as une ? »

Il lui tendit une photo un peu jaunie. « Elle a été prise le jour de l'accident, quand on est arrivés à Blackpool. Je ne suis pas dessus. Comme on aurait pu s'y attendre, j'étais le seul à avoir un appareil photo. »

Beth observa les neuf silhouettes adossées à la rambarde. « C'est laquelle ?

— La grande avec des cheveux courts châtains. » Il montra Petula qui donnait le bras à une fille à côté d'elle, la tête penchée sur le côté, les yeux plissés face au soleil.

« C'est ma mère ? Elle a l'air si jeune… et on ne dirait pas du tout qu'elle est enceinte. Prendre la décision d'abandonner son bébé a dû être horrible pour elle. Je n'arrive pas à imaginer qu'on puisse faire ça.

— Mais je n'ose pas penser à ce qui aurait pu arriver si elle t'avait ramenée.

— Je sais. Non seulement j'aurais sans doute été tuée, mais je n'aurais jamais eu Mary comme mère. Petula ne pouvait pas savoir qu'en renonçant à sa chance d'être maman, elle a fait à Mary le plus grand cadeau qui soit.

— Et à toi. »

Elle posa la tête sur son épaule tandis qu'ils continuaient à regarder ensemble la photo. « Tu sais ce que sont devenus les autres ? »

Jerry montra un vieil homme à la barbe blanche clairsemée. « Lui, c'était Harry, il est mort dans l'accident lui aussi, et là, c'est Karl, le père de Michael. »

Beth regarda le beau jeune homme brun aux cheveux longs, ses lunettes de soleil relevées sur la tête. Un pantalon pattes d'éléphant d'une largeur ridicule accentuait l'étroitesse de ses hanches. Un coude sur la rambarde, il avait son autre main posée sur l'épaule d'un petit garçon devant lui.

« Oh, mon Dieu, tu n'imagines pas ce que ça va représenter pour Michael… Il n'a aucune photo de son père.

— Aucune, vraiment ?

— Il dit que sa mère les a toutes brûlées.

— C'est épouvantable… Pourquoi a-t-elle fait ça ?

— Crois-moi, il y a longtemps qu'on a renoncé à essayer de comprendre Andrea ! »

Jerry secoua la tête et reporta son attention sur la photo. « Quant à ce petit garçon, tu le connais.

— Michael », murmura Beth. Elle renifla bruyamment et chercha un mouchoir dans sa poche. « Je suis désolée, cette photo est tellement émouvante. Savoir que trois des personnes qui sont là ne verront pas la fin de la journée a quelque chose de déchirant. Ils ont tous l'air si heureux, d'une telle insouciance… Ils ne se doutent pas qu'ils posent là pour leur toute dernière photo… » Elle frissonna. « Attends que Michael voie ça !

— Que je voie quoi ? »

Ils se retournèrent en l'entendant entrer dans la cuisine, vêtu seulement d'un short et frottant ses yeux ensommeillés.

« Michael, où est ta robe de chambre ? Nous avons un invité…

— Oh, bonjour, Jerry ! » Il regarda la pendule. « Tu es venu de bonne heure… Il n'est que 6 h 30.

— Comme je n'arrivais pas à dormir, je me suis dit que j'allais venir tenir compagnie à Beth. Aucun ne nous ne tient en place.

— Il reste du café ?

— Tu devrais pouvoir t'en faire une tasse. Mets-le au micro-ondes, s'il n'est plus assez chaud. On était en train de regarder cette photo », dit-elle en la lui passant.

Michael la prit en la tenant à bout de bras et plissa les yeux. « Oh, mon Dieu, c'est… ? » Il souleva une pile de journaux pour récupérer ses lunettes. « Je n'ai jamais vu cette photo.

— Je dois avouer que ça a été une surprise pour moi, dit Jerry. Le film est resté dans mon appareil pendant un an. Et puis un jour nous sommes allés à Sydney, où j'ai terminé la pellicule, et quand j'ai reçu les tirages, les photos de Blackpool étaient là !

— Regarde comme mon père a l'air heureux… Je me rappelle qu'il me chatouillait le cou. C'est pour ça que j'ai les épaules rentrées et que je rigole. » Il observa la photo en silence. D'un seul coup, il se revit à six ans. Sa mère affalée sur le tapis devant la cheminée, l'album photo vide par terre. Jamais il ne l'avait autant haïe que ce jour-là. Il se souvenait qu'il avait voulu l'ébouillanter avec le thé, lui faire autant de mal qu'elle lui en avait fait.

« Ça va, chéri ? demanda Beth.

— Oui, oui, ça va, dit-il en se forçant à sourire. Le revoir me fait du bien. Je croyais avoir oublié à quoi il ressemblait, mais, je me rends compte que je me souviens de lui très distinctement. C'est un peu comme regarder le passé à travers une fenêtre… Aucun de nous n'aurait pu imaginer comment allait se terminer cette journée. On a tous l'air heureux. Regarde Daisy, bras dessus bras dessous avec Harry… Le pauvre homme… Et regarde Trisha, comme elle enroule sa jambe autour de Selwyn. À la façon dont son œil plonge dans son décolleté, on voit qu'il est ravi !

— Jerry m'a montré où était Petula.

— Ta mère, oui. La voilà, on ne peut pas vraiment la rater. Je ne la connaissais pas très bien, mais elle avait plutôt l'air sympathique. En revanche, je ne sais pas de qui tu tiens ta belle allure. »

Jerry toussota. « De son père, peut-être ? »

Ils le regardèrent tous les deux, et Michael posa la photo sur la table en éclatant de rire. « Absolument, Jerry ! »

Beth attrapa son mari par le bras. « Viens, je vais te refaire du café. »

L'infirmière les fit entrer dans le bureau du docteur Appleby.

« Asseyez-vous, je vous en prie, dit-elle en indiquant les trois chaises. Le médecin va bientôt arriver. »

Beth scruta le visage de la jeune femme pour tenter de deviner quelle allait être l'issue de cet entretien. Elle remarqua qu'elle regardait beaucoup ses pieds – parce qu'elle n'osait pas la regarder en face ? Ce devait donc être de mauvaises nouvelles. Elle sentit ses aisselles transpirer et eut envie de se déshabiller un peu. Elle se tourna vers Michael. « Il fait chaud, ou bien c'est moi ? » Des perles de sueur mouillèrent sa lèvre.

« C'est vrai qu'il fait un peu chaud. Tu veux que j'aille te chercher un verre d'eau ? »

Beth installa sa veste sur le dossier de la chaise. « Non, ça ira. Il va arriver dans une minute. »

Jerry lui pressa la main d'un geste rassurant. « L'attente est presque terminée. Plus que quelques minutes, et on saura. »

Le test de compatibilité, le dernier avant l'opération de transplantation, avait pour but de vérifier si Jake avait développé des anticorps susceptibles d'attaquer le rein greffé. Leur sang avait été mélangé, or, si les cellules du receveur attaquaient et tuaient celles du donneur, la compatibilité serait considérée négative, et la transplantation ne pourrait pas avoir lieu. Jake devrait attendre qu'un autre donneur se présente, ou en d'autres termes, qu'une pauvre âme perde la vie.

En revanche, si la compatibilité se révélait positive, l'opération aurait lieu dans les quarante-huit heures.

Aucun d'eux ne prononça un mot. Le silence était seulement troublé par le bruit du stylo qu'ouvrait et fermait Jerry et le grincement de la chaise de Michael qui remuait le genou avec nervosité. Beth lui immobilisa la cuisse.

Il s'excusa d'un sourire. « Désolé, chérie. Je ne m'en rends même pas compte. »

Elle se tourna vers Jerry et lui retira son stylo.

« Oh, pardon… » Il se leva et se mit à tourner en rond dans la pièce.

« Jerry, je veux que tu saches que, quel que soit le résultat de ce dernier test, nous te serons toujours reconnaissants d'avoir accepté de passer ces examens. Le fait que tu aies été prêt à donner un de tes reins à un petit garçon que tu connais à peine est un des actes les plus généreux qui soient. » Beth sortit un mouchoir de son sac et essuya ses paumes moites. « Michael et moi sommes dévastés à l'idée de ne pas pouvoir aider notre fils, mais savoir que tu es d'accord pour essayer de le faire représente énormément pour nous. »

Jerry s'arrêta face à eux. « Cet enfant est la chair de ma chair, Beth, dit-il en haussant les épaules, comme si la seule chose qu'il avait proposée était de lui donner son dernier chocolat. Pour lui, je ferai n'importe quoi. C'est mon petit-fils.

— Merci, dit Michael en se levant et en lui serrant la main.

— Mais qu'est-ce qui retient le docteur Appleby ? » s'agaça Beth en regardant la pendule pour la dixième fois en dix minutes. Il est déjà le quart passé ! »

À cet instant même, la porte s'ouvrit sur le médecin, accompagné de deux jeunes internes. Cette fois, ça y était ; tous leurs espoirs étaient suspendus aux paroles qui allaient sortir de la bouche du docteur Appleby.

Il consulta son classeur, puis tourna une page. Une fois qu'il eut pris connaissance de toutes les informations nécessaires, il leva les yeux sur les visages anxieux réunis devant lui. Beth le regarda droit dans les yeux ; il la fixa sans rien dire. Ce n'était pas nécessaire.

Jenny

Épilogue

Beth avait toujours eu peur en avion – et les turbulences ne faisaient rien pour la convaincre que c'était le moyen de transport le plus sûr ! Elle se tourna vers son mari qui regardait un film, indifférent à la menace imminente qui pesait sur leur vie, et le tira par la manche. « Michael ! »

Il ôta ses écouteurs. « Qu'est-ce qu'il y a ?

— Ça bouge dans tous les sens… Tu crois que ça ne risque rien ?

— Bien sûr que non. Un avion ne tombe pour ainsi dire jamais à cause de quelques turbulences !

— Comment ça, *pour ainsi dire jamais* ? »

Il rit. « *Jamais*. Les avions d'aujourd'hui sont construits pour résister à ce genre de pression. Allons, arrête de t'inquiéter, on est bientôt arrivés. » Il lui pressa le bras pour la rassurer avant de remettre ses écouteurs en la laissant s'angoisser toute seule.

« Désirez-vous boire autre chose ? »

Beth sourit à la ravissante hôtesse qui se pencha vers elle, admirant au passage la peau sans défaut de son visage de poupée.

« J'aurais bien besoin d'un autre gin tonic, s'il vous plaît… Et d'un grand !

— Tout de suite, madame. »

Beth se cala au fond de son siège. Si le personnel de bord était autorisé à arpenter la cabine pour servir des boissons, c'était le signe que les turbulences n'étaient sans doute pas très graves. Elle termina son verre, puis inclina son siège et essaya de dormir.

Jerry sortit du réfrigérateur géant une petite bouteille de yaourt aux ferments actifs, retira la capsule en alu et but le contenu d'un trait avant d'aligner ses vitamines sur le comptoir. Il les avala une à une en les faisant passer avec un verre d'eau. Il savait qu'il était important qu'il prenne soin de lui plus que jamais, et bien que ses muscles n'aient rien d'impressionnant, il était svelte et avait le cœur solide. Son vieux vélo des années 1970 ressemblait à celui d'un vicaire, ce qui lui avait valu de fréquentes moqueries à l'époque, néanmoins, il lui avait permis de rester en forme, sans parler de l'essence qu'il avait économisée, ou de sa passion pour le vélo qui ne l'avait toujours pas quittée à ce jour. Il vivait avec un seul rein depuis maintenant quatre ans, ce qui n'avait fait que l'encourager à se maintenir en bonne santé. Par chance, le climat de Melbourne lui convenait parfaitement ; il était rare que la chaleur ou le froid soient insupportables, et la rumeur qui circulait sur l'abondance des pluies était infondée. Sans doute avait-elle été lancée par des jaloux qui habitaient à Brisbane ou à Sydney !

Il appela sa femme. « Lydia, tu viens ? »

Elle apparut en haut de l'escalier, vêtue d'un pantalon de jogging gris pâle et d'un débardeur vert citron.

Avec ses cheveux relevés en chignon qui lui tiraient la peau autour des yeux et ses bras nus bronzés, elle ne faisait pas du tout ses soixante-deux ans. « J'enfile mes baskets et je descends ! »

Tous les matins à 7 heures, ils allaient marcher à grands pas le long de la plage et buvaient un cappuccino au café situé au bout avant de repartir dans l'autre sens. Parfois, dans la soirée, ils revenaient pour observer la colonie de pingouins qui regagnaient la digue de Saint-Kilda à l'heure du crépuscule. Jerry s'était proposé comme guide bénévole et était toujours enchanté de répondre aux questions des touristes sur les pingouins – même s'il passait le plus clair de son temps à leur rappeler de ne pas prendre de photos au flash ou de ne pas enfoncer leurs perches à selfie dans les creux de la falaise où ils déposaient leurs œufs.

« Je t'attends dehors, Lydia… Je vais faire quelques étirements. »

Elle dévala l'escalier. « Ça y est, je suis là ! On est vraiment obligés d'aller marcher aujourd'hui ? Il me reste encore des tonnes de choses à faire…

— Je t'aiderai. De toute façon, on a encore du temps devant nous. Ils n'atterrissent pas avant cet après-midi. »

Elle se hissa sur la pointe des pieds et l'embrassa sur la joue. « Quel homme d'habitudes tu es, Jerry Duggan ! »

Dans le hall des arrivées, Michael s'appliqua à faire en sorte que leur chariot surchargé roule droit, tandis que Beth scrutait la foule de gens venus attendre les passagers. La plupart étant des chauffeurs de taxi qui brandissaient des pancartes sur lesquelles étaient inscrits des noms, il ne lui fallut pas très longtemps pour repérer Jerry et Lydia, qui les accueillirent avec de grands signes enthousiastes.

« Bienvenue en Australie ! s'exclama Jerry. Vous avez fait bon voyage ? » Beth remonta sa fille endormie sur son épaule et enlaça son père de son autre bras, l'odeur citronnée familière de son eau de toilette déclenchant en elle une bouffée de tendresse. Elle le serra encore une fois. « Un peu houleux, mais on a atterri sains et saufs ! »

Elle s'écarta pour l'observer de haut en bas. « Tu as l'air en forme, papa. Mais tu n'es pas un peu trop mince ? J'espère que tu n'en fais pas trop. »

Jerry manifesta son mécontentement en se tournant vers sa femme. « Elle n'est pas là depuis trente secondes que déjà elle me dit quoi faire ! » Il caressa les cheveux blonds de sa petite-fille, qui se tortilla et se tourna vers lui en frottant ses yeux ensommeillés.

Jerry lui souleva la frange. « Bonjour, ma chérie. »
La petite enfouit son nez dans le cou de sa mère. Pour une enfant de trois ans, le long voyage avait été éprouvant.

« Elle est juste fatiguée, dit Beth en souriant. Ça ira mieux tout à l'heure. »

Jerry tapa dans ses mains. « Et où est mon petit-fils ? » Il l'aperçut derrière le chariot sur lequel s'empilaient les valises. « Mon Dieu, tu as tellement grandi que je t'ai à peine reconnu ! Tu viens embrasser ton vieux Grandpa ? » dit-il en ouvrant les bras.

Jake se précipita sur lui avec un tel enthousiasme qu'il faillit le faire tomber.

« C'est bon de te revoir, mon garçon ! dit Jerry en l'embrassant sur la tête. Viens, on va vous emmener à la maison et on boira un verre de la citronnade bien fraîche de Grandma ! »

L'auvent à rayures jaunes et blanches protégeait le patio de la chaleur du soleil. Lydia apporta une immense carafe de citronnade remplie de tranches de citron et de feuilles de menthe et disposa les verres sur la table. Un ruban de fumée bleue s'éleva au-dessus de la clôture du jardin.

« C'est notre voisin Bruce qui fait griller des crevettes au barbecue », expliqua Jerry.

Michael faillit s'étouffer dans son verre, au point qu'un peu de citronnade lui ressortit par les narines. « Bruce fait griller des crevettes au barbecue ? Ne me dis pas que sa femme s'appelle Sheila, parce qu'on aurait alors un triplé de clichés australiens !

— Non, elle s'appelle Maisie, rétorqua Jerry avec sérieux.

— Papa… Michael plaisantait ! lui dit Beth.

— Ah… je vois ! Bruce et Sheila, très drôle ! »

Ils sirotèrent leur citronnade dans un silence agréable. Bien qu'ils se parlent par Skype régulièrement, Beth n'avait pas vu Jerry et Lydia depuis qu'ils étaient venus en Angleterre pour l'enterrement de Daisy l'année précédente. À quatre-vingt-huit ans, la vieille dame avait continué à vivre seule chez elle, résistant avec frénésie aux tentatives de la faire déménager de force dans une résidence pour personnes âgées. *C'est pour les vieux !* répétait-elle. Le jour où Michael l'avait trouvée assise dans son fauteuil favori, son tricot encore sur les genoux, il avait cru qu'elle était simplement assoupie. Rien ne l'avait préparé au fait qu'elle était morte, de façon sereine. Savoir qu'elle avait eu une longue vie en grande partie heureuse ne lui avait pas apporté de consolation, et le chagrin avait marqué son visage pendant de longs mois. La seule chose qui le réconfortait quelque peu était qu'elle avait vécu assez longtemps pour connaître son arrière-petite-fille.

Allongée sur un transat, Beth regarda Jake taper dans un ballon de foot contre le mur du garage au fond du jardin. C'était un enfant tout ce qu'il y avait de normal, avec des tonnes d'énergie en trop et une joie de vivre comme jamais elle n'aurait cru lui voir un jour.

« Moi aussi je peux jouer ? »

Jake plaça le ballon devant sa petite sœur. Elle tapa dedans de toutes ses forces, mais son pied passa juste au-dessus si bien qu'elle se retrouva sur le derrière dans l'herbe. Aussitôt, Beth se redressa, prête à se lever ; Michael la retint par le bras. « Je crois que son grand frère maîtrise la situation. »

Jake releva sa petite sœur et essuya ses larmes avec le bas de son tee-shirt. « C'est rien, Daisy, tout va bien. »

Beth pressa la main de son mari tandis qu'ils regardaient leurs enfants jouer sur la pelouse baignée de soleil. Il y avait de cela de longues années, Daisy Duggan avait pris la décision improbable de déposer un bébé devant la porte d'une inconnue, et, tous les jours, Beth lui était reconnaissante d'avoir écouté ce que lui dictait son cœur. Elle but une longue rasade de citronnade en repensant au parcours qui l'avait menée jusqu'à cet instant, jusqu'à cet endroit lointain où ils se sentaient désormais chez eux. Elle avait failli perdre tout ce qu'elle avait de plus cher, mais l'ombre qui recouvrait son passé s'était à présent dissipée. Il était temps de vivre en pleine lumière.

La catastrophe minière de Gresford

Bien que Thomas Roberts travaille dans une exploitation minière fictive du bassin houiller de Lancashire, ce qui lui est arrivé m'a été inspiré par un fait réel. Le samedi 22 septembre 1934, vers 2 h 8 du matin, le Royaume-Uni a connu sa plus importante catastrophe minière dans la mine de charbon de Gresford, près de Wexham, dans le nord du pays de Galles. Une violente explosion a déchiré la faille Dennis, à presque 700 mètres de profondeur. Les conditions de travail ont toujours été mauvaises dans cette faille : la ventilation était inadaptée, l'air était chaud et humide et le puits abritait du grisou (méthane). Des feux se déclenchèrent, bloquant la voie principale, et seuls 6 mineurs, qui prenaient une pause, réussirent à s'échapper. Deux jours durant, les sauveteurs combattirent les flammes, mais ils durent abandonner les recherches à cause de conditions jugées trop dangereuses. Au total, 262 des mineurs qui travaillaient dans la faille Dennis furent tués, ainsi que 3 membres de l'équipe de secours.

Seulement 11 corps furent retrouvés et les restes des autres victimes furent ensevelis après que le puits fut comblé pour des raisons de sécurité. L'accident fit une ultime victime quelques jours plus tard, quand le scellé qui comblait le puits explosa et que des débris tuèrent un travailleur à la surface.

Les causes de cette catastrophe ne furent jamais clairement identifiées mais l'enquête mit au jour un certain nombre de facteurs qui contribuèrent à l'explosion, dont l'échec des procédures de sécurité et la gestion médiocre de la mine. Plus de un demi-million d'euros furent levés pour financer un fonds d'aide aux mineurs ; malgré tout, ces derniers souffrirent durablement de la fermeture temporaire de la mine et des conséquences financières qui en résultèrent.

La mine fut de nouveau ouverte pour l'exploitation du charbon en janvier 1936, à l'exception du secteur Dennis, puis fermée définitivement pour des raisons économiques le 10 novembre 1973. 266 personnes perdirent la vie dans la catastrophe de Gresford, ils ne doivent pas être oubliés.

Je remercie de tout cœur mon cher ami Dave Haslam de m'avoir parlé de ce drame, qui lui ôta tragiquement son grand-père, Edward Jones.

Le mémorial Gresford
© Dave Haslam.

REMERCIEMENTS

Merci à mon agent, Anne Williams, qui me donne toujours de judicieux conseils, à la talentueuse équipe de chez Headline et spécialement à mon éditrice, Sherise Hobbs, dont la sagesse est sans limites et qui me guide toujours dans la bonne direction.

Merci à ceux qui ont lu les versions antérieures de ce texte et qui ont été assez courageux pour me donner leur opinion sincère, notamment mon mari Rob Hughes, mes parents Audrey et Gordon Watkins et ma chère amie Grace Higgins.

Merci à Caroline Ramsay pour son aide sur tout ce qui concerne l'accouchement et à Rick McCabe de l'état civil de Southport pour sa généreuse assistance sur la procédure des déclarations de naissance dans les années 70.

Enfin, merci à vous tous qui avez lu mon premier roman, *Il était une lettre*. Votre enthousiasme et votre amour pour ce livre m'ont aidée et inspirée dans l'écriture de celui-ci.

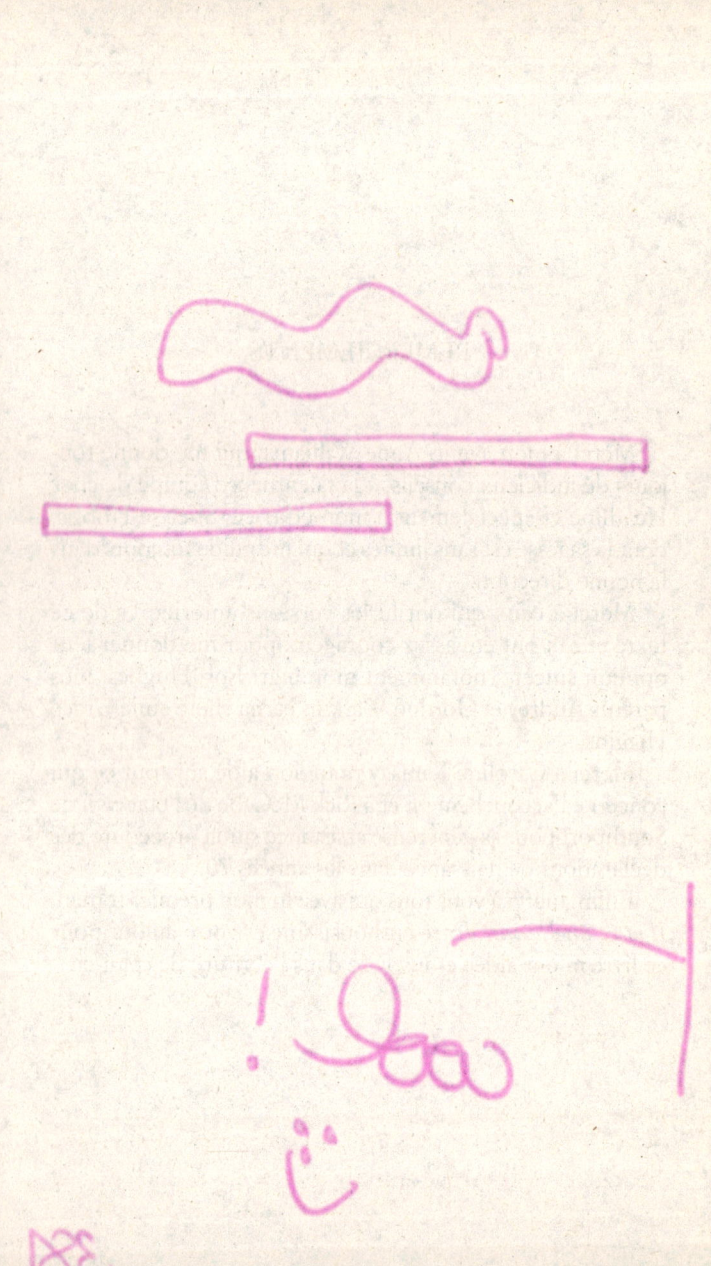

Du même auteur :

Il était une lettre, Calmann-Lévy, 2016.

Le Livre de Poche s'engage pour l'environnement en réduisant l'empreinte carbone de ses livres. Celle de cet exemplaire est de :
350 g éq. CO_2
Rendez-vous sur
www.livredepoche-durable.fr

Composition réalisée par Belle Page

Imprimé en France par CPI
en janvier 2018
N° d'impression : 3026367
Dépôt légal 1re publication : février 2018
LIBRAIRIE GÉNÉRALE FRANÇAISE
21, rue du Montparnasse - 75298 Paris Cedex 06

73/5919/6